항마신장

降魔神將

7

자우 신무협 장편소설
ORIENTAL FANTASYSTORY & ADVENTURE

dream
books
드림북스

항마신장 (降魔神將) 7

초판 1쇄 인쇄 / 2015년 1월 28일
초판 1쇄 발행 / 2015년 2월 4일

지은이 / 자우

발행인 / 오영배
책임편집 / 편집부
펴낸 곳 / (주)삼양출판사 · 드림북스

주소 / 서울시 강북구 도봉로 173, 캠프 6층
대표 전화 / 02-980-2112 팩스 / 02-983-0660
편집부 전화 / 02-980-2116 팩스 / 02-983-8201
블로그 / blog.naver.com/dreambookss

등록번호 / 제9-00046호
등록일자 / 1999년 3월 11일

ⓒ 자우, 2015

값 8,000원

ISBN 978-89-542-4968-3 (04810) / 978-89-542-4413-8 (세트)

* 지은이와 협의하에 인지는 생략합니다.
* 잘못된 책은 구입한 곳에서 바꾸어 드립니다.

이 도서의 국립중앙도서관 출판시도서목록(CIP)은 서지정보유통지원시스홈페이지(http://
seoji.nl.go.kr)와 국가자료공동목록시스템(http://www.nl.go.kr/kolisnet)에서 이용하실 수
있습니다. (CIP제어번호: 2015002538)

降魔神將

7

항마신장

자우 신무협 장편소설

ORIENTAL FANTASY STORY & ADVENTURE

dream
books
드림북스

降魔神將

항마신장

목차

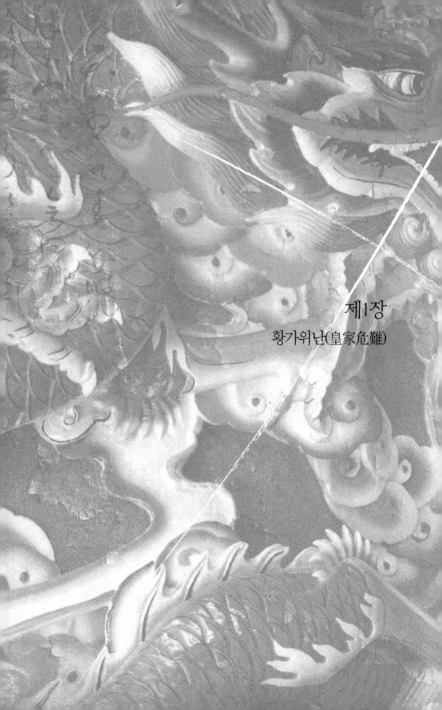

제1장
황가위난(皇家危難)

하늘 아래에서 번쩍번쩍하면서 기치를 드높였던 일천의 창칼이 흙먼지를 잔뜩 뒤집어쓰고서, 황토가 그득한 싯누런 흙바닥에 아무렇게나 버려져 있었다. 여기 무수한 창칼의 주인들은 다 어디에 있는가. 산서 땅의 성마른 모래바람이 쓸쓸히 불어들어 너른 들판 위를 휩쓸었다. 그리고 그 복판에는 소명이 있었다.

풍상이 고스란하여서, 크게 색이 바래어 있는 청색 장삼이 찢길 듯이 거칠게 펄럭였다. 소명은 고요한 기색으로 부는 바람을 가만히 맞이했다. 사방에서 날붙이가 위험하게 번뜩이는 데, 소명은 주변과는 마냥 무관한 사람처럼 태연자약했다. 그는 걷어 올린 소매를 찬찬히 끌어내리고, 옷자락에 앉은 먼지를 툭툭 털어 냈다.

"이것 참. 힘쓸 일 한번 많기도 하다."

찌푸린 입매에 쓴웃음이 선명했다. 괜한 불평이 아니었다. 무슨 업보인지, 친구 하나 찾을 적마다 일이 끊이지를 않는다. 당민을 만나서는 하남의 살수자객이라는 것이 죄 몰려오는 통에 자객불원의 전설을 다시 써야 했고, 잘 있다고 여긴 호충인은 난데없는 반도(叛徒)로 몰리는 통에, 그 것을 수습한다고 소림속가 중 제일이라는 등용문의 풍파를 고스란히 감당해야 했다. 탁연수도 크게 다를 것이 없었다. 강시당을 단속하고 보니, 찾은 탁연수는 죽은 것도, 산 것도 아닌 처지이다. 그리고 지금이다.

소명은 치미는 한숨을 달래고서 고개를 돌렸다. 모래바람이 차츰 잦아들고서 새삼 드러난 주변 광경은 참으로 가관이었다.

버려진 창칼이야 더 말할 것도 없다. 다만, 창칼의 주인들이 들판 구석에 처박힌 채, 앓는 소리 한번 흘리지 못하고 있었다. 하나, 둘이 아니요, 일백, 이백이 아니었다. 자그마치 일천을 헤아리는 정예 금군의 꼬락서니였다. 그들 외에 산서의 토병이 있어서 외곽을 에워싸고 있었지만, 소명이 일천 금군을 때려누이고는 버럭, 한 번의 큰소리로 죄 내쫓아버렸다. 그리고 다른 쪽에 남은 자들이 옹기종기 모여 있었다. 그들은 복색도 제각각이고, 들고 선 홍기도 제각각이니, 속한 바를 굳이 가릴 것도 없었다. 그저 강호의 무부들이었다. 그저 자리나 지키고 가볍게 손이나 거들 요량으로 금군의 뒤를 따랐던 자들인데. 지금에는 그저 하나같이 질린 낯짝으로 소명을 멀뚱히 보고 있었다.

일이 좋지 않다. 아니, 완전히 글러 먹었다. 문제는 불똥이 어디까지 튈 것인가였다. 잔뜩 움츠려서 눈치만 보는데, 소명은 딱히 신경 쓰지 않고 발걸음을 돌렸다. 가까이 모옥에서 주이청과 상 부인이 넋을 놓고 있었다. 두 사람은 벌어진 일을 처음부터 끝까지 지켜보았음에도 도대체 무슨 일이 벌어진 것인지 선뜻 받아들일 수가 없었다. 주이청은 금실이 수놓아진 비단 소매를 들어서 새삼 눈가를 훔쳐냈다. 그런다고 주변 풍경이 달라지지는 않았다. 그리고 소명이 웃는 기색으로 다가왔다. 그는 하나 지친 기색이 없었다. 주이청은 맥없이 입을 벌리고서 아무 소리도 내지 못했다. 그런 맹한 얼굴이라니. 다만, 상 부인은 소명이 모옥 마당에 들어서자 고개를 흔들며 하하, 짧은 웃음을 흘렸다. 그녀의 웃음에는 수많은 감정이 복잡하게 뒤섞여 있었다. 목숨이 경각에 이른 위험을 모면했다는 안도감과 더불어서 기껏 죽기를 각오하였던 것이 쓸모없어졌다는 허탈함까지. 그리고 다른 무엇보다 오랜 세월을 훌쩍 뛰어넘어 마주한 소명에 대한 놀라움이 가장 컸다. 그녀는 고개를 가로저으며 말했다.

"어찌 이런 일이 있을까. 그 어린 소명이 천하를 위진하는 고수가 되어서 돌아왔구나. 이야말로 실로 천운이 아니겠는가."

"천하 위진이라니요. 감당하기 어려운 말씀입니다."

소명은 걸음을 멈추고, 상 부인에게 두 손을 맞잡으며 깊이 고개 숙였다. 그러자 상 부인은 다시금 웃음 지을 수밖에 없었다. 감당하기 어려운 말이라니. 그녀는 지난 세월에도 주름 하나 없는 눈매를 슬쩍 찌푸렸다.

"이런, 겸양이 과하다. 주변이나 둘러보고 그런 말을 하려무나. 일천의 금군을 죄 때려눕히고, 일천의 토병을 큰소리로 내쫓아버린 사람이 어디 할 소리란 말이더냐?"

상 부인이 한창때라고 하여도 자신할 수 없는 일이었다. 마치 면박 주듯이 하는 소리에 소명은 머쓱하게 웃었다. 그리고 눈길을 피하려는 것처럼 고개를 돌렸다. 주이청이 여전히 눈코입 죄 벌린 채, 소명을 뚫어질 듯이 바라보고 있었다. 그의 놀란 심경은 상 부인보다 더하면 더했지, 절대 덜하지 않았다. 십수 년, 그 지난 세월 동안에 무슨 일이 있었던 것인지. 주이청은 짐작은커녕 어떤 생각도 할 수가 없었다. 머리가 텅 비어서, 흔들리는 눈으로 바라만 볼 뿐이었다. 어렸을 적의 친우가 지금 일대 고수의 풍모로서 눈앞에 있다.

"소, 소명, 소명아. 너 대체?"

소명은 히죽 웃었다. 아무리 그래도 이렇게까지 놀란 얼굴이라니. 반갑기도 했지만, 공연히 낯 뜨겁기도 했다. 그는 곧 쪼그려 앉아서, 주이청과 눈높이를 같이 했다.

"이봐, 아청."

"으, 응."

"너 한마디만, 딱 한마디만 해라. 그럼 저기 있는 놈들도 마저 싹 치워버리마."

소명은 턱 끝으로 모옥 가까이 옹송그리고 있는 무부 무리를 가리켰다. 주이청은 저도 모르게 고개를 들어 그들에게 눈길을 던졌다. 소명은 멍한 그에게 말을 이었다.

"네가 용상(龍床)을 원한다고 하면, 당장에라도 황도로 달려가 거치적거리는 것들도 죄 쓸어버릴 것이다."

주이청은 홱 고개를 돌렸다. 목에서 소리가 날 지경이었다. 그는 크게 뜬 눈을 느릿하게 깜빡거리며 소명의 태연한 낯을 물끄러미 바라보았다. 지금 무슨 소리를 들었는가 싶은 얼굴이었다. 일백의 무부를 전혀 안중에 두지 않는 모습에 더해서 용상에, 황도 운운이다. 상 부인도 당황하기는 다를 바가 없었다. 아무리 허언일지라도 쉽게 입 밖에 낼 수 있는 말이 아니었다. 그러나 가볍게 여기기에, 지금 소명의 기세는 묵직했다. 진정으로 남은 무부들을 모조리 쓸어버리고, 그대로 황도로 내달릴 듯했다.

소명은 재촉하지 않았다. 입가에는 흐린 미소를 머금고 있었지만, 지켜보는 두 눈에는 조금의 흔들림도 없었다. 그는 주이청을 직시하며 답을 기다렸다. 주이청은 입을 벌린 채, 소명의 눈길을 마주했다. 그러다가 문득 한숨처럼 힘없는 웃음이 흘렀다.

"하, 하하. 하하."

아니 웃을 수가 없다. 용상을 거론하는 바는 곧 혼자 천하를 상대하겠다는 것과 무엇이 다를까. 웃음소리가 점점 크게 울렸다. 그 웃음소리에 모옥을 향해서 귀를 쫑긋 세우고 있던 무부들은 화들짝 놀라 자리에 납작 엎드렸다.

"사, 살려주십시오!"

"살려주십시오, 황자 전하!"

그들은 냅다 고개를 조아리며 사정했다. 일백이나 되는 무부가 모였음에도, 조금의 용기조차 낼 수가 없었다. 무인의 웅심은 온데간데없었다. 소명이 보인 신위는 그만큼이나 압도적이었다. 그러나 걱정과 달리, 소명은 그들을 돌아보지 않았다. 그는 고개를 푹 숙인 채, 웃고 있는 주이청에게서 눈을 떼지 않았다. 소명의 눈은 진지했다. 주이청이 고개만 끄덕이면, 용상에 그를 앉히고 말 터였다.

지닌 모든 이름을 다하고, 그 이름을 전부 탁류 속에 처박는다고 하여도 주저하지 않을 것이다. 그러나 주이청은 웃음 끝에 고개를 내저었다.

"그러지 마라. 소명아, 너마저 그러지 마라."

주이청은 속삭이듯 말했다. 처연함이 그득했다. 십여 년을 헤아리는 세월, 그 세월 만에 마주한 옛 친구에게 용상이 어떻고, 황위가 어떻고 하는 소리를 들어야 한단 말인가. 주이청은 괴로울 뿐이었다. 그는 금 위에 올린 두 손을 단단히 움켜쥐고서 바르르 떨었다. 소명은 차분한 목소리로 다시 물었다.

"정히 아무 욕심도 없는 거냐?"

"나에게 단 일 푼이라도 욕심이 있다면, 어디 이놈, 저놈 하는 소리를 얌전히 듣고 있을까."

주이청은 퍼뜩 고개를 들었다. 무슨 괜한 소리를 하느냐는 듯이 찌푸린 얼굴이었다. 그러나 눈 아래는 축축하게도 젖어 있었다. 소명은 히죽 웃었다. 십삼황자 주이청, 아니 옛 친구 이청의 모습 그대로였다. 어린 시절, 난장판을 벌이는 친구들 옆에서 조용히 앉아 금을 뜯던 모습이 새삼 선명했다. 소명은 천천히 고개를 끄덕였다.

"그래, 네 말대로다. 대단하신 황자 앞에서라면 이렇게 편히 말할 수는 없는 노릇이지. 변하지 않았구나, 아청."

"네 녀석이야말로, 속에 구렁이 너덧 마리 품고 있는 것은 여전하다."

"어허, 어디 그런 서운한 말을."

소명은 손사래 치며, 너스레를 떨고서는 고개를 돌렸다. 상 부인이 인제야 마음을 놓은 듯이 고요한 미소를 머금고서 둘을 보고 있었다. 은은하면서도 결코 경시할 수 없는 기세가 일거에 사그라지고 나서야, 소명의 웃음이 비로소 밝게 보였다. 그녀는 문득 치미는 짧은 한숨을 삼켰다.

'심중의념(心中意念)이 기세로 드러나다니.'

어쩌면, 소명의 경지가 상상 이상일지도 모른다는 생각이 언뜻 뇌리를 스쳤다. 잠시 머뭇거릴 새, 소명이 물었다.

"이 녀석이야 그렇다 치고, 상 부인께서도 괜찮으신지요?"

"왜, 이 늙은이 말에 황성으로 달려가 줄 텐가?"

"아무렴요."

"하하, 일없네. 일없어. 황자께서 마음 편하시면 그것으로 충분할 따름이야."

소명은 웃음 짓는 상 부인에게 공손히 고개 숙였다.

어느 일에도 흔들림 없는 고아한 모습이 옛적과 조금도 다르지 않았다. 그저 세월이 남긴 흔적이라 흑옥같이 검었던 머리카락이 세어서 하얗게 반짝일 뿐이었다. 소명은 곧 자리를 털고 일어섰다.

"그럼, 남은 정리를 하겠습니다."

"너무 험하게는 말거라."

"그리하지요."

당부 아닌 당부에, 소명은 가만히 웃음 지었다. 사정을 두라는 것이 아니고, 너무 험하게는 말라 하시니. 고개 돌리는 순간 만면에 그득하였던 웃음이 차갑게 돌변했다. 묵직한 눈초리가 얼기설기 엮은 조악한 울타리를 넘었다. 지금 이때에 남은 정리라면 과연 무엇을 가리키겠는가.

소명이 나서자, 무부들은 화들짝 놀라서 고개를 치켜들었다. 가슴이 철렁하고 내려앉아, 누구랄 것 없이 낯빛이 하얗게 질렸다. 소명은 그네들의 놀란 심정을 굳이 헤아리지 않았다. 그저 성큼성큼 다가가 엉거주춤한 그들을 둘러보았다.

자리한 무부들은 다들 저 있는 곳에서 그래도 한 가락씩은 하는 인사들이었다. 적 둘 곳이 없어 떠돌아다니는 낭인, 용부 따위가 아닐, 하북무림에서 이름 좀 알려진 이들이 대부분이었다. 그런즉, 금군의 일에 나서지 않았겠는가.

그러나 위세고 나발이고, 다가오는 소명의 걸음에 바짝 긴장하여서 어깨를 들썩거리고 있으니, 그 모양새는 스스로 생각해도 애처로울 지경이었다.

생각 있는 자들은 소명의 정체에 대해서 열심히 머리를 굴렸지만, 언뜻 떠오르는 바는 추호도 없었다.

'아니, 대명천지에 이런 괴물이 대관절 어디서 떨어졌단 말인가.'

괴물이 달리 괴물이 아니었다.

소명이 차라리 뚜렷한 무공이나 절기를 드러내기라도 하였다면, 이렇게까지 쪼그라들지는 않았을 터였다. 진신무공은커녕 아무렇게 내지르는 주먹질, 발길질에 수많은 금군이 나가떨어졌다. 거기서 무슨 내력을 짐작할까. 정체를 모른다는 것은 더욱 큰 두려움이었다.

눈치만 보며 마른침이나 삼킬 새, 소명은 그들 앞에 와서 물었다.

"딱 봐도, 무슨 체계가 있는 것 같지는 않으시고. 대표하는 사람은 누구요?"

대표를 찾자, 무부들은 눈을 끔뻑거리다가 누구랄 것 없이 일제히 한쪽으로 고개를 돌렸다. 무부들 뒤로 따로 무리를 이룬 이들이 있었다. 팽가의 도객들이다. 그들은 쏟아지는 여러 눈길에 당혹감을 감추지 못했다. 그러나 섣불리 움직일 수도 없었다. 그들 뒤에 팽가의 소가주, 팽곽이 인사 불성으로 쓰러져 있었다.

소명은 흘깃 그쪽을 보고는 낮게 혀를 찼다.

"이런."

팽곽을 저 모양으로 만들어 놓은 것이 바로 소명, 자신의 주먹이 아니었던가. 하기야 여기 모인 여러 무부 중에서 나설 만한 이라면 하북 팽가 정도였다. 그러나 정신 못 차리는 작자를 두고 무슨 말을 할까. 그 사이, 팽곽을 에워싼 팽가의 도객들은 어찌할 바를 몰랐다. 그들은 소명의 눈길에 저도 모르게 칼자루를 불끈 움켜쥐었다. 그러나 차마 뽑아 들 수는 없었다. 아무리 생각해도, 지금 그들로는 감당할 수 있는 상대가 아니었다. 일천 금군이 속절없이 무너지는 모습을 두 눈으로 보지 않았던가.

경거망동할 수 없다. 팽가의 혈기가 일어 부득불 칼을 잡았으나, 상대의 신위가 떠올라 절로 손목이 굳었다.

'빌어먹을!'

팽가 도객 중 연장자로서 가장 앞서 있는 중년의 도객, 팽우기는 내심 욕지거리를 짓씹었다. 짧지 않은 강호인생이었으나 이런 난처함은 없었다. 본래는 소가주를 호위해 잠시 외유하는 것에 지나지 않은 일이었건만, 이게 무슨 날벼락인지. 아무리 생각해도 그들로는 감당할 수 있는 상대가 아니었다.

일천 금군이 복날에 개 패듯이 두드려 맞고 죄 나가떨어
지지 않았던가. 그렇다고 등을 보일 수도 없었다.

팽가의 엄한 가규(家規), 그중에도 특히 삼죄가 있어서
그들의 발목을 단단히 붙잡고 있었다. 적에게 등을 돌려서
도, 사정을 구하여도, 구명을 받아도 아니 되는 일이었다.
애타는 속내가 그들 얼굴에 고스란했다. 불현듯 소명이 한
걸음 다가서자, 팽우기를 제외한 다른 도객들은 놀라 칼을
뽑아 들었다.

차차창! 스치는 쇳소리가 날카롭다. 서슬 퍼런 도광이 번
쩍거렸지만, 들이민 칼끝이 흔들리고 있었다. 팽가라는 이
름에는 전혀 어울리지 않는 모습이었다. 팽우기의 얼굴이
일순 피가 몰려 확 달아올랐다.

'이, 이 미련한 것들이!'

그는 치미는 욕설을 간신히 삼켰다. 제대로 겨누지도 못
할 바라면, 차라리 뽑지를 말 일이다. 흔들리는 칼끝이라
니. 이게 무슨 창피인지.

소명은 자신을 겨누는 여러 자루의 칼날을 물끄러미 보
더니, 한숨을 푹 내뱉었다. 패기도, 결기도 없이 그저 뽑아
든 것이 고작이니. 그는 문득 나이 있는 중년 도객, 팽우기
에게 눈길을 주었다. 잔뜩 달아오른 얼굴이 되레 안쓰럽다.

그는 곧 눈살을 찌푸리며 말했다.

"내 비록 당신네 소가주를 저 지경으로 만들긴 했지만, 이래 보여도 팽가의 친구를 자처하는 사람이오. 더는 탓할 생각 없으니, 당신들은 그만 물러가시구려."

"그, 그것은 어인 말씀이시오? 본가의 친구? 대체 당신 정체가."

"지금은 십삼황자의 친구, 그 정도면 충분하지 않겠소?"

소명은 담담한 태도로 말했다. 하기야 틀린 말은 아니었다. 팽가의 직계와는 연관이 없으나, 팽지도를 비롯해 팽가의 젊은 영웅 셋과 나름의 교분을 나누지 않았던가. 소명은 그들을 기억하며 팽가에게 다른 책임을 묻고자 하지 않았다. 그리고 잔뜩 달아올라 있는 팽우기의 처지가 나름 안쓰럽기도 하였으니.

팽우기는 헛바람을 집어삼키고는 의심스럽다는 눈으로 소명을 바라보았다. 진의를 헤아리고자 함이었지만, 찌푸린 눈매 너머 흑백이 또렷한 눈동자를 암만 들여다보아도 속내를 알 수가 없었다. 팽우기는 결국 긴장한 허리를 세우며 가만히 한숨을 흘렸다. 심주가 흔들린 마당이었다. 억지로 한다고 어디 전의(戰意)가 바로 서겠는가. 그는 볼썽 사나운 꼴로 나자빠진 소가주 팽곽을 흘깃 보았다. 두 눈을 하얗게 까뒤집고는 콧대에서 붉은 피가 줄줄 흐르고 있다.

어차피 소가주가 요 꼴이라 어디 떠들고 다닐 처지도 아니다. 무엇보다 여전히 흔들리는 칼끝을 들이밀고 있는 젊은 녀석들 꼴이 더 갑갑하다.

가랄 때에 순순히 가는 것이 백번 나으니.

팽우기는 재차 땅이 내려앉을 듯이 한숨을 푹 내뱉고는 소명을 향해 두 손을 맞잡았다.

"배려에 감사드리오."

"별말씀을."

소명도 마주 두 손을 맞잡았다. 팽우기는 곧 젊은 녀석들을 버럭 다그쳐 발 빠르게 자리를 피했다. 험악한 얼굴로 아득바득 이를 갈아붙이는데, 그 화살 끝은 소명이 아니라 축 늘어진 소가주를 등에 업고 부랴부랴 내달리는 가문의 젊은 것들을 향해 있었다.

소명은 군소리 없이 물러가는 팽가 사람들을 보다가 이내 남은 무부들에게 고개를 돌렸다. 눈치를 살피던 그들이 갑작스러운 눈길에 흡! 숨을 멈췄다. 긴장하는데, 소명이 말했다.

"당신들도 그만 가보시구려."

"예?"

너무도 간단하게 하는 말이다. 이제껏 가슴 졸인 것이 무색할 지경이어서, 무부들은 당황한 얼굴로 소명을 빤히 보앉다. 먼저 움직이는 사람이 없었다. 그러자 소명은 가만히 고개를 기울였다.

"아니면, 한번 해 보시겠소? 이 사람은 아직 할 만하오만."

"아니, 아닙니다!"

"감사합니다! 물러가겠습니다!"

감사는 무슨 감사인지. 다들 허겁지겁 손사래 치며 뒷걸음질하는 가운데, 구석에서 누군가 퍼뜩 소리를 높였다.

"예!"

느닷없는 외침에 일제히 입을 다물고, 장내가 별안간 조용해졌다. 이때에 대체 무슨 날벼락인가. 누군가 마른침 삼키는 소리가 크게도 울렸다. 무부들은 뜨악한 얼굴로 느릿하게 고개를 돌렸다. 맨 뒤에서 앳된 청년 하나가 한 손을 번쩍 치켜들고 있었다.

소명은 고개를 비스듬히 기울인 채, 묘한 눈길로 청년을 빤히 바라보았다. 결기 있게 손을 번쩍 치켜들고 나서기는 하였는데, 얼굴은 창백했고, 두 눈은 물론 손발이 부들부들 떨리고 있었다. 있는 용기, 없는 용기 다 긁어모아서 나선 모양이었다. 다른 무부들은 행여 불똥이 튈까 두려워서 슬금슬금 물러나, 거리를 두었다. 이내 청년 혼자서 덩그러니 있었다. 주변 모습에 흠칫 당황했지만, 치켜든 손을 내리거나, 물러나지 않았다. 소명은 넌지시 물었다.

"누구시오?"

"예, 옛! 하북 철비당(鐵臂黨) 이대제자 도연성입니다!"

"흠, 하북의 철비당. 그렇구려."

청년은 묻는 말에 놀라 외쳤다. 소명은 가만히 고개를 끄덕였다. 젊은 패기인가. 다른 별호가 있기는커녕, 강호 경험마저 일천한 모습이다. 많이 봐야 이제 약관이나 갓 넘겼을 법한 앳된 모습이니. 도연성이라는 사내는 잠시 붉은 얼굴이었으나, 두 눈동자는 반짝거렸다. 소명은 길게 고민하지 않았다. 그는 히죽 웃으며 싫은 기색 없이 말했다.

"좋소, 기다리시구려. 나중에 한번 어울려 봅시다."

"흐헛, 가, 감사! 감사합니다!"

도연성은 흔쾌히 허락하는 모습에 크게 감동하여서, 거듭 고개를 숙였다. 막상 나서기는 했지만, 허튼소리라며 무시당하거나, 한 주먹에 황천을 구경할지도 몰라 두려웠던 터였다. 그럼에도 고수의 가르침이 간절했다. 다른 무부들은 상황을 대충 헤아리고는 새삼 부러운 눈으로 그를 바라보았다. 어울려 보자니, 무슨 뜻이겠는가. 그렇다고 인제 와서 감히 따를 수도 없었다. 소명이 바로 웃음을 싹 지우고는 새삼 차가운 눈으로 무부들을 둘러보았다.

"조용히 떠나시오. 어디 가서 허튼소리는 하지 마시구
려. 알겠소?"

"아, 아무렴요. 아무렴요."

굳이 위압할 것은 없었다. 상황을 마무리하는 데, 차분한
한마디로 충분했다. 소명이 말하는 '허튼소리'에는 의미가
깊었다.

일천 금군을 상대한 것도 그렇지만, 결국 황가의 일이니.
어디서 입방아에 올릴 일이 결코 아니었다. 무부들은 순순
히, 아니 기다렸다는 듯이 우르르 물러나고, 자리에는 가르
침을 청한 도연성 한 사람만이 멀뚱히 남았다. 그는 여전히
바짝 얼어붙어 있었다. 소명은 그를 놓아두고서, 발길을 돌
렸다. 워낙에 일을 크게 벌여놓아서, 마무리할 것이 하나,
둘이 아니었다.

"자아, 어디 진솔하게 얘기를 좀 나누어 보실까."

말과는 달리, 소명은 좌우 손목을 빙글빙글 돌려가면서
가볍게 몸을 풀었다. 모르기는 몰라도 한바탕 소란이 일어
날 것이 뻔했다.

일천의 금군을 상대함에, 호되게도 손을 썼지만, 죽음에
이른 자는 소명과 팽곽 사이에 끼어든 불운에 죽어나간 부
장 한 사람뿐이었다. 나머지는 멀찍이 나가떨어져서 정신

을 차리지 못했다. 위아래 구분할 것 없었다. 부장이고, 졸병이고, 진열을 이루어 압박해도 한 주먹에 무너지기 일쑤였고, 스치기만 해도 흙바닥에 얼굴을 처박거나, 하늘로 솟구쳐버리니. 사람으로 어찌 상대할 수가 없었다. 그 와중에 누가 누구를 챙길까.

소명은 한곳으로 터벅터벅 걸어갔다. 흙무더기가 엉망으로 패이고, 온갖 병장기가 나뒹굴었으며, 누군가의 머리며, 몸통을 보호했을 갑주 따위가 파묻혀 있었다. 사람은 죄 도망하고 남은 흔적이 그런 것뿐이었다. 그리고 소명의 걸음이 멈췄다. 그는 발아래를 물끄러미 내려다보며 피식 헛웃음을 흘렸다. 자리에는 한 사내가 엉망으로 처박혀 있었다. 바로 일백의 무부와 일천의 금군을 이끌고 온 자, 장씨 성의 천호였다. 우두머리라지만, 그는 진즉 나가떨어져서 이제껏 정신을 차리지 못했다.

장 천호는 고개를 처박고는 뭐라 뭐라 헛소리를 우물거렸다. 손발에는 조금도 힘이 들어가지 않았고, 번드르르하게 걸친 갑주마저 그에게는 버거웠다. 소명은 허리 숙여 대뜸 멱을 잡아 일으켰다. 그래도 정신을 차리지 못하자, 축 늘어진 허연 낯짝을 아낌없이 후려쳤다. '짝!' 소리가 크게도 울렸다. 볼때기가 대번에 부풀어 올랐다.

"으악! 아이고!"

눈에서 불꽃이 파드득 튀어 오르니, 정신이 아니 돌아올 수가 없다. 장 천호는 멱이 잡힌 채, 사지를 바르르 떨더니 퍼뜩 눈을 끔뻑거렸다. 어찌 된 영문인지 전혀 알지 못하고 있다가, 곧 멱살을 잡은 손과 가까이 보는 소명의 눈길을 마주하고는 바락바락 악을 썼다.

"아니, 이, 이놈! 이것 놓지 못할까! 내가 감히 누군 줄 알고!"

"아니 그래도 궁금했지. 그래, 대체 뉘시오?"

소명은 바로 되물었다. 말 그대로 궁금했던 일이다. 어디의 누구라고 일개 천호라는 작자가 황자에게 죄인 운운하며 즉참(卽斬) 하려 드는 것인지. 어디 대단한 위명이나 한번 들어볼 참이다.

장 천호는 위세가 통하지 않자 머뭇거리다가 버럭 외쳤다.

"내, 내 뒤에는 칠황자께서 계시다! 이놈, 이 촌 무지렁이 놈아, 당장 내려놓지 못할까!"

"칠황자라, 그래, 그렇군."

소명은 그제야 상황을 헤아리고는 고개를 주억거렸다. 결국, 형제간의 다툼이다. 용상이란 그런 것이니. 장 천호는 칠황자의 이름에 주눅이 들었다고 여긴 것인지, 퍼뜩 음흉한 웃음을 흘렸다.

"흐, 흐흐. 이제라도 늦지 않았다. 나를 놓아주고 밝은 빛을 따름이 어떠하냐? 내 오늘 일 다 잊고, 너를 천거하여서 세상 부귀영화를 안겨주마."

"밝은 빛이라? 칠황자라는 작자를 말하는 게냐?"

"자, 작자라니! 이놈, 무엄하다!"

"음, 내가 무엄할지 몰라도, 당신은 영 멍청한 것 같아."

"뭣이?"

"이렇게 나오면, 곱게 죽여줄 수가 없잖아."

장 천호는 소명의 은근한 목소리에 화들짝 놀라 새삼 눈을 치떴다. 그는 웃는 소명의 눈매에 서늘한 빛이 어려 있음을 뒤늦게 깨달았다. 덜컥 겁을 집어먹고는 부들부들 어깨를 떨었다. 엉망이 된 갑주도 덩달아서 덜그럭, 덜그럭 소리를 내었다. 이제야 상황을 파악한 셈이었다. 소명은 싱긋 웃었다.

"그래, 칠황자는 어디에 계시나?"

"태, 태원부."

"태원부라. 그렇군, 그때의 소란이 전부 칠황자의 행차 때문이었지."

소명은 흑선당의 본점을 찾았을 때의 일을 기억했다. 수많은 병사가 태원부의 높은 성벽을 에워싸고 오가는 백성들을 들들 볶아대더니, 그것이 이청을 잡겠다고 하는 소란이었다.

소명은 가만히 입매를 찌푸렸다. 하고자 하면, 이대로 심
산유곡에 은거하여 한평생을 소일할 수도 있을 터였다. 그
러나 칠황자라는 작자가 순순히 포기할지, 다른 황자들은
또 어떠할지. 소명은 깊이 고민했다. 그사이, 장 천호는 여
전히 멱살을 붙잡힌 채, 속절없이 굳어 있었다. 아무 말도
없이 혼자 고민하는 모습은 그에게 고문이나 다름없었다.
그도 이제 상황을 깨달았다. 죽고 살고가 온전히 소명의 의
중에 걸려 달려 있다. 자신이 누구이고, 어디 출신이며, 누
구의 자제인지, 또 뒤에 누가 있는지, 아무런 의미가 없었
다.

"으, 으으으."

두려움에 혀가 굳어 살려달라는 말조차 나오지 않았다.
크게 뜬 눈동자가 정신없이 요동쳤다. 수많은 병사를 한주
먹에 날려버린 저 주먹이 당장에라도 그의 머리를 박살 낼
것만 같았다. 사시나무 떨 듯이 온몸을 벌벌 떨었다. 그럴
수록 걸친 갑주는 한층 요란하게 덜그럭거렸다.

소명은 이내 눈살을 찌푸린 채, 주변을 둘러보았다. 드넓
은 들판에서도 유독 엉망인 이곳에는 남은 금군이 못해도
수백은 고개를 처박은 채 정신을 놓고 있었다. 종적을 감추
고자 한다면, 여기 남은 이들을 가만히 놓아둘 수는 없다.

소명은 피식 웃어버리며 고개를 가로저었다. 그는 마음을 정리했다.

"아무리 무자비하다고 해도, 수백이나 되는 생목숨을 모조리 죽여 놓을 수야 없는 일이지."

죽이지 않겠다는 말에 장 천호의 얼굴이 순간 환하게 밝아졌다. 살길이 어찌 보이는 모양이었다. 소명은 장 천호를 움켜쥔 손을 놓았다. 그러자 장 천호는 더 버티지 못하고 흐느적 자리에 주저앉았다.

'사, 살았다.'

그는 크게 안도하여서 두 어깨를 축 늘어뜨리고, 망연한 얼굴을 떨구었다. 눈가가 뜨끈하여서 당장에라도 눈물이 쏟아질 듯했다. 그런데 머리 위에서 소명의 담담한 목소리가 들렸다.

"아니, 그렇다고 당신한테까지 책임을 묻지 않겠다는 말은 아니고."

"엇?"

장 천호는 퍼뜩 고개를 들었다. 소명의 말을 바로 이해하지 못했다. 망연한 그의 눈가에 소명의 무감정한 눈빛이 비쳤다. 그제야 벼락처럼 위험이 엄습했다.

'사, 살려. 살려.'

움직이지 않는 혀끝에서 하소연이 맴돌았다. 소명은 간

단히 주먹을 내질렀다. 둔중한 울림이 장 천호의 골을 크게 뒤흔들었다. 그리고 어둠이 빠르게 몰려왔다. 아픔이나 두려움은 더는 느껴지지 않았다. 장 천호는 힘없이 고꾸라졌다. 흙바닥에 얼굴을 처박았다. 겉보기로 아무런 외상도 없었지만, 멍한 얼굴에는 아무런 생기도 남아 있지 않았다. 소명은 가볍게 손을 털었다. 새삼 들판이 마냥 고요했다. 죽을 사람은 죽었고, 살 사람은 살았으니. 그는 무심히 발걸음을 돌리며 중얼거렸다.

"알아서들 돌아가라고."

누구에게 하는 말인지. 읊조리는 한마디에 눈 꼭 감고 쓰러진 병사들이 일제히 꿈틀거렸다.

문득 쓸쓸한 곡조가 가만히 울렸다. 떠난 몇몇 혼백을 달래기 위함인지, 모옥에서 이청이 금을 탄주했다. 저무는 노을빛을 타고 금 소리가 맴돌았다. 상 부인은 한결 편한 얼굴로 이청이 탄금하는 모습을 바라보았다. 노부인의 입가에 흐뭇한 미소가 가득했다.

높은 하늘에서 누런 먼지가 뽀얗게 흩어졌다. 메마른 바람이 서걱서걱 소리를 냈다. 소명은 이청의 곡조에 귀 기울이다가, 이내 눈살을 찌푸리며 고개를 가로저었다.

"원, 청승하고는."

깊은 밤, 날은 흐려서 달빛조차 구름 뒤에 숨어 사방이 어둑어둑했다. 태원부는 깊이 잠들어 있었다. 그런데 아문의 심처(深處)에서는 불을 환하게 밝혀서 대낮처럼 환했다. 수백 근의 장작이 활활 타올랐다. 그곳의 안과 밖으로 번쩍거리는 금장투구의 금군, 일백이 자리를 지켰다. 굉장히 삼엄한 경계를 취하는 듯하나, 실상은 방만할 따름이었다. 눌러쓴 투구 아래에는 무료함에 흐리멍덩한 눈이었다. 외곽이야 태원부 병사들이 지키고 있으니, 무슨 큰일이 있겠는가 하는 심산이었다. 금군은 저들끼리 수군거리며 잡담을 나누거나, 또는 창에 고개를 박고 졸기 바빴다. 그렇게 요식 행위로 지키는 내전에서는 신경질적인 외침이 터졌다.

"끄아아악!"

괴성과 함께 와장창! 깨지는 소리가 요란하게 울렸다. 높은 담을 넘어서까지 울리는 소리에 금군들이 퍼뜩 고개를 들었지만, 이내 '또 시작이군,' 하는 얼굴로 고개를 내저었다.

값비싼 당삼채(唐三彩)가 번쩍 들리더니 냅다 기둥을 향해 날았다. 커다란 도자기가 깨져나가는 소리는 요란했다. 파편이 사방으로 튀었다. 당대(唐代)의 진품으로 못해도 수천 냥에 달하는 도자기가 허망하게 깨져버렸다. 던진 이는 씩씩 숨을 몰아쉬었다. 그러고도 모자라 두 눈을 희번덕거리며 고개를 돌렸다. 병약하여 창백한 얼굴에 옅은 눈썹을 날카롭게 치켜들었다. 화려한 내실을 밝힌 등불이 눈가를 비추어서, 섬뜩한 광기가 더욱 선명하게 일렁였다. 칠황자였다. 그는 치뜬 눈초리를 바들바들 떨어대며, 문가에서 고개 숙인 두 노신(老臣)을 향해 바락바락 악을 썼다.

"왜, 왜 아직도 소식이 없어! 장 천호는 대체 뭘 하고 있는 게야!"

칠황자는 제 성질에 못 이겨 광태를 부렸다. 쇳소리인 양 탁한 목소리가 거칠었다. 고개 숙인 두 노신은 아무런 말도 없었다. 그들은 한숨을 목 아래로 삼킬 뿐이었다. 칠황자의 평소 성정을 누구보다 잘 아는 까닭이었다. 이럴 때에는 굳이 나설 것도 없었다. 두 사람은 마치 자리에 있는 듯, 없는 듯이 침묵만 지켰다.

칠황자는 재차 잡히는 것을 집어던지고, 괴성을 내지르다가, 결국 제풀에 지쳐버렸다. 그는 두 팔을 축 늘어뜨리고 간절하게 헐떡거렸다. 숨이 힘겨워, 앙상한 손가락으로 제 가슴팍을 부여잡았다. 그렇지 않아도 병색 깊어 창백한 얼굴이었다. 눈 아래가 거뭇해지며, 입술이 파랗게 질렸다. 그제야 두 노신은 허리를 세우고, 앞으로 나섰다. 밝힌 등불이 둘의 모습을 비추었다.

한 사람은 어림친위군의 금빛 갑주를 갖추고, 검은 전포를 늘어뜨린 장년의 장수였다. 칠황자를 지키는 친위군의 수장으로 맹가를 쓰는 사람이다. 다른 한 사람은 검은 유삼을 걸친 백발의 노인이었다. 단정하게 쓸어 올린 머리카락이나 늘어뜨린 수염은 서리 앉은 듯이 새하얗지만, 얼굴은 아이처럼 미끈하고 발그레하여서 나이를 정확하게 가늠하기 어려웠다. 기품 있는 노학사의 차림이었으나, 실상은 환관으로 봉 공공이라는 자였다. 수염도 붙인 것에 지나지 않았다.

봉 공공은 서둘러 칠황자를 부축했다. 황자는 답답한 가슴을 붙잡고서 계속 헐떡거렸다. 맹 천호는 부랴부랴 찻물을 챙겼다. 덜덜 떨리는 손으로 잔을 받아 들이켜는 데, 봉 공공은 그 모습을 마냥 안쓰러운 눈으로 바라볼 뿐이었다. 공공은 그리고 달래듯이 천천히 말했다.

"그만 진정하십시오. 시간이 늦어 잠시 걸음이 늦었을 것입니다. 십삼황자는 이제 일신을 의탁할 곳도 없는 처지이니, 다 끝난 일이나 다름없습니다. 전하께서 애태울 것이 없습니다."

"그렇지요, 봉 공공 말씀이 옳습니다."

맹 천호는 봉 공공의 눈짓에 억지웃음을 흘리며 말을 거들었다. 그러나 속내로는 전혀 다른 생각이었다.

'젠장, 이끄는 놈이 반편이인데, 뭐가 끝난 일이란 말이

야. 그만한 전력으로도 이제껏 소식이 없다는 건, 일이 틀어져도 단단히 틀어졌구먼.'

맹 천호는 속에서 치미는 본심을 한숨으로 다잡았다. 그러자 봉 공공이 새삼 매서운 눈초리로 그를 노려보았다. 감히 황자 전하 앞에서 한숨이라니. 책망하는 눈길에, 찔끔해서 고개를 돌렸다. 봉 공공은 곧 칠황자를 다독였다. 황자는 파랗게 질린 얼굴로 어깨를 들썩거렸다. 광증(狂症)이었다. 수시로 감정의 기복이 심하였고, 사람 목숨 알기를 벌레만도 못하게 여겼다. 자신이 기르던 귀뚜라미가 싸움에 졌다고 밟아 죽이고, 성질에 따르는 시녀를 몇이고 죽인 일은 그리 대수롭지도 않았다.

"으아아앙!"

악을 쓰며, 패악을 부릴 때는 언제고 이제는 대여섯 살 아이처럼 팔다리를 마구 휘저으며 울음을 터뜨렸다. 제 분을 못 이겨 하는 짓거리였다. 보고 있는 것만으로도 한숨이 나올 지경이었지만, 이제는 노년에 접어든 두 사람은 칠황자를 마냥 다독였다. 나이 지긋한 두 사람의 노력 덕분인지, 칠황자는 오래지 않아서 딸꾹질과 함께 울음을 간신히 그쳤다. 그는 잔뜩 부어오른 눈을 한 채, 두 사람에게 물었다.

"참말이지? 참으로 끝난 일이 분명하겠지? 그냥 소식이

늦는 것뿐이란 말이지?"

"아무렴요. 이제 거슬릴 것 없습니다. 저하."

"그래, 그래야지. 아무렴 그래야 하고말고."

칠황자는 자리에서 벌떡 일어났다. 바로 차분해져서, 울고불고하며 난리 치던 광증이 바로 사그라졌다. 이럴 때에는 또 천하에 없을 기재의 모습이다. 봉 공공은 다행이라 여기는지, 허허 웃었다. 그러나 맹 천호는 저것이야말로 제대로 미쳤다는 것이라, 더욱 질린 얼굴로 칠황자와 봉 공공을 번갈아 보았다.

"크흠, 공공. 소장은 나가서 기별이 왔는지 확인해 보겠습니다."

"그리하시게, 맹 천호."

봉 공공은 선뜻 고개를 끄덕였다. 맹 천호는 숨을 가다듬는 칠황자에게 예를 취하고는 조심스럽게 방을 나섰다. 문을 열기가 무섭게 밤바람이 불어왔다. 그는 답답한 속내를 달래고자 한숨을 길게 내뱉었다.

"후우." 채 몇 걸음을 내딛다가, 도망하다시피 나선 방문을 돌아보았다. 욕지거리가 턱 아래까지 치솟았지만, 어디나 듣는 귀가 있고, 보는 눈이 있는 것이 황실이다. 무심결에 뱉은 한 마디에 목이 달아날 수도 있는 곳이니. 맹 천호는 욕지거리 대신 앓는 소리를 흘렸다.

'어쩌다가 칠황자 같은 광인과 얽혀서는.'

그러나 한탄하기에 때는 늦었고, 칠황자를 애지중지하는 봉 공공의 그늘이 너무도 짙었다. 아무리 어림친위군이라 하나, 봉 공공의 손짓 하나면 목이 달아나는 미천한 직위에 지나지 않다. 그는 고개를 내저으며 성큼 걸음을 옮겼다. 입에서 짜증 실린 고성이 터졌다.

"아무도 없느냐?"

그런데 당장 돌아와야 할 어떤 답도 들려오지 않았다. 맹 천호는 와락 이맛살을 찌푸렸다.

"아니, 이것들이 또."

경계를 소홀히 하고, 다른 딴 짓하는 모양이라. 맹 천호 는 노한 기색을 그대로 드러냈다. 보나 마나 몇은 어디 구 석에 숨어 노름판이나 벌이고 있을 것이고, 또 몇은 주색잡 기에 빠져서, 가까이의 시비나 희롱하고 있을 터였다. 그렇 지 않아도 불편한 속내에 아주 불을 활활 지피는 셈이었다. 맹 천호는 칠황자의 아래에는 모두 반편이뿐이고, 광인뿐 이라, 한탄하며 걸음을 옮겼다. 오늘에는 봉 공공에게 싫은 소리를 듣더라도 아랫놈들을 호되게 다그칠 참이었다. 눈 엣가시와 같은 장 천호가 없는 마당이라, 이보다 좋은 기회 는 없을 모양이다. 그런데 채 너덧 걸음 만에 우뚝 멈춰 섰 다. 맹 천호는 퍼뜩 고개를 치켜들었다. 사방이 한없이 고요하다. 그는 새삼 깨달았다. 그저 밤이 깊어 조용한 것이 아니었다. 주변을 살피자, 곳곳에 밝힌 세찬 불길이 바람에 흔들리며 일렁거렸다. 다른 인기척이 조금도 없었다. 아무리 딴짓을 한다고 해도, 이렇게까지 고요할 수는 없는 일이다. 맹 천호는 가슴 한 곳이 괜스레 서늘했다. 그는 다급하게 전각을 돌았다. 그러자 앞마당에 불 밝힌 자리가 무수했고, 구석에는 모여 있는 금군의 모습이 있었다. 무장은 벽에 세워놓고 저들끼리 모여 앉은 모양새가 딱 노름판이었다. 맹 천호는 뿌득 이를 악물었다. 그들은 맹 천호가 나타났음에도 고개 돌리기는커녕 저들 하는 것만 빤히 보고 있었다. 그야말로 폭발할 지경이었다.

"이놈들!"

맹 천호는 허리춤의 패도를 움켜쥐고는 버럭 노성을 터뜨렸다. 즉결로 목을 베어도 아무 말도 못 할 상황이었다. 그런데 맹 천호는 바로 칼을 뽑지 못했다. 주저앉은 금군들이 알아서 픽픽 쓰러졌다.

"아, 아니?"

맹 천호는 허겁지겁 달려가 그들의 상태를 살폈다. 하나같이 눈을 뒤집고 정신을 놓고 있었다. 누구에게 어찌 당한 것인지, 맹 천호로서는 가늠할 수도 없었다. 그저 분명한 것은 당했다는 것이다. 맹 천호는 번쩍 고개를 들고, 다른 수하들 모습을 찾았다. 넓은 마당 여기저기에 다른 금군의 꼴도 다를 바가 없었다.

"화, 황자 전하!"

칠황자가 위험하다. 맹 천호는 부랴부랴 자리로 돌아가고자 고개를 돌렸다. 그런데 불현듯 섬뜩한 느낌이 허리춤을 파고들었다. 맹 천호는 달려 나가려는 모습 그대로 뻣뻣하게 굳어서, 서서히 앞으로 고꾸라졌다. 주변의 소리가 멀어지고, 어두운 흙바닥이 눈앞으로 달려들었다. 쿵, 둔중한 소리가 울렸지만, 다른 고통은 느껴지지 않았다. 그의 옆으로 낯선 발걸음이 차분하게 지나갔다.

'누구?'

맹 천호는 하다못해 고개라도 들고자 했지만, 옴짝달싹할 수가 없었다. 발소리가 차츰차츰 멀어지고, 맹 천호의 의식도 따라서 멀어졌다.

소명은 가볍게 옷을 툭툭 털었다. 서두른다고 머리부터 발끝까지 먼지투성이였다. 마주하는 바람결에 옷이 다 해어질 지경이었다.

"쯧."

그는 내심 혀를 한번 차고는 사방이 고요한 전각을 두리번거렸다. 가까이 있는 모든 인원을 잠재웠고, 이제 남은 것은 전각 안에 있는 두 사람뿐이었다. 병사고, 고용인이고 할 것 없이 모두 제압했으니. 오늘 밤은 참으로 조용할 터였다. 소명은 불 밝힌 방문으로 다가갔다. 맹 천호가 걸어 나온 방이었다. 방 주변뿐만이 아니라, 전각의 안과 밖으로 경계는 제법 삼엄했지만, 지금은 무인지경이나 다름없었다. 소명은 달리 눈치 볼 것도 없어, 벌컥 문을 열고 들어섰다. 그 순간, 붉은 손바닥이 대뜸 면전으로 들이닥쳤다.

소명은 딱히 놀라는 기색 없이, 붉은 손바닥에 마주 손을 내밀었다. 일체의 외력은 씻은 듯이 사라지고, 손과 손을 마주한 상황에 놓였다.

"흐읍!"

붉은 손의 주인, 봉 공공은 대번에 얼굴이 달아올랐다. 붙인 수염의 한쪽이 툭 떨어지는 통에 우스꽝스러운 꼴이었지만, 돌볼 겨를은 추호도 없었다. 전력을 다한 일장이 아무런 위력도 발휘하지 못했다. 그저 허공을 쳐낸 것인 양 일장의 공력이 허망하게 흩어졌다. 아울러 내민 손은 흡사 철벽을 맞대고 있는 듯했다. 공공은 이가 바스러질 것처럼 악물고 더욱 힘을 썼다. 그러나 상대가 태연히 걷는 걸음에 주춤하더니 곧 속절없이 뒷걸음질 쳤다.

"이, 이런!"

놀란 소리가 터졌다. 분명 모든 공력을 다하고 있건만,

밀려나는 뒷걸음을 어떻게 멈출 수가 없었다. 괴인은 봉 공공을 간단히 밀쳐내고 방 한복판에 섰다. 봉 공공은 맥없이 나동그라졌다.

'허윽! 이런 추태가!'

신음을 꿀꺽 삼키고 벌떡 일어나려 했다. 그러나 무슨 일인지 몸이 굳어 움직이지 않았다. 괴인은 봉 공공에게는 전혀 신경을 쓰지 않았다. 그는 대충 두리번거리더니, 곧 한쪽을 향해 눈길을 주었다. 칠황자가 있는 곳이었다. 봉 공공은 다급하게 외쳤다.

"에, 에이익! 멈춰라! 이놈, 멈추지 못할까!"

노구를 마구 흔들어대면서 일어나고자 했지만, 손발이 움직이지 않았다. 나가떨어진 모습 그대로 처박혀 있을 뿐이었다. 그 사이, 괴인은 느긋하게 안으로 향했다. 봉 공공의 얼굴이 삽시간에 흙빛으로 물들었다.

"아, 안 돼!"

칠황자는 밖에서 무슨 일이 벌어지는지 조금도 신경 쓰지 않았다. 그는 작은 향로 하나를 부여잡은 채, 솟아오르는 하얀 연기를 거듭 들이켜기만 했다. 그러다가 문이 쿵 열리는 소리에 몽롱한 눈을 돌렸다.

"맹 천호인가? 그래 어떻게 된 일이지? 반편이 놈은 죽은 건가?"

"음, 죽었지. 아주 확실하게 죽여 놓았어."

"뭐, 뭣?"

칠황자는 뜻밖에 들려온 낯선 목소리에 몽롱한 눈을 끔뻑거렸다. 다시 보니, 활짝 열어놓은 문 앞에 낯선 사내가 우두커니 서 있었다.

"네놈은 누구냐?"

"소명이라고 하는 필부이지."

소명은 제 이름을 편히 밝혔다. 거리낌이라고는 조금도 없는 태도였다. 황자이든, 황족이든 알 바가 아니었다. 그는 곧 방 안에 가득한 몽연을 둘러보고는 슬쩍 눈살을 찌푸렸다. 단순한 향이 아니었다. 그는 혀를 차고는, 곧 손을 빠르게 내저었다. 장삼의 소매가 크게 펄럭이자 높은 곳까지 묵직하게 고인 향연이 일시에 흩어졌다. 칠황자는 그 광경을 멍청하게 바라보았다.

"어, 어어?"

무슨 일이 벌어지는 것인지 전혀 깨닫지 못한 얼굴이었다. 소명은 그러거나 말거나, 신경 쓰지 않고 성큼성큼 안으로 들어와 아직 남은 향로를 걷어찼다. 퍽 소리와 함께 황금으로 만든 향로가 엎어졌다. 그리고 소명은 남은 향과 재를 거칠게 밟아서 꺼뜨렸다. 칠황자는 당장 낯빛이 하얗게 질리더니 악을 쓰기 시작했다.

"아아아악! 무슨 짓이냐!"

그러나 소명은 고개조차 돌리지 않았다. 그는 행여 불씨라도 남을까 신중하게 밟았다. 그리고 바닥에 엎드려 떼쓰는 아이처럼 아등바등하는 칠황자의 모습을 물끄러미 바라보았다. 귀한 향을 엎지르고, 연기가 다했다는 것이 그의 신경증을 다시 도지게 하였다. 남은 향이라도 맡겠다고, 잿더미에 코를 박는 모습이 처절할 정도였다. 그러나 소명은 아무런 감흥도 없었다. 그는 대뜸 손을 뻗어 칠황자의 목덜미를 붙잡아 의자에 억지로 앉혔다. 칠황자는 향 가루와 잿가루로 시커먼 얼굴이 되어서는 멍청하게 눈을 끔뻑거렸다. 소명은 그런 칠황자의 얼굴을 호되게 때렸다. 짝! 소리가 크게 울리고, 고개가 홱 돌아갔다. 가볍게 때린 따귀였지만, 칠황자는 아무런 생각도 하지 못했다. 이런 일이 자신에게 일어날 것이라고는 꿈에도 생각하지 못했기 때문이었다. 고통이라는 것을 아예 몰랐으니. 칠황자는 덜덜 떨리는 손으로 맞은 빰을 감싸 쥐었다. 그리고 겨우 소명의 담담한 눈을 바라보는데, 이제야 두려운 빛이 어렸다.

"뭐, 뭐야?"

"이제 좀 정신이 드시오?"

"으, 응."

칠황자는 머뭇거리며 고개를 끄덕였다.

"네놈은 누구냐?"

"말했다시피, 범부 소명이라는 자요."

"그런데 왜?"

"왜기는 당신을 죽이러 왔지."

"나, 날 왜?"

너무 담담한 어조로 말하여서, 둔한 칠황자는 바로 위험을 감지하지 못했다. 그는 혀가 굳어서 떠듬거리다가, 느릿하게 고개를 들었다. 소명을 다시 보는데, 그의 모습은 한없이 고요하여서 칠황자의 둔한 눈초리로는 소명의 속내를 헤아릴 수 없었다.

"내 친구가 당신 때문에 큰 화를 당할 뻔했소."

"내가 뭘 어찌하였다고."

"그야, 황위에 오르고자 내 친구를 죽이려 하지 않았소."

"친구가 누군데."

"이청, 주이청."

소명은 싱긋 웃었다. 칠황자는 퍼뜩 야윈 눈을 한껏 끔뻑거렸다. 전혀 알지 못하는 눈치였다. 그는 곧 더듬거리며 물었다.

"그게 누구냐? 누구라고 이 몸을 핍박하느냐?"

"이름 석 자를 모른다면, 달리 말하여서 십삼황자라고 하더군."

"십삼! 그, 그 천한 것이!"

칠황자는 그제야 알아먹고는 **빽** 새된 소리를 내질렀다가, 퍼뜩 입을 다물었다. 아무리 정신이 나갔다고 하지만, 죽을 위험 앞에서 되는 대로 떠들어 댈 수는 없었다. 소명은 허겁지겁 입가를 틀어쥐는 칠황자의 모습에 싱긋 웃었다. 그는 바들바들 떨면서 야윈 눈으로 소명을 빤히 올려다보았다. 소명은 바로 손을 쓰지 않고 고개를 돌렸다. 엎어진 금동향로 아래에 주머니가 눈에 들어왔다. 묵직하니, 아직 향 가루가 가득 담겨 있었다. 그는 입매를 비틀며 고개를 가로저었다.

"으, 으으으!"

칠황자는 소명이 향 주머니를 집어 들기가 무섭게 번쩍 고개를 치켜들었다. 쥐어짜는 듯한 기이한 울음이 절로 새었다. 십삼황자의 친구라는 말에 두려우면서도, 향을 **뺏기**기라도 할까 안절부절못했다. 야윈 손발이 벌벌 떨리고, 벌어진 입에서 침이 질질 흘렀다. 흐릿한 눈동자가 번들거리며 주머니만 뚫어질 듯 바라보고 있었다. 어김없는 중독자의 꼴이다.

주머니에는 약간의 향 가루와 아편이 뒤섞여 있었다. 보통의 아편이 아니라, 사람의 손으로 정제한 아편이었다. 손가락 사이로 하얀 가루가 흩어졌다. 이만한 물건을 만드는 곳이 하늘 아래에 그리 흔하지 않았다.

"하여튼 안 끼는 데가 없구나. 안 끼는 데가 없어."

소명은 한숨처럼 중얼거렸다. 그는 향로를 다시 세우고, 안에 든 가루를 모두 들이부었다. 그러자 죽어가던 불길이 새삼 타오르며 뭉클한 연기가 왈칵 치솟았다. 칠황자는 그 모습에 앓는 소리를 터뜨리며 사지를 바르르 떨었다. 아까워서 어쩔 줄을 몰랐다. 소명은 굵은 연기가 솟구치는 향로를 칠황자의 앞에 놓아두고, 그대로 방을 나섰다. 문을 닫기가 무섭게 칠황자는 향로 앞에 털썩 주저앉았다. 그는 급하게 연기를 들이마시며 기괴한 웃음을 터뜨렸다.

"으히히히!"

소명은 흘깃 뒤를 돌아보았다. 광기 어린 웃음이 지쳐 스러지는 데, 그렇게 오랜 시간이 필요하지 않았다.

날이 서서히 밝아오고, 맹 천호는 느릿느릿 눈을 끔벅거렸다. 그는 문득 입가에 침이 흥건한 것을 깨닫고 훔쳐내며 졸린 눈으로 주변을 두리번거렸다.

"응? 아니, 내가 왜 여기에?"

그는 의아함을 감추지 못했다. 번듯한 처소를 놔두고, 어찌 흙바닥에 널브러져 있단 말인가. 그는 엉거주춤하게 몸을 일으켰다. 한데서 밤을 지새운 탓인지, 머리가 묵직하고, 사지가 욱신거렸다. 그는 헛기침을 흘리며 뻣뻣한 목덜미를 대충 주물럭거렸다. 머리부터 발끝까지 아프지 않은 곳이 없을 정도였다.

"아이구, 젠장."

맹 천호는 통증에 우선 오만상을 썼다. 이게 무슨 소란인지 모르겠다. 두리번거리는데, 밤새 타오르던 불길은 새벽이슬에 젖어서 검은 연기가 얇게 솟아오르고 있었다. 그리고 다른 인적이 보이지 않았다. 그 순간, 목덜미를 붙잡은 손이 딱 굳어버렸다. 정신을 잃기 전 일이 번뜩 떠오른 까닭이었다.

"이런, 젠장! 황자 전하! 전하!"

맹 천호는 삐거덕거리는 몸을 가눌 겨를 없이 방 안으로 뛰어들어 갔다. 쿵쾅거리는 소리가 요란했다. 닫힌 문을 벌컥 열어젖히는데, 안쪽에서는 아무런 기척도 없었다. 심지어 봉 공공의 모습도 없었다. 그는 가슴이 마구 요동쳤다. 불길함이 그의 복장을 마구 헤집어놓았다.

"서, 설마, 설마."

그는 내실의 넓은 마루를 가로질러, 안쪽으로 뛰어들어 갔다. 칠황자를 위해서 한껏 꾸며놓은 온갖 화려한 가구들을 지나서, 닫힌 문을 왈칵 열어젖히는데, 맹 천호는 바로 들어설 수가 없었다. 그는 코를 찌르는 역한 냄새에 코를 먼저 막았다. 방 안은 한 치 앞을 헤아릴 수 없을 정도로 짙은 연기에 가득 차 있었다.

맹 천호는 그만 사색이 되었다. 칠황자가 태우는 기이한 향이 어떤 것인지 대충은 알고 있었다. 봉 공공이 당부하기로, 잘못 맡으면 폐인이 될 수도 있다는 무서운 물건이었다. 맹 천호는 우선 옷가지를 찢어 코와 입을 가리고 방으로 들어섰다. 문이며, 창이며 닥치는 대로 열어젖혔다. 그리고 아직도 연기를 뿜어내는 향로를 걷어차서 꺼뜨렸다. 그는 마구 손을 휘둘러서 연기를 몰아냈다. 그리고 드디어 방의 전경이 눈에 들어왔다. 맹 천호의 급한 손짓이 우뚝 멈춰버리고 말았다. 바닥에 칠황자가 웃는 얼굴로 쓰러져 있었다. 비쩍 야윈 얼굴에 두려운 기색이라고는 조금도 없었다. 기괴한 웃음으로 뒤틀린 얼굴이었다. 생기는 없었다. 맹 천호는 독기 어린 연기에 신경 쓸 것 없이, 맥이 탁 풀려서 그만 자리에 주저앉고 말았다.

"허, 허허허."

마른 입술을 비집고서 힘없는 웃음이 불쑥 흘렀다.

칠황자가 죽었다. 그것은 곧 맹 천호의 목숨도 그만 끝장이라는 뜻이었다. 그는 아무런 생각도 할 수 없었다. 일을 감당해야 할 봉 공공은 어디에도 없었고, 칠황자는 향을 과하게 쓴 탓으로 숨이 끊겼다. 누구에게 하소연할 수도 없었고, 그가 감당할 수도 없었다. 맹 천호는 향냄새가 지독한 방 안에 주저앉아서, 힘없는 웃음만 흘렸다. 높은 직위나, 부귀영화 따위가 이제 무슨 걱정일까.

바람 소리가 윙윙 울렸다. 옷자락을 파고드는 새벽녘 찬바람에 퍼뜩 몸이 떨렸다. 하염없이 몽롱한 와중에 옷깃을 여미고자 했지만, 손이 움직이지 않았다. 대신 어깨에서 손목까지 뻐근하고, 발끝이 크게 저렸다. 그제야 정신이 어렴풋이 들었다. 온몸이 하염없이 무거웠다. 무슨 일인지. 그는 느릿하게 주름진 눈꺼풀을 깜빡거리다가, 퍼뜩 고개를 치켜들었다.

"으억! 이게 무슨 일이냐!"

날은 밝아서 새파란 하늘에 하얀 구름이 점점이 흐르고 있었다. 산서의 누런 먼지구름이 낮게 깔려서 흘렀다. 다른 일이 없다면 참으로 조용한 날이었다. 그러나 문제는 하늘이 발아래에 있었고, 누런 땅이 머리 위에 있었다.

"이게, 이게 무어냐!"

노구가 단단히 결박된 채, 거구로 매달려 있었다. 봉 공공은 놀라 몸을 마구 흔들었지만, 그가 몸을 흔들수록 그의 야윈 몸은 좌우로 꺼떡거리며 더욱 요동치기만 할 뿐이었다. 어떻게 묶어놓았는지 손가락 하나 까딱할 수가 없었다.

"게 아무도 없느냐! 아무도 없어!"

악을 쓰며 불러보지만, 돌아오는 것은 자신의 메아리뿐이었다. 봉 공공은 고래고래 악을 쓰다가, 결국 쓸모없는 일이라는 것을 깨닫고 말았다. 노인은 지친 숨을 거듭 몰아쉬었다. 침착하고자 애를 써보지만, 돌아가는 처지가 가만히 놓아두지 않았다. 얼마나 오랫동안 거꾸로 매달려 있었는지, 온몸의 피가 머리 쪽으로 몰려서 지끈거렸다. 늙은 눈동자가 터질 듯이 따가웠다. 되돌아온 메아리 소리가 흩어질 새, 바람이 불어와 노구를 매단 동아줄을 흔들었다.

봉 공공은 축 늘어져서 지친 숨만 짓씹었다. 묶인 몸도 몸이었지만, 깊이 품은 내공기력은 조금도 움직이지 않았다. 독문내공의 음유한 기운이 가득하여서 꿈틀거리고 있건만, 단 한 푼의 내력도 이끌어낼 수가 없었다. 아무리 집중하여도 소용이 없었다. 봉 공공은 결국 맥없는 목소리로 중얼거렸다.

"이럴 수는, 이럴 수는 없다. 이럴 수는 없어."

내공이 제압당했다는 것은 경지의 높고 낮음을 떠나, 무공을 지닌 무인에게는 하늘이 무너질 일이나 다름없다. 봉공공이라고 다르지 않았다. 더구나 공공이 지닌 내공기력은 경지는 물론이거니와 남다른 공효를 지니고 있어서, 외력에 있어 제압당하는 일은 좀처럼 없는 일이었다. 그렇다는 것은 손을 쓴 상대의 경지가 자신을 훨씬 압도한다는 것인데, 그럴 리가 있겠느냔 말이다.

"이럴 수는."

봉 공공이 힘없이 우물거릴 새, 한 사내가 터벅터벅 다가왔다. 색이 한껏 바래어 있는 남색의 장삼이 높은 산바람에 펄럭였다. 소명이다. 그는 거꾸로 매단 봉 공공의 위아래를 보더니. 툭 던지듯이 물었다.

"뭐가 이럴 수 없다는 게요?"

"흐으, 이 늙은이의 옥장공(玉藏功)은 대내제일의 무공, 타의에 의해서 공력을 제압당하는 일은 있을 수 없단 말일세."

봉 공공은 소명이 다가오는 것에 놀라지도 않았다. 너무 지친 까닭인지. 그저 맥없는 채로 중얼거렸다. 옥장공인지, 무엇인지. 소명은 딱히 신경 쓰지 않았다. 그는 자세를 낮추어 매달린 봉 공공과 눈을 마주했다.

"자아, 이제 얘기해봅시다."

"무, 무엇을?"

"아니면, 계속 그렇게 매달려 있을 테요? 나야 아무래도 상관없소만. 어차피 볼일이야 다 봤고."

볼일, 봉 공공은 그 한마디에 퍼뜩 정신을 차렸다. 몽롱한 눈동자에 초점이 돌아왔다. 볼일이라는 것이 과연 무엇을 말하겠는가. 깊이 고민할 것도 없었다. 봉 공공은 더듬거리며 물었다.

"화, 황자께서는."

"음, 좋아하는 일을 잔뜩 하게 해드렸소."

봉 공공은 멍청히 입을 벌리고 있다가, 결국 고개를 떨구고 말았다. 거꾸로 매달린 몸이 좌우로 힘없이 흔들렸다. 그는 소명이 한 말을 알아들었고, 상황을 짐작, 아니 확신했다. 잠깐 사이에 족히 수삼 년 세월을 흘려보낸 것처럼 얼굴에 시름의 고랑이 깊었다.

"그럼, 편히는 가셨겠군."

"그나저나, 그거 천산의 아편이더구려. 어디서 구했소? 아무리 황실이라도 쉽게 구할 만한 물건은 아닐 텐데."

"그것이 중요한가?"

"아무렴, 중요한 일이지. 그놈들 짓이면, 당장 천산으로 달려가야 하거든."

소명은 여전히 웃는 낯으로 말했지만, 눈가에 온기는 조금도 없었다. 봉 공공은 심상한 와중에도 일순 오한이 크게 일어서 퍼뜩 움츠러들었다. 그는 거꾸로 매달린 와중에 소명의 눈치를 보았다. 소명은 차분한 목소리로 다시 물었다.

"어디서 구했소?"

"그것은, 그것은 무림 가문의 진상품이었소."

"무림 가문? 어디를 말하는 거요?"

"그런 것은 아랫것들이나 알지 않겠소."

봉 공공은 다 포기하여 답했다. 그는 결국 아무것도 몰랐다. 천산의 아편이든, 곤륜의 향이든, 그저 칠황자가 마음 편히 있고, 말이나 잘 들으면 그것으로 족했다. 그에게 선을 대고자 하는 이가 어디 한둘일까. 넌지시 말을 건네면, 즉각 충분한 양이 올라오고는 했다. 봉 공공은 자세한 사정을 참으로 모른다고 거듭 말했다. 노인에게는 굳이 감출 것도, 중요할 것도 없는 일이었다. 소명은 웃음을 거두었다. 이청의 일을 돌보고자 나선 걸음에 또다시 천산의 흔적을 마주할 줄은 몰랐다.

이제까지 일을 돌이켜보아도, 단순히 우연의 중첩이라고 볼 수는 없었다. 등용문과 강시당에 이어서, 황실에까지. 소명은 퍼뜩 입매를 일그러뜨리며 못마땅한 속내를 드러냈다.

"이것들이 대체 어디까지 손을 쓰려는 거야?"

소명은 고개를 내저었다. 그는 퍼뜩 허리를 세우고 매단 줄에 손을 뻗었다. 묶인 줄이 풀려나며, 봉 공공의 지친 몸이 뚝 떨어졌다. 축 늘어진 채, 거꾸로 처박히려는 것을 부

축해 앉혔다. 두 발에 땅에 닿기가 무섭게 봉 공공은 흐느
적 주저앉았다. 오금 어림에 바람이 들락거리는 것 같았고,
두 어깨와 등줄기에는 수백 근의 추가 매달린 것 같았다.
그리고 옥장공은 여전히 요지부동, 내기는 노쇠한 몸속을
맴돌았지만, 뜻에는 전혀 따르지 않았다. 크게 기대한 바는
아니나, 새삼 처지를 깨닫자 노구는 더욱 움츠러들었다. 봉
공공은 불과 하룻밤 사이에 뒤바뀐 자신의 처지를 묵묵히
받아들였다. 그리고 조용한 소명의 모습을 흘깃 보았다.

'과연, 십삼태자에게는 마지막, 마지막의 한 수가 있었
구나. 어찌 산서 땅으로 도망하는가 하였더니.'

봉 공공은 감당 못 할 허탈함에 허허, 힘없이 웃고 말았
다. 마땅히 연고도 없음에도 굳이 산서로 도망한 것을 헤아
릴 수가 없었다. 그저 헛된 도망이라 여겼건만, 이러한 고
수가 떡하니 등장할 줄이야. 십수 년 세월 동안 공들인 모
든 판이 단 하룻밤 새에 끝장이 나고 만 셈이다. 앙상한 어
깨는 허무를 감당하지 못하고 축 늘어졌다.

그런데 앉은 자리 앞에 무엇이 턱턱 놓였다. 서탁과 지필
묵이었다. 봉 공공은 느릿하게 눈을 끔뻑이다가, 새삼 소명
을 바라보았다. 드러내던 싸늘한 기세는 간데없고, 혼자 분
주했다.

"이건 뭔가?"

"쓰시구려."

"무엇을?"

"이제껏 저지른 일들, 모두."

소명은 천천히 말했다. 봉 공공은 하룻밤 사이에 한층 야위어서 큼직한 눈동자를 느릿하게 끔뻑거렸다. 소명의 말을 이해하지 못한 것이 아니었다. 노인은 하얀 백지를 물끄러미 내려다보았다. 문진으로 눌러놓은 종잇장이 부는 바람에 잠시 들썩거렸다. 조용히 있던 노인의 마른 입술 사이로 힘없는 웃음이 맴돌았다. 피할 수 없는 일이었고, 막막한 일이었다. 한평생 황궁의 암투 속에서 살았다. 그 속에서 바른 일이란 과연 무엇이 있을까. 끝없는 모략과 모략 속에서 인의는 수단이었고, 인명은 아무런 가치도 없었다. 노인은 떨리는 손으로 붓을 잡았다. 그 붓을 놓았을 적에 밝은 햇살은 이제 한참 기울어 있었다.

소명은 봉 공공이 남긴 길고 긴 문서를 굳이 챙겨 읽지는 않았다. 그가 알 바는 아니었다. 이것은 노인의 유서이며, 또한 이청을 평안케 할 문서였다. 종이를 곱게 접으며, 소명이 고개를 떨군 봉 공공을 물끄러미 바라보았다. 붓을 놓은 손끝이 서안 아래에 축 늘어졌다.

"고생하셨소."

답은 돌아오지 않았다. 소명은 퍼뜩 쓴웃음을 그리며 고개를 들었다. 아직 노을이 지기에는 하루가 길었다. 소명은 이내 고개를 돌렸다. 산 아래에서 몇의 인영이 올라오고 있었다. 앞장선 사내는 단삼 차림에 싯누런 머릿수건을 둘러 촌부의 행색을 하고 있었다. 바로 흑선당의 황씨였다. 그가 흑선당 요원 몇을 데리고 부랴부랴 걸음을 재촉했다. 그리고 뒤에는 이청과 상 부인이 있었다.

황씨는 서둘러 소명에게 고개를 조아렸다. 그는 습관처럼 배시시 웃었다.

"헤헤헤, 권야 나으리."

"도움에 감사드리오."

"아이쿠, 도움은요. 그 무슨 민망한 말씀이십니까. 저희야 그저 뒷정리나 하였을 뿐인데요."

황씨는 과하다 싶을 정도로 납작 엎드렸다. 다 지은 죄가 있는 까닭이라. 소명이 흑선당 본점을 찾을 적에 뻔히 함정으로 안내했던 것이 아직도 마음에 남아서 아니 눈치를 볼 수가 없었다. 소명은 더 말하지 않았다. 그 사이 한걸음 늦게 올라선 상 부인이 봉 공공의 시신을 물끄러미 바라보았다.

"봉 공공."

눈길에 회한이 짙었다. 황실에 골육지정이 무슨 말이겠

느냐만, 유독 앞장서서 황자를 탄압하였던 것이 바로 봉 공 공이었다. 칠황자를 제 손에 넣고는 그렇게 위세를 부리더니. 결국, 외딴 산중에서 죽음을 맞이하였으니. 상 부인은 고개를 내저었다.

"소명아."

"예, 말씀하십시오."

"이리 일사천리로 일을 해결할 줄은 몰랐다."

"그저 시운(時運)이 따랐을 뿐입니다."

"시운, 시운이라고? 하하."

상 부인은 웃고 말았다. 제아무리 시운이 있다고 한들, 능력이 되지 않는 자가 경계가 엄밀한 아문에 들이닥쳐서 이렇게 수괴라 할 자를 굴복시킬 수 있겠는가. 그녀는 새삼 고개를 돌려서 푹 고개를 떨군 봉 공공을 다시 바라보았다. 지난 세월 동안 황궁의 암중에서 온갖 위세를 부리던 자의 마지막이라 하기에는 참으로 초라하고 쓸쓸한 모습이다. 이제 와 미움이건, 분노건 드러낼 게 무어 있을까. 상 부인은 남은 한숨을 흘리며 고개를 돌렸다. 그러자 황씨와 요원들이 분주하게 움직이며 봉 공공의 시신을 수습했다. 이제 남은 정리는 흑선당의 몫이다.

이청은 말없이 고금을 쓸어내리며 먼 산을 바라보았다.

산서의 마른 바람이 아래에서 흩어졌다. 칠황자와 봉 공공, 처처에 정적이 가득한 황궁에서도 유독 자신을 백안시하였던 두 사람이었다. 그 질긴 악연의 고리가 하룻밤 사이에 끊길 줄이야. 그렇다고 마음 편할 수는 없었다. 남보다 못하다 하여도, 같은 핏줄의 형제가 끝을 맞이하였으니. 더욱이 친우의 손을 더럽힌 것만 같아서 마음이 한층 무거웠다. 백 근이고, 천 근이고, 헤아릴 수 없으려나. 소명은 태연히 다가와 옆에 앉았다.

"마음 풀어라."

"소명아."

"네가 심란할 일이 아니다."

"그래도."

이청은 그늘이 드리운 얼굴로 고개를 숙였다. 그리고 착 가라앉은 목소리로 겨우 한마디를 꺼냈다.

"고맙다."

소명은 웃으며 고개를 돌렸다. 머리 위에서 새파란 하늘이 노을빛으로 젖어들고 있었다. 소명은 무슨 일인지 불현듯 이맛살을 찌푸렸다.

"하여튼, 네놈들은 왜 다 그 모양이냐?"

느닷없는 면박에 이청은 빠끔히 고개를 들었다. 무슨 소리인지 몰라 의아한 얼굴이었다.

"호충인 녀석은 문파 후계자로 거론되는 통에 생매장될 뻔하고, 연수 녀석은 지금 산송장 꼴에다가, 너까지 그 모양이니."

"하, 하하하. 면목 없다."

이청은 마른 웃음을 흘렸다.

"그래도 혼자 멀쩡한 것은 아민 정도군."

"아민? 민이를 만난 거냐?"

이청은 당민의 이름에 그만 어깨를 들썩거렸다. 드물게 놀란 기색이었다. 그러자 소명은 턱을 괸 채, 이청의 낯빛을 물끄러미 바라보았다. 이청은 놀란 얼굴로 있다가, 머뭇거리며 고개를 돌렸다. 갑작스럽게 속내가 튀어나와서 당황한 기색이었다. 그러자 소명은 아주 몸을 돌려서 이청을 마주했다.

"이봐, 황자 나리."

"아니, 새삼 무슨 황자 운운이야?"

이청은 질색하며 손을 내저었다. 온갖 면박, 구박은 다하고서 황자라니. 더구나 소명을 비롯한 옛적 친구들에게 황자라 불리는 것만큼은 절대 사양하고 싶었다. 그런 이청의 속내야 어찌하든, 소명은 피식 웃었다. 그러고는 한마디를 넌지시 건넸다.

"너 말이다. 아민을 잡으려거든, 꽤 서둘러야 할 거야."

"그게, 그게 무슨 소리야?"

이청의 눈 아래가 일순 벌겋게 달아올랐다. 소명이 갑작스럽게 아민과의 일을 말할 줄은 미처 생각지도 못했다. 급히 고개를 돌리는데, 소명은 그 모습을 물끄러미 보다가 툭 던지듯 말했다.

"혼담이 오간다고 하던데. 무가련과 말이지."

이청의 입가에 머무른 어색한 웃음이 일순 흔들렸다. 그는 눈을 크게 뜨고 소명의 얼굴을 다시 바라보았다. 혀가 굳었는지, 뻣뻣하게 말했다.

"무가련, 무가련 어디?"

"글쎄, 거기까지는 나도."

소명은 손을 내저었다. 심드렁한 모습인데, 그것이 이청의 심사를 더욱 흔들고 말았다. 드리운 그늘은 간데없고, 넋이 나간 채, 입술만 뻐금거렸다. 소명은 그런 이청의 어깨를 툭툭 다독거리며 지나쳤다.

"그러니까, 알아서 잘하란 소리다."

이청은 아무런 대꾸도 하지 못했다. 머릿속이 텅텅 비어서, 혼담이라는 한 마디만 두둥실 떠돌아다녔다. 소명은 그런 이청의 모습이 사뭇 흥미로웠지만, 이내 관심을 거두었다. 자고로 남녀상열지사에는 끼어들지 않는 것이 상책 중의 상책이라. 그는 옛말에 공감하며 심란한 이청을 남겨두고 걸음을 옮겼다.

산서의 무더위가 끝자락을 향해 다가가고 있었고, 부는 모래바람은 따가웠다. 흐린 하늘을 보고 있는데, 소명의 얼굴에 웃는 기색이 차츰 흐려지더니, 곧 사그라졌다. 입매가 지그시 일그러졌다.

강시당을 떠나오고 이제 며칠이었다. 이청을 구원하고자 작정하고 내달린 참이었지만, 그동안에도 강시당에 있을 탁연수의 안위를 단 한시도 잊지 않았다. 메마른 입술이 절로 일그러졌다. 치미는 한숨을 꾹 짓눌렀다.

"빌어먹을 놈. 돌아갔을 때에도 아직 정신 못 차리고 있으면 내 절대 가만두지 않을 테다."

소명은 이를 악물고서 살벌하게도 중얼거렸다. 치렁한 소매 아래에서 움켜쥔 두 주먹이 부르르 요동쳤다.

제2장
친구의 해후는 주먹을 부른다

　쭉 뻗은 길목에서 누런 흙먼지가 힘없이 흩어졌다. 불과
며칠 사이에 절기는 완전히 여름날로 접어들어서, 내리는
햇볕은 가깝고, 부는 바람은 후덥지근했다. 사방이 지쳐
서, 참으로 고약한 날씨였다. 하늘에는 구름 한 점이 없어,
갑갑함은 더했다. 그 와중에도 황토 먼지가 흩날리니, 먼
걸음을 할 만한 때는 아니었다. 그곳에 낡은 천으로 지붕
을 올린 조악한 마차 한 대가 덜컹거리며 나아갔다. 마차
는 낡았지만, 끄는 말은 단배장복(短背長腹)의 잘생긴 준
마였다. 갈색 털에, 가슴은 하얗게 물들어 있었다. 그러나

아무리 좋은 말도 도리가 없는 하늘이었다. 말은 한껏 지쳐서 느릿느릿 걸었다. 오가는 모래바람이 거칠고, 뜨겁게 때리는 햇볕에 기진한 까닭에, 말은 귀를 뒤로 접고 고개를 푹 숙였다. 그래도 꾸역꾸역 마차를 끄는 것이 용할 뿐이었다.

마부도 달리 말을 채근하지 않았다. 마부는 한쪽 챙이 바스러진 마른 죽립을 기울여서 쏟아지는 햇빛을 가리고, 비스듬히 기대앉아 있었다. 덜컹거릴 때마다 죽립이 흔들거렸다. 마냥 나른할 새, 문득 마차의 가림막을 걷고 하얀 얼굴의 귀공자가 고개를 내밀었다.

"소명, 너무 느린 것 아니냐? 이래서야 어느 세월에."

이청의 얼굴에 초조함이 가득했다. 그러자 마부석에 앉은 소명은 죽립을 슬쩍 들추었다. 그의 안색은 고요하여서 되레 재촉한 이청이 당황할 정도였다. 소명은 지친 말을 가리키며 말했다.

"더 서둘렀다가는 저 녀석이 돌아가시게 생겼다. 지금껏 서둘렀으니, 이제 멀지 않아. 걱정하지 마라."

"그렇지만."

이청은 말의 힘겨움을 보고는 한숨을 삼켰다. 스치는 그늘을 소명은 놓치지 않았다.

"왜, 너무 늦장 부리는 것 같아?"

"아무래도."

이청은 말끝을 흐렸다. 강시당으로 향하는 길이었다. 탁연수의 용태가 좋지 않음을 알았으니. 한시라도 바삐 달려가서 살피고 싶은 것이 솔직한 심정이었다. 그것은 소명이라도 크게 다르지 않을 터였다. 소명은 새삼 마른 웃음을 머금었다. 가슴 뛰기는 그도 이청에 못지않았다. 그러나 서두른다고 될 일이 아니다. 필요한 것은 시간이었고 여유였다. 소명에게나, 강시당에게나. 소명은 고삐를 흔들어서 지친 말을 살짝 달래었다. 그러자 말은 바닥을 긁으며, 느릿느릿하게 고개를 돌렸다. 힘없이 깜빡거리는 눈 동작이 안쓰러울 지경이었다.

말은 길고 거친 숨을 토하며, 푹 고개를 떨구었다. 이제는 버티고 서 있는 것도 힘에 부친 모양인지, 네 무릎이 덜덜 떨리기 시작했다. 힘 좋은 말을 이렇게까지 부렸으니. 꽥하고 쓰러져버리면 그도 난처하고, 말을 내준 흑선당 보기에도 미안한 일이다.

"이런, 이런."

소명은 끌끌 혀를 차며 부랴부랴 물주머니를 챙겼다. 손에 물을 따라서 주둥이에 내밀자, 말은 게걸스럽게 물을 핥았다. 소명은 그렇게 거듭 물을 먹이고, 손을 털며 고개를 들었다. 싯누런 하늘 너머에서 타오르는 하얀 햇빛이 따가울 지경이었다. 소명은 눈 위에 올렸던 손을 내리고 고개 내밀고 있는 이청에게 말했다.

"태원부를 거치는 통에 걸음이 지체되었지만, 저녁 나절에는 입구에 닿을 수 있을 테니까, 그렇게 안달할 것 없어."

"그, 그래."

이청은 느릿하게 고개를 끄덕이며 다시 주저앉았다. 덜컹거리는 마차에 앉기가 무섭게 저도 모르게 한숨이 흘렀다. 자리에는 상 부인이 눈을 감은 채, 고요한 신색으로 마주 앉아 있었다. 그녀는 아무런 말도, 아무런 눈짓도 하지 않았건만, 이청은 공연히 부끄러워서 고개를 숙였다.

"죄송합니다. 제자가 그만 못난 꼴을."

"그게 무슨 말씀입니까. 못난 꼴이라니. 친구의 걱정으로 애가 타는 것은 당연한 일입니다."

상 부인은 슬쩍 눈을 뜨더니, 곧 차분하게 웃는 낯으로 말했다. 다른 친구도 아니고, 탁연수였다. 칠황자뿐만 아니라, 황궁 내 진창 같은 암투 속에서 고립무원(孤立無援)의 처지일 적에 천운으로 연이 닿아, 서로 크게 의지한 바였다. 때때로 위험을 피해 강시당에 몸을 숨기거나, 혹은 십삼황자라는 먼지 같은 권력으로 강시당에 약간의 도움을 주기도 했다. 그런 탁연수가 눈을 뜨지 못하고 있다 하니.

이청은 시름 짙은 한숨을 다시금 입 밖에 내뱉고 말았다.

칠황자, 봉 공공과의 악연을 끊어내고, 죽다 살았건만, 이청은 전혀 마음이 가볍지 않았다. 그것은 마차를 느릿하게 몰아가고 있는 소명도 다르지 않았다.

"조금만 더 힘 좀 내다오. 이제 길이 멀지 않다."

소명은 빛 잃은 말갈기를 다독였다. 건네는 한마디에는 진심이 가득했다. 그러나 막상 강시당에서 그를 기다리는 것이 낭보가 아닌 흉보이면 어떠할지. 생각하는 것만으로도 손이 떨리고, 무릎이 흔들렸다. 소명은 퍼뜩 정신을 수습하고, 다시금 길을 나섰다. 앞서서 고삐를 잡아끌자, 말은 투레질하면서도 터벅터벅 마차를 다시 끌었다.

소명이 장담한 대로, 마차는 노을빛이 채 내리기 전에 강시당의 입구 중 한 곳에 닿았다. 북악신묘, 이미 한번 지난 길이었다. 소명은 거대한 규모의 북악신묘에서 제일 깊은 곳으로 마차를 끌었다. 그곳은 스산하기 이를 데가 없어서, 아직 남은 햇빛에도 그늘이 더욱 짙었다. 어디에도 인적 찾을 길은 없었다. 반쯤 허물어진 묘당 사이로 지나자, 드높은 석비가 눈에 들어왔다.

마차가 덜컹거리며 힘겹게 들어서는데, 그 모습을 따로

지켜보는 눈들이 있었다. 북악신묘, 아니 강시당의 북악묘 입을 지키는 십오목장시였다. 그 우두머리인 시진량은 눈매를 매섭게 일그러뜨린 채, 다가오는 마차를 노려보았다.

'다시 외인이라니.'

불과 얼마 전에 당한 크나큰 굴욕이 다시 떠올라서 절로 기세가 일었다. 그러나 시진량은 서둘러 마음을 다잡았다. 노할 때가 아니었다. 그의 본분은 이곳을 지키는 일이다. 시진량은 더 두고 보지 않고, 앞으로 나섰다.

쿵! 묵직한 소리와 함께 목관이 떨어져 마차 앞을 막아섰다. 이내 다른 관들도 불쑥 솟구쳐 올라, 마차를 둥글게 에워쌌다. 관 속에서 덜그럭, 덜그럭 울리는 소리가 기이했다. 누구라도 놀라 도망할 기괴한 광경이었다. 그러나 마차는 당황하는 바 없었다. 말 혼자 고개를 내저으며 뒷걸음질 쳤지만, 고삐 잡은 이가 자리를 지키며 오히려 태연하게 말 목을 다독여 진정시켰다.

"어허, 괜찮다. 괜찮아."

시진량은 관 뒤에서 고요히 모습을 드러냈다. 납빛으로 물든 굳은 얼굴에 퀭한 두 눈에서는 인광(燐光)이 흘렀다.

"이곳은 금지. 외인은 물러가라."

딱딱한 목소리가 사뭇 위압적이었다. 그런데 말을 진정시키던 이는 기겁하기보다는 히죽 웃었다. 그는 눌러쓴 죽립을 걷어 올렸다. 순간, '끄익!' 괴이한 소리가 절로 터져 나왔다. 다른 이가 아니었다. 시진량의 입에서 튀어나오고 말았다. 저 얼굴을 어찌 잊을까. 다른 목장시들도 마찬가지 심정이라, 시진량을 탓할 수는 없었다.

"또 보게 되는군요."

"으, 으으으."

시체 빛으로 물든 시진량의 얼굴이 파랗게 질렸다가, 시뻘겋게 달아오르는 등, 계속해서 색을 달리했다. 진정이 되지 않았다. 일전의 치욕이 고스란히 머릿속을 스치고 지나쳤다. 목시공에도 불구하고 한주먹에 나가떨어진 일이라던가, 단 한 차례도 뚫린 적이 없는 북악묘임의 침입을 허하고 말았다던가. 온갖 괴로움이 일었다. 그러나 한편으로는 혼란한 강시당을 죄 뒤집어 버리고는, 정통(正統)을 바로 세운 은인이기도 하였으니. 시진량은 이래저래 도리가 없어 땅이 내려앉을 듯이 깊은 한숨을 내뱉었다.

"여기서, 이렇게 뵐 줄은 몰랐습니다."

"그렇습니까?"

소명은 다만 웃으며 대꾸했다. 그리고 에워싼 다른 목관을 바라보았다. 그 뒤에서 목장시들은 분분히 고개를 돌리고, 눈을 내리깔아 소명의 눈길을 피했다. 그들로서도 소명과의 기억은 정말 지우고 싶을 뿐이었다. 시진량은 애써 침착하며 물었다.

"본당으로 들어가시는 것이겠지요."

"그렇습니다."

"저 마차는?"

"또 다른 일행이지요."

시진량은 고개를 끄덕였다. 설명이 따로 필요한 일이 아니었다. 마차의 가림막을 걷고서 이청이 모습을 드러냈다. 그는 시진량을 보고 알은체하며 반갑게 인사를 건넸다. 그러자 시진량의 시체 낯빛에도 반가운 기색이 일었다.

"오랜만입니다. 목수좌(木首座)."

"무부 시진량이 십삼황자를 뵙습니다."

"그만두시오. 괜찮소."

이청은 시진량이 뻣뻣한 모습으로 허리를 접으려 하자 서둘러 만류했다. 두 사람은 안면이 있던 터였다. 시진량이 있어서 이청은 강시당을 남몰래 오가거나, 탁연수와 연통을 나눌 수가 있었다. 그런 사정은 상 부인도 잘 알고 있었다. 이청이 만류했지만, 시진량과 십오목장시는 뻣뻣한 모습일지언정, 공손히 예를 갖추었다. 그리고 서둘러 길을 안내했다. 그런데 이네들 모습이 전과 달랐다.

눈 아래가 우묵하고, 한결 초췌한 얼굴인데. 머리부터 발끝까지 흙먼지가 가득했다. 실상 그들은 소명의 주먹에 무너져버린 금도(禁道)를 다시 파헤친다고 정신이 없었다. 이는 달리 사람을 부릴 수도 없는 일이고, 본당에서도 정신이 없는 판국이었다. 결국, 당당한 강시당 고수라는 체면은 밀어 두고, 그들끼리 힘들여 흙을 파내고 벽을 세운다고 분주하기 이를 데가 없었다. 강시당의 공력은 허명이 아닌지라, 수백, 수천 근을 헤아리는 흙무더기를 치우고, 돌덩이를 가볍게 다뤘다. 그러나 재주가 조악한 것은 어쩔 도리가 없어서 흙먼지는 옴팡 뒤집어쓰고서, 휑하니 무너진 길목만 겨우 치워낸 참이었다. 복잡한 기관은 어찌 손을 댈 엄두도 내지 못했다.

"어쨌든 당장 무너질 리는 없지요."

두리번거리는 당황한 눈길에 직접 길 안내를 나선 시진량이 씁쓸한 웃음을 그리고 중얼거렸다. 소명은 못 들은 척, 딴청이었다. 그는 다만 말고삐를 잡고 걸었다. 옆에서는 내려선 이청이 어깨를 나란히 했다. 한 걸음, 한 걸음 강시당에 가까워지자 두 사람의 심중은 한없이 복잡해서 말이 없었다. 시진량 또한 무거운 침묵 속에서 덩달아 입을 다물었다. 드르륵, 드르륵, 바퀴 구르는 소리가 머리 위로 윙윙 울렸다. 그리고 드디어 강시당에 닿았다.

높은 철문이 여전히 자리를 지켰다. 그러나 단단히 잠겨 있는 예전의 모습이 아니었다. 특별한 열쇠로 열어야 하는

데, 지금은 문고리며, 잠금쇠며 무참히 비틀려 있었다. 안내한 시진량은 그 모습에 흠칫 어깨를 들썩거렸다. 납빛으로 물들어 딱딱한 얼굴이 부들부들 떨렸다. 이청이 넌지시 물었다.

"설마 저것도 네가?"

"뭐, 그렇지."

소명은 가볍게 대꾸했다. 크게 신경 쓰는 기색은 아니었다. 앞선 시진량 혼자 울컥할 뿐이었다.

'이, 이게 어떤 기관인데. 이리 무참하게.'

들어간 흑오철이나, 특수한 기관까지 어느 것 하나 신경 쓰지 않은 것이 없었다. 강시당 선인들의 공이 소명의 손아귀 한 번에 폐물이 되어 버렸으니. 시진량은 거듭 한숨을 삼키고 문을 열었다.

"그럼, 소인은 이만."

"감사하오."

"아, 아니. 별말씀을."

그는 굳은 허리를 꾸벅 접은 뒤, 서둘러서 자리로 돌아갔다. 두 발을 모아 뛰는 강시당 특유의 보신경인 개문보(開門步)까지 펼치는 모습은 한눈에도 도망하는 것처럼 보였다. 얼마나 속이 불편하였던 것인지. 이청은 쓴웃음을 머금으며, 소명을 곁눈질로 살폈다. 그러나 소명은 별달리 표정이 없었다. 여하간에 강시당에 닿았다.

문을 넘자 마을의 평화로운 한 때의 모습이 눈에 들어왔
다. 그 사이에 노을빛은 저기 멀리서 잦아들고 있었다. 가
가호호마다 불을 밝히고, 연기를 올렸다. 그 고요한 광경
을 둘러볼 새, 상 부인이 문득 낮은 웃음을 흘렸다. 안으
로 먼저 전한 기별에 백의 여인과 함께, 흑선당의 매향이
입구에서 기다리고 있었다. 백의 여인은 상 부인의 모습을
보기가 무섭게 달려 나갔다.

"스승님!"

"어이쿠, 이 녀석. 이 녀석."

상 부인은 갑작스레 뛰어들어 안기는 그녀를 맞이하며
고개를 내저었다. 여인, 채유영은 상 부인이 말년에 거둔
애제자로, 그녀는 또한 이청에게 사매가 되는 바였다. 몰
락한 명문가인 채가의 고명딸로 궁인으로 입궁하였던 것을
이청과 상 부인이 어여삐 여겨 따로 입실제자로 삼았으니.
그녀에게 두 사람은 세상 전부라 하여도 과언이 아니었다.
이제껏 냉정, 침착하고자 하였으나, 스승과 사형의 무사한
모습에 쌓아 둔 마음의 벽이 와르르 무너지고 말았다. 주
변 눈을 생각할 겨를은 추호도 없었다. 채유영은 상 부인
의 옷깃을 부여잡고 펑펑 눈물을 쏟았다. 매향은 상 부인

이 채유영을 다독이는 모습을 바라보며 쓴웃음만 머금었다.

입은 은혜를 생각하면, 매향도 채유영과 다르지 않았다. 다만, 차이가 있다면 매향은 아직 상 부인이 요지선자라 불릴 적에 돌봄을 받았다는 것이었다. 그리고 상 부인이 궁으로 들어갈 적에 친분이 있던 흑선당주에게 맡겨지면서 흑선당의 매향이 되었던 것이다. 불현듯 매향의 안색이 어두워졌다.

'소당주.'

퍼뜩 병색 짙은 당주와 소당주 백운당의 얼굴이 떠오른 까닭이었다. 그녀는 지그시 입술을 깨물었다. 그러는 중에, 소명과 이청은 뒤에 물러나 두 사제의 유별난 해후를 물끄러미 바라보았다.

"정신이 없구만."

"정신이 없지."

둘은 묵묵히 고개를 끄덕였다. 그러다가 고개를 돌려서 혼자 서 있는 매향을 물끄러미 바라보았다. 두 사내의 어두운 눈길에 그녀는 주춤 어깨를 들썩였다. 그리고 곧 이청의 앞에 무릎을 꿇으며 대례를 취했다.

"천녀, 십삼황자를 뵙습니다."

"어허, 그만하시게."

이청은 질색하여서 급히 손을 흔들었다. 그러나 매향은 어색한 얼굴로 바로 몸을 일으키지는 못했다. 아무리 그래도 황자라는 신분을 어찌 간단히 모른 체할 수 있을까. 주저하는 그녀 모습에 소명이 말했다.

"그만 일어나시오. 그보다 그 녀석은 아직도 그대로인가?"

"아, 소당주께서는."

매향은 퍼뜩 고개를 들었다. 어째서인지 그녀는 바로 답을 하지 못하고, 주저하는 기색이 역력했다. 그것만으로도 충분했다. 소명과 이청의 가슴이 덜컹 내려앉으며, 누가 먼저랄 것도 없이 내처 앞으로 뛰쳐나갔다.

"헛!"

매향은 자신의 좌우로 갈라져 뛰쳐나가는 서슬에 흠칫 어깨를 들썩였다. 미처 말 꺼내기도 전에 두 남정네가 달려갈 줄은 미처 몰랐다. 부랴부랴 고개를 돌렸지만, 두 사람은 이미 그녀의 시야에서 저만큼이나 멀어져 있었다. 소명은 물론이고, 이청 또한 보신경의 경지가 상당했다. 그녀는 만류한다고 뻗은 손을 어쩔 수가 없어서 천천히 거두며 중얼거렸다.

"아니, 그것이 아닌데."

오해해도 단단히 오해한 모양이다. 매향은 한숨을 삼키

며 고개를 내저었다. 이때, 상 부인이 어두운 얼굴로 다가
왔다.

"무엇이냐? 탁 소당주에게 흉한 일이라도."

"아니, 아닙니다."

매향은 서둘러 부인하며, 자초지종을 설명했다. 그러자
상 부인은 잠시 아연하여서 눈을 크게 떴지만, 이내 두 사
내가 달려 나간 길목을 돌아보며 하하 웃었다.

"어이쿠, 애써 태연한 척하더니만."

그러고는 한결 느긋한 모습으로 걸음을 옮겼다. 매향과
채유영은 안절부절못하는 심경이었지만, 도리 없이 상 부
인의 뒤를 천천히 따랐다.

소명과 이청은 무작정 내달렸다. 어디로 가야 하는지,
소명은 바로 알았다. 강시당의 본관으로 탁연수의 관을 놓
아둔 청음관이다. 강시당의 수많은 술사들이 들러붙어서
향을 사르면서 탁연수의 백을 부여잡고 있었다. 뿌옇게 일
어난 향연으로 마치 불이라도 난 것 같지 않았던가. 그야
말로 강시당의 남은 역량이 그 한곳에 모인 것이나 다름없
었다. 내달리는 지금에도 짙은 향내가 남아서 코끝에 닿을
정도였다.

이청은 발끝으로 땅을 찍으며 앞으로 나아갔다. 땅에 발

을 딛는 것은 극히 한순간, 그의 두 다리는 연이어 허공을 밟아가며 앞으로 쑥쑥 나아갔다. 과거 상 부인에게 요지선 자라는 별호를 안겨준 선기일선(仙旗一線)의 보신경이었다. 한 호흡의 공력만으로도 족히 수백 리를 내달린다고 하는데, 이청은 수백 리는 몰라도 수십 리는 일거에 주파할 만한 공력이었다. 그가 삼대절기 중에서도 특히 보신경에 공을 들인 결과였다. 그런데 이청은 퍼뜩 의아한 눈으로 소명을 돌아보았다. 워낙에 다급히 뛰쳐나가서 미처 깨닫지를 못하였는데, 소명은 그저 뛰고 있었다. 달리 보신경을 펼친다고 생각할 수 없었다. 튼튼한 두 다리를 빠르게 움직이며 땅을 차올랐다. 그리고 어느 순간 이청을 훌쩍 앞질러서는 벌써 청음관의 높은 담에 닿았다. 무공이야 자신하는 바가 아니었으나, 보신경만큼은 남에 뒤진다고 생각해 본 적이 없었다. 그렇건만, 보신경도 아닌 달음박질에서 이렇게까지 차이가 날 줄이야. 이청은 불현듯 놀란 숨을 터뜨렸다.

"허엇!"

소명이 달리는 모습에 놀란 것이 아니었다. 그가 훌쩍 앞서서 높은 담을 단박에 뛰어넘는 그 순간, 큼직한 그림자가 갑자기 솟구쳐서 소명을 덮쳤다.

청음관의 높은 담을 단박에 뛰어오르는 순간, 소명은 불쑥 덮쳐오는 검은 그림자를 마주했다.

"엥?"

급박한 순간이었지만, 소명은 와중에도 오만상을 찌푸렸다. 그림자는 묵직한 석관이었다. 못해도 수백 근에 달하는 것이 마치 포탄처럼 소명을 노렸다. 생각지도 못한 일이나, 소명은 당황하는 바 없이 마주 손을 펼쳤다. 가볍게 내민 손끝이 석관의 끝을 툭 건드렸다. 채 한 푼의 힘도 실리지 않은 듯했지만, 나한십팔수의 정화가 손끝에 어려 있었다. 석관은 날아오는 방향을 잃고, 더욱 드높이 솟구쳐 올랐다. 그 뒤로 비쩍 마른 사내가 있었다. 그는 버럭 노성을 터뜨리며 달려들었다.

"소명!"

미처 몸을 가누기도 전이었다. 사내는 뼈가 앙상한 두 손을 바짝 움츠린 채, 매섭게 할퀴어댔다. 조공의 경력이 싸늘하게 치솟아, 무슨 말을 꺼낼 때가 아니었다. 소명은 내처 한쪽 팔을 빠르게 돌렸다. 언뜻 간단해 보이는 동작이나, 금강권 법륜무애의 일식이다. 일진의 경풍이 앙상한 사내의 두 손을 고스란히 맞이했다. 그런데 급습을 마주하는 데에도 당황한 기색은 추호도 없었다. 오히려 얼굴 가득 웃음을 머금고 있었다. 소명은 한 팔로 사내의 두 손을 읽어내고는 그대로 바닥에 내려섰다. 소명이 깃털처럼 가볍게 내려섰지만, 목내이 꼴로 비쩍 마른 사내는 그 외견과 어울리지 않게도 둔중한 소리를 내며 발아래에 석판이 우지끈 깨져 나갔다.

이청은 뒤늦게 담 위에 올라섰다. 그는 헐떡이면서 소명과 사내를 번갈아 보았다. 그러고는 그만 안도했다. 크나큰 걱정이 일거에 흩어지며, 괜스레 맥이 풀렸다. 그는 담장 위의 기와에 그대로 걸터앉았다.

"이놈!"

사내는 벼락같은 일성을 터뜨리며 얽어맨 소명의 팔을 뿌리치고, 거듭 공세를 펼쳤다. 좌우 손이 어지럽게 조영을 그렸다. 언뜻 뻣뻣한 움직임이었지만, 날래기 그지없어서 이미 소명의 면전으로 파고들었다. 쭉 뻗은 손끝에서 칼날처럼 싸늘한 예기가 솟구쳐 목을 노렸다.

"어이쿠."

소명은 어깨를 슬쩍 비틀었다. 그림자의 공세는 계속 이어졌다. 두 팔을 도검처럼 맹렬히 휘두르고 떨치는데, 그 위력이 사뭇 대단하여 궤적 끝에서 땅이 갈라지고, 벽이 갈라졌다. 사내는 이를 드러낸 채, 매섭게 치뜬 두 눈에서 새하얀 안광을 줄기줄기 흘려댔다. 어떻게든 소명을 붙잡고 말겠다는 일념이 솔직히 드러나 있었다. 그러니 소명도 가만히 있을 수야 없는 노릇이다. 그가 금강권의 보법을 좇아서 빠르게 물러나니, 일 촌, 단 일 촌의 거리를 더 파고들지 못했다.

"에잇! 이익! 이이잇!"

악문 잇새로 용 쓰는 소리만 계속 흘렀다. 그러기를 한참, 처음의 긴장은 이제 온데간데없었고, 지지부진하여서 법당의 앞마당을 마냥 맴돌기만 했다. 이청은 처마에 앉아 둘이 하는 양을 물끄러미 바라보았다. 입가에는 쓴웃음이 그득했다.

"하, 하하하."

급기야 웃음이 터졌다.

사내는 한참을 쫓고서도 결국 소명을 잡을 수가 없자, 발을 동동 구르며 마구 소리를 내질렀다.

"으, 으으윽! 이 자식, 거기 안 서!"

"친구야, 그렇게 순순히 죽어줄 수는 없는 일 아니겠니."

"시끄럿!"

사내, 탁연수는 앙상한 얼굴을 흉하게 일그러뜨리며 버럭버럭 악을 썼다. 소명은 히죽거리며 웃었다. 긴장하여서 허겁지겁 달려온 모습은 없었다. 둘은 그러다가 언뜻 이청을 돌아보았다. 그는 아주 남의 일이라고 높은 곳에 앉아서 마냥 웃는 낯이다. 죽다 살아난 터라, 한층 야윈 얼굴의 탁연수가 볼을 부풀리더니, 퉁명스레 중얼거렸다.

"저놈의 자식. 아주 남의 일이지."

"하하, 그래도 일국의 황자인데, 자식은 좀."

이청은 머쓱하여 말했다. 얼굴에 떠오른 웃음은 그대로였다. 그러자 탁연수는 재차 외쳤다.

"너도 시끄럿!"

탁연수는 대뜸 손을 휘둘렀다. 웅크린 손이 허공을 긁어내듯 휘젓자, 일순 음산한 경풍이 일어서 이청이 앉은 자리를 덮쳤다. 이청은 당황하지 않고, 훌쩍 옆으로 건너 앉았다. 우지끈 소리와 함께 기왓장이 갈라지고, 담벼락에 다섯 줄기의 자국이 깊이 남았다. 이청은 그 흔적을 멀뚱히 보더니, 새삼 놀란 눈으로 탁연수를 돌아보았다.

"너, 너, 완성했구나."

"흥!"

목소리에 감탄이 뚜렷했다. 그러자 탁연수는 높기도 한 콧대를 바짝 치켜들었다. 잰 체하는 모습이었지만, 해골에 거죽이나 씌워놓은 꼴로 그리 해봤자, 마냥 안쓰러울 따름이었다.

소명은 딱히 위협을 느끼지 못한 터라, 머리를 긁적거리다가 넌지시 물었다.

"뭐야? 뭘 완성했다는 거야?"

탁연수는 천천히 고개를 돌렸다. 그리고 일장의 경력을 뿌린 새하얀 손을 퍼뜩 치켜들었다. 다섯 손가락을 갈퀴처럼 웅크렸다. 눈가로 서늘한 기운이 흐르고, 손가락 끝에서 언뜻 백광이 번뜩였다.

"강시당 비전, 음풍찬영조(陰風鑽影爪)."

아주 자신만만한 모습이었다. 흡사 천하제일의 무공을 연성해내기라도 했다는 투였다. 그렇지만 소명은 눈만 끔뻑거릴 뿐이었다. 그는 탁연수가 무슨 말을 하는 것인지 전혀 짐작할 수가 없었다. 아무리 소명이라도, 강시당에서 전하는 무공내력을 모두 헤아릴 수는 없는 노릇이다. 그렇지만, 탁연수가 저렇듯이 자신만만하게 있으니, 이쪽도 손을 놓고 있어서야 친구의 도리가 아니다.

소명은 히죽 웃으며 주먹을 그러쥐었다. 그는 퍼뜩 허공을 향해 일권을 내질렀다. 땅이 내려앉을 듯이 세찬 발 구름과 더불어서 떨친 권경은 흡사 하늘을 꿰뚫어 버릴 듯이 세찼다. 마치 마른벼락이 떨어진 것처럼, 우렛소리가 뒤늦게 퍼져갔다. 소명은 떨친 주먹을 가볍게 흔들면서 멍청한 얼굴로 있는 탁연수와 이청을 돌아보았다. 그는 보란 듯이 주먹을 흔들어 보였다.

"백보권이시다."

강시당의 음풍찬영조가 실로 대단한 공력으로 절전된 세월이 백수십 년이라고 하지만, 어디 소림사의 오랜 절기인 백보권에 비할까. 탁연수는 비록 앙상하더라도 원판의 잘생긴 얼굴을 와락 구겼다. 히죽 웃는 소명의 낯짝이 그렇게 얄미울 수가 없다. 이청은 담장에서 내려오다가 그만 어이가 없어서, 소명과 탁연수를 번갈아 보았다. 이십여 년의 세월 만에 마주하여서 죽일 듯이 손을 쓰더니, 이제는 서로 익힌 재간이나 자랑하다니. 어릴 적에도 안 하던 짓거리를 뻔뻔하게 하고 있으니. 그러나 그것 또한 잠시에 불과했다. 그들 셋은 누가 먼저랄 것도 없이 껄껄 웃음을 터뜨렸다.

십여 년 세월, 그 세월을 훌쩍 넘어서 옛적의 친구가 얼굴을 맞대었으니. 웃음이 어찌 안 나올까. 죽일 듯한 살기가 요동치던 모습은 어디에도 없었다. 그들 웃음이 한껏 드높을 새, 뒤늦게 상 부인이 매향과 채유영을 뒤에 두고 천천히 다가와 그들 웃는 모습을 물끄러미 바라보았다.

하늘 높이서 햇빛이 밝았고, 서늘한 바람이 휘돌아 여름날의 풀 냄새가 길게 흩어졌다. 상 부인은 문득 고개를 들어 풀잎이 흩어지는 바람을 헤아렸다.

"좋은 바람, 좋은 날이다."

하늘을 태울 듯하던 노을빛은 다 젖어들고서, 강시당에도 밤하늘은 깊은 어둠을 드리웠다. 한바탕 난리에 엉망이 된 청음관을 두고서, 소명과 탁연수, 그리고 이청은 다른 처소로 자리를 옮겼다. 마구잡이 주먹질 끝에 기껏 자리를 마련해서 마주 앉았건만, 한참이나 말이 없었다. 그저 술잔을 주고받을 뿐이었다. 산서의 독하디독한 분주에 몇 가지 소박한 찬이 전부였지만, 소명은 말할 것도 없고, 이청 또한 어떤 불평도 없이 잔을 기울이고, 젓가락질했다. 십여 년 세월을 어찌 한 번에 풀어낼 수 있을까. 그리움과 또 그만큼의 원망을 주먹질로 달래었으니. 그저 마주하고 있는 지금을 소중하게 여길 따름이다.

술을 나누다가 언뜻 눈을 마주치자 피식피식 헛웃음이 흘렀다. 오히려 그들의 고요한 술자리를 버거워하는 것은 멀지 않은 자리에서 지켜보는 두 여인이었다. 매향은 영 불안한 얼굴이었고, 채유영은 자리에 같이 앉지 못하는 것이 그렇게 불만인 모양이었다. 전에 없이 볼을 부풀리고, 입술을 불쑥 내민 채였다. 그러나 어쩌랴, 다른 누구도 아닌 이청이 허락하지 않으니. 그녀는 불만 가득한 속내를 한숨으로나 풀어냈다. 그리고 옆에 있는 매향에게 물었다.

"도대체 무슨 사연인지 모르겠네요."

"그러게."

매향은 가볍게 고개를 끄덕였다. 그러나 달리 마음 쓰는 기색은 아니었다. 적어도 화급을 다투는 겁난은 얌전히 잦아들지 않았던가. 어수선하다고 하지만, 강시당도 차츰 안정을 되찾고 있었고, 황자 또한 무사하니. 매향은 그것으로 다행이라 여길 뿐이었다. 그녀는 쓴웃음을 머금다가, 불현듯 떠오르는 얼굴에 미간을 깊이 찌푸렸다. 저도 모르게 한숨이 불쑥 튀어나왔다.

"하아."

과연, 돌아갈 수 있을까. 무슨 얼굴로. 매향으로 말하자면, 흑선당이라는 이름 이전에 이미 황궁의, 그것도 요지선자 상 부인에게 속한 처지였다. 채유영처럼 제자로 거둔 것은 아니지만, 그녀의 도움이 없었다면 험난한 세상을 살아갈 수도 없었을 뿐만 아니라, 흑선당에 들어설 수도 없었다. 그렇다고 흑선당에서 다른 이권을 바란 것은 아니었고, 그런 행동 또한 추호도 마음먹은 적이 없건만.

매향은 거듭 한숨을 흘렸다. 속인 사람의 답답한 심경을 누가 알아줄까. 매향은 흘깃 소명의 안색을 살폈다. 다들 얼굴이 붉고, 또 붉게 달아올랐지만, 소명의 낯은 딱 그대로였다. 조금의 취기도 보이지 않았다. 그가 지나가는 듯한 말로 전한 한 마디가 내내 머릿속을 맴돌았다.

'그는 이제 당주가 되었소.'

흑선당 당주, 그녀는 지그시 입술을 깨물었다. 백운당이라면 그러면 능히 해낼 수 있을 터였다. 굳이 그녀가 필요하지 않을 터, 흑선당에 대단한 인재가 얼마나 많겠는가. 매향은 오래 고민할 수 없었다. 갑작스럽게 '와장창!' 소리가 터졌다. 한참 술잔을 나누다가, 그만 탁연수가 폭발한 것이다.

"야, 이 썩을 놈아! 내가 얼마나 너를 걱정한 줄 알아! 아느냐고!"

"잠깐, 잠깐!"

탁연수는 삽시간에 벌겋게 달아오른 얼굴로 대뜸 멱살을 부여잡고 난리를 쳤다. 그러나 상대는 소명이 아니라, 죄 없는 이청이었다. 소명은 여전히 자리에 주저앉은 채, 눈을 동그랗게 뜨고 바라보았다. 이청은 당황해서 어쩔 줄을 몰랐다. 소명은 이내 박장대소하며 웃어젖혔다.

"우하하하!"

"야, 소명! 좀 말려봐!"

이청이 급하게 외쳤지만, 소명은 숫제 눈물까지 흘려가면서 웃기만 했다.

"와하하하!"

*　　　*　　　*

천하가 한차례 소란했다. 오랜 세월 조용했던 천룡세가의 기지개 덕분에 강호는 요동쳤고, 구중천(九重天)의 황실 또한 그러했다. 암중에서 조용하게 벌어지던 황자 간의 다툼이 다급하게 드러나며, 삽시간에 수백, 수천의 목숨이 휩쓸렸다. 특히나 막강한 세력을 구축하였던 칠황자가 돌연 횡액을 당하면서, 그를 따르는 무리가 형장(刑場)의 이슬로 사라졌다.

어찌 수를 쓸 틈이 없었다. 서슬 퍼런 칼날은 심지어 내명부(內命婦)에까지 이르러서, 몇몇 비빈(妃嬪)이 화를 입었다는 소문도 자자했다. 모든 것이 벌어지는 데에 걸린 시일은 기껏 보름 닷새에 지나지 않았다. 여름 한 철이 채 무르익기도 전에 대도에서는 무더위에 앞서서 피바람이 일었다. 떠들기 좋아라하는 이들은 모든 것이 숨어 칼을 갈던 황태자의 솜씨라 했고, 몇몇이 십삼황자를 조심스럽게 거론했지만, 누구도 귀담아듣지 않았다.

여러 황자 중에서도 기반이랄 것 하나 없는 십삼황자가 칠황자와 그 무리를 이렇게까지 완벽하게 뿌리 뽑으리라고는 생각할 수 없었다. 한바탕 휘몰아친 서슬에 산서에 일어난 조그마한 소란도 잦아들었다. 그러나 아는 사람들은 알았다.

천룡세가가 침묵을 끝낸 것도, 황실에 피바람이 인 것도, 모두가 전조에 지나지 않으니, 천하를 뒤엎을 크나큰 태풍이 멀지 않았다. 다만 어디서 시작할지는 그 누구도 짐작할 수가 없었다.

번화한 시장통이면 어디나 그렇듯이 사방에는 사람이 가득했고, 온갖 소음으로 요란했다. 그렇지 않아도 내리쬐는 햇볕이 뜨겁고, 무더운 날씨라 수많은 사람이 모여 있는 시장통은 질식할 것처럼 숨이 막혔다. 바다가 가까운 탓인지, 습하고 더운 바람에는 역한 비린내마저 실려서 흩어졌다. 이곳 사람들은 다들 머릿수건을 질끈 동여매고 무릎까지 오는 짧은 단삼에 검게 탄 웃통을 그대로 드러내거나, 남녀랄 것 없이 햇빛을 피하고자 양산을 들었다. 가만히 있어도 굵은 땀방울이 줄줄 흘렀다. 그네들은 마치 싸우듯이 대화했고, 간단한 말에도 손짓이 컸다. 달리 바닷사람의 기질을 열혈이라 하는 것이 아니었다.

그런 시장길 한가운데에 한 여인이 우두커니 서 있었다. 검은 비단 같은 머리카락을 길게 늘어뜨리고서, 평범한 유군(襦裙)의 차림이었는데, 윗옷은 소매가 맞지 않는 백유를 그대로 걸치고 아래에는 새빨간 붉은 치마를 둘렀다. 시장통의 더운 바람에 옷자락이 펄럭거리는 데, 맨발이 그대로 드러났다. 오가는 사람들은 우선 여인의 차림새에 화들짝 놀라거나, 크게 당황했다. 더구나 남방에서는 여인이 두 발을 그대로 내어놓고 다닌다는 것은 절대 생각할 수 없는 일이었다. 그리고 이어서 그녀의 남다른 외모에 딱 숨을 멈췄다. 인세의 사람이 아닌 듯했다. 쏟아지는 햇볕에 전혀 영향을 받지 않는 것처럼 백설같이 하얀 피부에 검은 눈동자가 영롱했고, 연한 붉은색을 띤 입술은 같은 여인이래도 저도 모르게 탄성을 흘릴 지경이었다. 여인은 주변의 눈길에 전혀 신경 쓰지 않고, 마냥 신기한 눈으로 주변을 두리번거렸다. 참으로 무방비한 모습이어서, 피 끓는 사내라면 도무지 가만히 있을 수가 없었다. 호의(好意)에서든, 음심(淫心)에서든, 아니면 다른 악의(惡意)에서든 몇몇이 은근슬쩍 다가섰다가 흠칫 놀라며 몸을 돌렸다. 그녀의 바로 뒤에는 마치 곰 같은 사내가 험악한 인상으로 사방에 살기를 쏘아대고 있었기 때문이었다.

한눈에도 여인을 수행하는 처지라는 것을 알 수 있었다. 뚜렷한 이목구비에 큼지막한 눈동자를 살벌하게 부라리는데, 그 위세가 사뭇 대단하여서 완력 있는 왈짜패라도 도리가 없었다. 그의 차림새도 맨발의 여인 못지않게 기이했다. 더운 바람이 부는 바닷가 시장통과는 전혀 어울리지 않는 모습이었다. 털모자를 눌러쓰고, 모피가 달린 두터운

겨울 장포를 걸쳤다. 정말로 곰처럼 위압적인 덩치와 차림새에 한 손에는 검 한 자루를 들었다. 그러나 사람들 생각과 달리, 청년은 여인을 호위하기보다는 그녀가 무슨 말썽을 일으킬지 몰라서 전전긍긍하고 있었다. 솔직한 심정으로, 그는 두렵기 짝이 없었다.

사내의 이름은 장관풍, 여기 바닷가에서 멀고 먼 천산파의 사대제자로, 당대에 신진 고수라 손꼽는 비응십삼검(飛鷹十三劍)의 하나였다. 서장무림에서는 실로 전도유망한 검객인 그가 지금 일생일대의 고난에 처해 있었다.

수일 전부터 급격히 달아오르는 하늘 아래에서 털옷이 가당키나 하겠느냐만, 장관풍에게 그런 것을 따질 겨를은 추호도 없었다. 땀을 줄줄 흘리다가 말라비틀어지더라도, 여인에게서 눈을 뗄 수가 없었다. 그녀가 자칫 일을 벌이면 고스란히 감당해야 하는 것은 당장은 눈앞의 자신이었고, 또한 서장무림이었다. 눈앞의 여인은 그야말로 천재(天災)나 다름없는 존재이니. 사소한 일에 손을 쓰면, 장관풍은 희대의 마녀를 따르는 마졸 꼴이 되어서, 근자에 들어서 이름 높은 천산파의 영명에 그만 먹칠을 할지도 몰랐다. 아니, 분명 그리 되고도 남는다. 다른 이름이 아니라 서천 일대의 양대전설 중 하나, 화염산의 주인, 산주가 아니던가. 그런즉 지금 장관풍이 할 수 있는 방편이라고는 하나뿐이었다. 애당초 사람이 접근하지 못하도록 하는 것이다.

다행이라면, 산주가 그렇게까지 호기심이 철철 넘치지는 않다는 것이다. 중원의 낯선 풍경에 잠시 눈을 반짝거리는 정도였다. 지금의 시장통도 새삼 두리번거리지만, 이내 흥미를 잃을 터였다. 그때까지 장관풍은 마음을 놓지 않았다. 그는 마른침을 한번 삼키고, 산주의 뒤를 따르며 더욱 사방을 노려보았다.

"장!"

"예, 산주!"

불현듯 산주의 뾰족한 외침에 장관풍은 즉각 그녀 앞으로 나서서 고개를 조아렸다. 그녀는 이름을 제대로 부르는 법이 없었다. 다 자르고서 그저 장이라고 불렀다. 그래도 서쪽에서는 기대받는 신진이건만, 그따위 것 화염산주의 이름에서는 티끌만도 못한 것이다. 산주는 고운 아미를 잔뜩 찌푸리고서 심통 가득한 목소리로 물었다.

"여기 어디야?"

"예, 이곳은."

장관풍은 답하려다 말고, 고개를 들었다. 주변을 두리번거리는데, 아닌 게 아니라 예가 어디쯤인지 전혀 알 도리가 없었다. 일단은 말이 좋아서 비응십삼검이지, 굳이 따지면 그 또한 서장의 촌사람이나 다름없었다. 중원의 어디가 어디인지 그가 어찌 알 수 있을까. 이제껏 산주가 앞장서는 대로 줄줄 쫓아왔을 뿐이었다. 이런 물음은 생각지도 못했다. 그는 꿀 먹은 벙어리 꼴로 멀뚱히 눈만 끔뻑거렸다. 뭐라도 말을 꺼내야 할 듯하지만, 머릿속이 복잡하게 뒤엉켜서 벌린 입으로 말 한마디가 나오지 않았다.

"뭐야! 여기가 어디냐고 묻잖아!"

산주는 맨발을 쾅쾅 구르면서 채근했다. 일천 근의 바위가 뚝 떨어지는 것처럼 울리는 큰 소리도 소리였지만, 그 서슬에 온 시장통이 들썩거렸다. 가득한 사람들이 화들짝 놀라며 우뚝 멈춰 섰다. 그들은 무슨 일인지 몰라서 사방을 두리번거렸지만, 설마 작은 여인의 발끝에서 이런 일이 일어날 줄은 생각지도 못했다.

"예, 산주. 그, 그것이. 그러니까."

산주의 앞에서 장관풍은 땀을 뻘뻘 흘리며 서둘러 주변을 두리번거렸다. 그렇다고 붙잡아 물어볼 수도 없었다. 여기 사람들과는 도통 말이 통하지 않는 까닭이었다.

"이곳은 양오촌이라는 마을이오만. 어디를 찾으시는 길이시오?"

불현듯 사람 좋은 웃음과 함께 누군가 말을 건넸다. 뜻밖의 일이었다. 산주도, 장관풍도 멍하니 고개를 돌렸다.

고개를 돌린 곳에는 한 부부가 있었다. 그들은 걸음을 멈추고서 두 사람을 빤히 바라보았다. 부군 되는 이는 장년에 접어들어서 사뭇 중후한 모습이었고, 부인은 한층 젊어서 단아한 기풍을 지니고 있었다. 언뜻 보기에도 범상치 않은 부부였다. 산주가 고개를 갸웃거릴 새, 장관풍은 서둘러 앞을 막아섰다. 그는 대뜸 경계의 눈빛을 드러냈다.

"무슨 용무이시오!"

"어허, 이런."

어색한 발음이었으나, 뜻은 분명하다. 쏘아보는 눈빛에 장년인은 그만 헛웃음을 흘리며 난처함을 표했다. 먼저 말을 건넨 것도 있으나, 이렇게까지 경계할 줄은 미처 알지 못했다. 그러자 옆에 선 젊은 부인이 낮은 목소리로 부군을 탓했다.

"상공께서 그렇게 앞뒤 없이 말을 꺼내시니 그렇지요."

"허허, 그러한가?"

장년의 사내는 머쓱한 웃음을 흘리면서 뒤로 물러섰다. 대신하여서 기품 있는 부인이 나섰다. 그녀는 슬쩍 고개 숙이며 말했다.

"다른 마음이 있어서가 아니니, 너무 경계하지 마세요. 우리 두 사람도 두 분처럼 이곳에 초행이라 마음이 쓰였답니다. 혹시라도 도움을."

"좋아!"

젊은 부인이 다소곳한 모습으로 말문을 열었다. 자초지종을 기분 상하지 않게 꺼냈다. 그런데 산주는 신경 쓰는 말을 대뜸 끊으며 답했다. 그녀는 반색하여서 부부 앞으로 성큼 다가섰다. 산주의 얼굴이 마냥 밝았다. 장관풍은 화들짝 놀라서 산주를 돌아보았다. 이렇게 쉽게 외인의 호의를 덥석 받아들이다니.

"헤헤헤."

그러나 아이처럼 헤헤 웃는데, 무슨 말을 할 수 있을까. 장관풍은 머뭇머뭇하다가 이내 물러섰다. 어차피 모든 일이야 산주의 뜻대로 돌아갈 뿐이다.

"목적한 곳이 있으신 모양입니다."

"응!"

산주는 격의 없는 모습으로 힘차게 고개를 끄덕였다. 하얀 얼굴에 웃음이 가득했다. 부부는 잠시 당황했지만, 곧 차분한 어조로 물었다.

"그럼, 어디를 가고자 하시는지?"

"소림사!"

산주는 바짝 고개를 치켜들고 외쳤다. 뜻밖의 이름이라, 두 내외는 서로 돌아보았고, 일행인 장관풍도 당황한 눈으로 그녀를 바라보았다. 마치 처음 들었다는 듯이 놀란 얼굴이었다. 그들 앞에서 산주는 배시시 웃기만 웃었다. 세 사람의 놀란 눈초리를 전혀 신경 쓰지 않았다.

"소, 소림사라니. 아니, 그걸 왜 이제야?"

장관풍은 숨이 턱 막혀 왔다. 더듬거리며 내뱉는 목소리가 마치 쥐어짜는 듯했다.

천산에서 이곳까지. 이미 사람의 경지가 아닌 산주에게야 기껏 한달음에 불과하려나, 장관풍은 뒤를 따르는 것만으로도 생사가 오락가락했다. 목적한 곳이 소림사였다면, 진즉 말했어야 할 일이다. 몇 번을 물어도 무작정 따라오라 하더니만, 여기 바닷가에 가까워서야 소림사라니. 천산파의 제자로 중원의 문물이나, 지리에 밝다고는 할 수 없지만, 적어도 소림사는 알았고, 숭산은 알았다. 그러나 지금에 와서 어찌할까. 장관풍은 이제 심화(心火)가 일지도 않았다. 그는 넋을 다 놓아 버리고 산주와 어색한 표정의 부부를 물끄러미 바라볼 뿐이었다.

'에라, 모르겠다.'

부부는 서로 속삭이더니, 곧 웃으며 말했다.

"차라리 잘되었구려. 우리 부부는 천하 유람 중인바, 소림사 또한 언제고 찾아보려 하였으니. 같이 가도록 합시다. 내 그래도 소싯적부터 강호를 안방 삼은 사람으로 길에 밝다오."

"그것은."

장관풍은 흠칫 고개를 치켜들었다. 잠깐의 도움이 아니라 길을 같이 하자니. 섣부르게 응할 일이 아니었다. 도움이라 하여도, 무정한 강호 바닥에서 누가, 누구를 순순히 믿을 수 있겠는가. 머뭇거리는데, 그 속내를 짐작하였던지. 장년의 사내는 쓴웃음을 머금었다.

"음, 그래. 그리 경계하는 것도 당연한 일이지."

"아니, 그것이 아니라."

너무 선뜻 속내를 들킨 터라, 장관풍은 저도 모르게 얼굴을 붉혔다. 사내는 손을 가로저었다. 충분히 이해할 수 있었다.

"아니, 아니오. 이 사람이 너무 무람없이 굴었구려."

"좋아!"

그러나 산주는 역시 산주였다. 그녀는 반짝거리는 눈으로 답했다. 죄 없는 장관풍은 더욱 당황하며 말했다.

"산주, 아무리 그래도."

"왜? 길에 밝다고 하잖아."

"그, 그래도. 초면인 분들에게."

산주는 말리는 장관풍에게 버럭 짜증을 부렸다. 말문이 턱턱 막히는 순간이었다. 그러는 사이, 두 내외는 영 어려운 표정으로 산주와 장관풍을 번갈아 보았다.

산주는 고개를 모로 돌리고 부부를 바라보았다.

"그럼, 어디 사는 누구야?"

참으로 격의 없는 태도였다. 그러나 부부는 탓하기보다는 선뜻 웃으며 답했다.

"하하, 하북 정주의 담일산이라 하오, 이 사람은 나의 내자 성씨라오."

담일산, 그는 자신을 선뜻 밝혔다. 강호도상에서 풍산소요(風散逍遙)라는 무명을 널리 떨친 고수이며, 정주 땅의 오랜 명문가인 담가의 가주였다. 하북 무림에서 고수를 논할 때에 어김없이 손꼽히는 고수였다. 장관풍은 다른 기색 없이 담담한 낯으로 두 손을 맞잡았다.

"담 노사이시군요."

달리 알지 못하는 기색이었다. 하기야 산주는 굳이 말할 것도 없고, 장관풍도 따지고 보면 강호초출이라고 할 처지이니. 어디 박한 견문을 탓할까. 담일산은 가만히 미소를 머금었다. 곁에서 성 부인도 흐린 미소를 머금었다.

담일산은 이내 둘에게 물었다.

"그럼, 두 분께서는?"

자신을 순순히 밝히고 나서 물어오니, 장관풍은 저도 모르게 두 손을 맞잡으며 답했다.

"예, 이 사람은 천산파 사대제자 장관풍이라 합니다."

"천산파, 수천 리 길이지만, 당대에 천산파의 위명은 심심치 않게 들었소. 이 멀고 먼 땅에서 천산의 검객을 마주하게 될 줄은 진정 몰랐구려."

담일산은 잠시 놀란 눈을 하였다가, 이내 고개를 끄덕이며 말했다. 과연, 복색이나, 어투가 남다르다 싶었더니 짐작한 대로 새외의 인물이다. 하늘에 가까운 산이라 천산이 아니던가. 워낙에 먼 곳이라 귀동냥하기에도 어려운 곳이다. 그러나 담일산은 지난 수삼 년 사이에 천산파의 일문이 무섭게 이름을 떨치고 있음을 기억했다. 그런데 천산에서 이곳까지 와서 다시 소림사라니.

부부는 웃는 산주를 잠시 보았다가 다시 장관풍을 바라보았다. 내외의 눈길에는 분명히 동정이 가득했다. 지금 그들이 있는 곳이 어디인가. 불어오는 바다의 짠 바람이 머리 위를 스쳤고, 멀리서 갈매기가 끼룩끼룩 울었다. 이곳은 광동의 바닷가였다. 소림사가 있는 하남 땅과는 무려 사천 리에 달하는 거리였다. 그런데 찾아온 걸음이 무려 천산에서부터라고 하니. 두 부부는 눈앞의 남녀가 걸어온 길을 헤아릴 수가 없었다. 설사 파발을 달린다고 하여도 못해 석 달 보름은 족히 걸릴 거리이련만, 길을 잘못 들어도, 실로 단단히 잘못 들었다.

끌려오다시피 한 장관풍의 속내는 또 어떠할까. 죽을

둥, 살 둥 뒤쫓은 것이 벌써 수십 일이었다. 그러고 있을
새, 산주가 멀뚱거리는 눈으로 있다가 툭 던지듯이 물었
다.

"정주의 담가면 유명한 데야?"

"어이쿠, 산주! 어찌 그런 말씀을!"

"왜? 뭐?"

장관풍은 민망하여서 급히 그녀를 만류했지만, 산주는
뭐가 어떠냐는 듯이 퉁명스러운 어조로 대꾸했다. 그러자
담일산이 손을 내저었다.

"아아, 괜찮소. 정주의 담가는 하북에서는 나름 이름을
알린 무가라오. 그래도 어디 서방의 양대 전설인 화염산주
께 비하겠소."

"어? 나를 알아?"

담일산의 입에서 정확하게 화염산주의 이름이 나왔지
만, 여인은 그리 놀라는 기색이 아니었다. 그저 멀뚱거리
는 눈으로 바라볼 뿐이었다. 담일산은 고개를 끄덕이며 새
삼 여인을 향해 두 손을 맞잡았다.

"천산파의 젊은 고수에게 산주라 불릴 분이 어디 있겠습
니까. 더구나 가만히 계셔도 열기가 뜨끈하니. 모를 수가
없습니다."

담일산이 말하자, 장관풍은 흠칫하여서 입가를 틀어쥐

었다. 결국, 자신의 입방정 때문이 아닌가. 그러나 여인은 전혀 신경 쓰지 않았다. 오히려 히죽거리며 말했다.

"그럼 더 좋네. 얼른 길 안내해 줘."

아무런 사심이 없어, 해맑은 모습이었다. 담일산 내외에 대한 일말의 의심도 없었다. 담일산은 그것이 단순히 순진무구하기 때문이 아님을 잘 알았다. 압도적인 무력이 밑받침되어 있었다. 그 누구도 범접할 수 없어, 서장 땅에서는 신격화되기까지 하는 무위였다.

'화염산주.'

서장의 신비를 마주하여, 담일산은 흔쾌히 고개를 끄덕였다. 본래는 남해를 유람할 생각이었으나, 중도에서 발걸음을 돌리게 되었으니, 그것을 어떻게 탓할 일은 아니었다. 어차피 유람을 나선 걸음이니, 돌아간들 어떠하며, 다른 곳을 향한들 어떠하겠는가.

허허, 담일산에게서 고요한 웃음이 흘렀다.

소림사, 천하오악 중 중악(中嶽)인 숭산 소실봉에 자리를 잡은 천 년의 고찰. 수많은 별칭이 있으나, 강호에 몸담은 무부에게 소림사가 뜻하는 바는 단 하나였다. 무학성지(武學聖地)로서 천하공부가 비롯한 곳이다. 청년 고수 시절에 잠시 발을 들였던 곳을 무려 수십 년 세월 만에 가고자 하니, 굳이 화염산주 때문만이 아니더라도 감회가 남다를 수밖에 없었다. 시든 가슴 아래에서 새삼 젊은 날의 웅지가 싹트는 듯했다.

제3장
난제(難題)는
혼자 오지 않는다

　태원부에서 가장 역사가 오래되었고, 또한 가장 거대한 사당인 이랑신궁(二狼神宮), 그곳에는 산서 무림을 암중에 좌지우지하는 흑선당의 본점이 자리하고 있었다.

　이랑신궁의 깊숙한 심처(深處), 밤늦은 때이건만, 그곳은 불을 환히 밝히고 있었다.

　몇이나 되는 그림자가 쉴 틈도 없이 바쁘게 오갔다. 소리는 없었지만, 그림자가 오고 갈 때마다 자리에는 권자(卷子)와 서신(書信)이 부지기수로 쌓여 갔다. 그간 밀리고 밀린 흑선당의 일이 이제 신임 당주에게 전해지는 참이었다. 때를 모르고 쌓여가는 업무 속에서, 흑선당 신임 당주 백운당은 점점 질식해 가고 있었다.

안쓰럽게도 얼굴은 흙빛으로 물든 지 오래였다. 침식을 따질 겨를이 없었다. 당의 일은 끊임이 없고, 믿고 맡길 손은 드물었으니 도리가 없었다. 백운당은 밀린 일을 확인하는 것만으로도 머리가 터져 나갈 지경이었다. 더구나 쌓이는 일도 간단치 않았다.

산서 강호를 암중에서 손을 쓰고, 또한 천하 강호에도 눈과 귀를 열어 두고 있는 흑선당인지라, 하루에도 쏟아지는 소식과 말은 감히 헤아릴 수가 없을 지경이었다. 당주 앞에는 그중에서도 거르고 거른 것들이 올라오지만, 그간 밀려 있는 것을 다시 헤아리더라도 수레 몇 대 분량이 될 정도였다.

백운당은 과연 능력이 부족하지 않아서, 어느 하나 소홀함도 없이 처리하고, 파악했다. 그러나 그도 사람인지라 체력이 뚝뚝 떨어지는 것은 어쩔 수가 없는 노릇이었다. 대낮처럼 환하게 밝힌 불빛마저도 그에게는 고문이나 다름없었다. 뜬눈으로 벌써 몇 날째인지 기억조차 나지 않았다.

"흐으, 흐으."

백운당은 덜덜 떨리는 손으로 확인한 서신을 옆으로 치

웠다. 종이 한 장이 힘겹다. 산서와는 한참 멀리 떨어진 광동에서 온 소식으로 몇몇 곳에서 원인 모를 화재가 일어났다고 적혀 있었다. 당장은 파악할 수 없는 상황이니, 따로 분류하고서, 백운당은 쿵! 소리와 함께 책상머리에 얼굴을 처박았다. 그 소리가 묵직하여서, 자리 아래에서 줄지어 같이 밤샘하는 요원들 대여섯이 퀭한 눈을 들었다. 그들도 백운당과 다를 바 없는 처지이니. 몇몇은 시름 짙은 한숨을 푹 내뱉고 다시 고개를 돌렸다.

불현듯 문이 고요하게 열렸다. 또다시 일이 쌓일 참이구나 싶어서, 요원들은 차마 고개를 들 수가 없었다. 문가에서 검은 비단신이 사뿐사뿐 밟고 들어섰다. 발소리는 없었지만, 사르륵 옷자락 스치는 소리가 고요하게 울렸다. 검은 신은 곧 백운당 앞에서 멈췄다. 그는 산처럼 쌓인 종이 사이에 고개를 처박고서 정신을 차리지 못했다.

어찌 말문을 열어야 할까.

주저주저할 새, 백운당이 퍼뜩 고개를 치켜들었다. 퀭한 두 눈에 초점은 없었다.

"아니지, 이러면 안 되지. 일을, 일을 어떻게 줄여놓아야. 그 녀석을 찾든지 할 거 아니야. 아무렴, 아무렴."

백운당은 혼잣말을 연신 중얼중얼하면서 굳은 손을 다시 뻗어 갔다. 앞에 누가 있는지 전혀 알아차리지 못했다. 그림자가 드리웠건만 제 눈이 어두운 탓이라 여기는지, 휘휘 손을 내저으며 또 한 장의 서신을 집어 들었다.

"어이구, 왜 이리 눈이 침침한가. 심지를 더 돋워라. 어둡다. 어두워."

"예이, 예이."

지친 명에 지친 답이 들려왔다. 끄트머리에 앉은 이가 꾸역꾸역 자리에서 일어나 등잔불을 더욱 밝히고자 했다. 그런데 퍼뜩 고개를 드니, 낯선 여인이 자리에 있는 것이 아닌가.

"으헥! 누구냐!"

검은 비단천으로 머리를 덮고서, 마찬가지로 검은 치마에 검은 비단신이라니. 딱 보아도 수상쩍은 행색인데, 흑선당의 심장이랄 수 있는 이곳에 홀로 들어서 있다니. 놀란 외침에 좌우의 요원들은 바로 반응했다. 자리를 박차며 두 손을 치켜드는데, 어디에들 그리 감추고 있었는지 수자루의 비수가 흉광을 번뜩였다. 졸리고 지친 기색을 일제히 떨쳐 버리고 치뜬 눈초리에 예기가 흐를 새, 그들의 집중을 받은 여인은 다만 고요할 뿐이었다. 백운당은 멍한 눈을 들었다. 퀭한 눈이 여인의 고요한 모습을 담자, 그는 엉거주춤 자리에서 일어났다. 의자가 뒤로 밀리며 끼이익, 소리를 냈다.

"내가 지금 죽었나? 이 창창한 나이에 날개를 펴보지도 못하고 과로사한 건가? 그런 건가?"

"다, 당주!"

이 판국에 무슨 시답잖은 소리인가. 요원들은 살수를 준비하고서도 섣불리 손을 쓰지 못했다. 여인의 거리가 백운당과 너무 가까운 탓이다. 그가 물러나야 어찌 손을 쓰련만, 백운당은 멍청한 얼굴로 눈만 깜빡거렸다. 여인은 나직이 한숨을 흘렸다. 그리고 얼굴을 덮은 검은 천을 머리 위로 걷어 올렸다.

"그게 무슨 잠꼬대이십니까. 그만 정신 차리세요."

"참으로 매향, 매향이냐?"

백운당은 굳은 혀를 겨우 움직여 말했다. 마치 울음을 쥐어짜기라도 하는 것처럼 목소리는 탁했다. 아닌 게 아니라 들썩거리는 눈초리가 마르지만 않았다면, 줄줄 울어댈 참이었다. 여인, 매향은 한숨을 흘렸다. 그녀는 곧 서늘한 눈으로 아직도 비수를 뽑아든 요원들을 둘러보았다.

"계속 그러고들 있을 건가?"

"아니, 저어."

매향의 눈초리가 확 올라가며, 쏘아보는 눈초리에서 파란 광망이 일었다. 요원들은 그만 기가 확 죽어버려서, 부랴부랴 비수를 거두었다. 그들 또한 매향의 얼굴을 알았다. 흑선당에 몇 안 되는 특급요원이며, 또한 백운당의 심복으로 누구보다 유능하여서 흑선당 전반의 일이 그녀를 거쳐 간다고 할 정도였다. 그러나 당주가 바뀌는 이 중요한 시기에 오래도록 모습을 감춘 것도 의혹 살 일이련만, 이토록 느닷없이 등장한 것을 어찌 가볍게 여길 수 있을까. 그런데 백운당이 손을 내저었다. 자리를 비키라는 뜻. 요원들은 당혹감에 바로 움직이지 못했다. 백운당과 매향의 눈치를 보는데, 퍼뜩 백운당의 눈초리가 날카롭게 번뜩였다. 크게 쇠락하였건만, 어디서 그런 기력이 남았는지. 흑선당 일급 요원들은 더 입을 열지 못하고 물러났다. 문이 닫히고, 불을 환히 밝힌 심처에 두 남녀가 마주했다.

"매향아."

"소당주, 아니. 이제 당주시군요."

"하, 그래."

매향의 목소리는 착 가라앉아서, 어떤 기색을 찾을 수가 없었다. 그녀는 다만 면목이 없을 뿐이었다. 이렇게 백운당을 마주하고 있는 것조차 그녀에게는 큰 용기가 필요한 일이었다. 흑선당에 등 돌린 적은 없으나, 또한 다른 신분이 있는 까닭이다. 백운당이라면 이미 파악하였을 일. 다른 변명은 필요치 않을 것이다. 매향은 붉은 입술을 살며시 깨물었다.

'역시 시간이 더 필요했던 것일까.'

백운당의 붉게 달아오른 눈동자가 격하게 요동치는데, 정작 말 한마디가 없다. 그 침묵이 못내 숨 막혀서, 매향은 내심 후회했다. 이렇게 흑선당으로 돌아온 데에는 무엇보다 소명의 한마디가 컸다. 소명은 어찌할 바를 모르는 그녀를 달래면서 말했다.

흑선당의 누구도 탓하지 않을 것이다. 오히려 간절하게 기다리고 있을 터, 괜한 사람 애태우지 말고 그만 돌아가라 했다. 그 말에 힘입어서 용기를 내 돌아왔지만, 백운당의 이글거리는 붉은 눈에 어떤 변명도 할 수가 없었다. 그는 한층 험악하여, 탁한 목소리로 입을 열었다.

"너, 매향, 너."

"죄송합니다."

"뭐가 죄송이야!"

백운당은 버럭 노성을 터뜨리며, 상 위를 냅다 후려쳤다. 쾅! 소리가 크게 울렸다. 그러고는 당장 울상을 지으며, 매향의 두 손을 덥석 움켜잡았다.

"왜 이제 왔느냐. 지금 쉴 틈이 없다. 쉴 틈이!"

백운당은 당장 울어버릴 듯했다. 그는 허겁지겁 매향을 옆자리에 끌어 앉히고는 무수하게 쌓인 권자, 서신을 마구잡이로 떠안겼다.

"다, 당주. 제게 이런 일을."

"너 아니면 누굴 믿고 일을 해!"

매향도 이런 반응은 전혀 생각하지 못한 터였다. 그녀는 엉거주춤한 모습으로 멍청히 있었다. 백운당은 부랴부랴 자리로 돌아가서, 천장 높은 줄 모르고 쌓여가는 온갖 것을 다시 살피고, 분류하며, 또 당주의 날인을 하기 시작했다. 그러다가 퍼뜩 고개를 들었다. 매향이 두 손으로 턱 아래까지 쌓인 온갖 권자며, 서신 등을 안고서 여전히 굳어 있었다.

"아니, 뭘 하고 서 있어. 급하단 말이다."

백운당은 이제 흙빛으로 돌아온 얼굴로 발을 동동 굴렀다. 채근하며 우는소리를 하니. 매향은 쓴웃음을 머금고는, 잠시 좌우를 두리번거렸다. 자리를 찾는 것인데, 백운당이 다른 말없이 자신의 옆을 가리켰다. 미처 눈에 들어오지 않는 자리에 따로 마련한 자리가 있었다. 고아한 붉은빛을 띤 책상이었다. 달리 거창한 문양이나, 잡다한 것이 없어 깔끔했다. 매향의 취향을 생각해서 진즉부터 갖춰놓은 자리였다.

매향은 그 모습에 흠칫 눈을 크게 떴다. 가슴이 다시금 울렸다. 그녀는 떨리는 눈으로 백운당을 돌아보았다. 그는 벌겋게 달아오른 눈으로 묵묵히 서신을 들여다보고, 다른 서신과 비교하고, 정신이 없었다. 매향은 숨을 삼키고 자리에 앉았다. 자리는 조용하니, 종잇장 스치는 소리만 고요하게 울렸다. 그렇게 태원부 흑선당은 밤이 깊어갔다. 그러나 고요는 그렇게 오래가지 않았다.

"아니지요! 일을 여기서 이렇게 처리하시면 어떻게 합니까!"

"아니, 이건 그렇게 중요한 일이."

"당주!"

주저하며 변명하는 소리에 매향이 빽! 하고 날카롭게 소리쳤다. 이어서 잔소리가 마치 실타래에서 풀려나오는 것처럼 줄줄줄 끝도 없이 흘러나왔다.

"제가 누누이 말씀드리지 않았습니까! 일의 경중(輕重)을 가볍게 판단하는 것이야말로 실책의 시작입니다."

"으, 으어어."

손행자의 긴고아(緊箍兒)가 이러할까. 쏟아지는 잔소리가 머리를 조이고, 숨통을 콱 짓눌러서, 백운당은 고통에 찬 신음만 흘렸다.

산서의 진성. 주요한 길목으로 규모에 비하여 크게 번성한 성시이나, 강호무림과는 크게 연이 없는 곳이었다. 그러나 지금 진성은 때 아닌 소란함으로 크게 들썩거리고 있었다. 산서 땅에서 칼 좀 쓴다고 하는 뭇 도객들이 우르르 몰려와서는 여기도 칼잡이, 저기도 칼잡이였다. 면면을 살 피자니 산서 서쪽에서 이름 높은 도객 광열도(狂熱刀), 북부 일대를 주름 잡는 마적단인 사적단(砂賊團)의 다섯 두목, 협사로 이름난 청류도(淸流刀) 백구동 등등, 칼 좀 쓴다 하는 이들이었다. 그런 이들은 진성의 난잡하게 자리한 객잔, 주점에 가득 들어차 있었다. 그리고 한 곳을 뚫어지게 바라보고 있는데, 하동대하라는 이름의 객잔이다. 차마 들어서지는 못하지만, 노려보는 눈동자는 누구랄 것도 없이 뜨거웠다. 이유인즉, 하동대하의 옆에 떡하니 걸려 있는 문구 때문이었다.

'서장의 자랑, 생사판관 대협 왕림.'

길게 늘어뜨린 문구 옆에는 또 한 줄이 있다.

'다음의 천하제일도, 서장제일도.'

석 자 길이의 흑백 비단 천에 금은의 수실로 화려하게 새겨놓았으니. 산서의 모래바람에도 너끈히 번쩍거렸다. 하동대하에서 아주 단단히 마음을 먹은 모양이었다. 이렇게 내걸었으니, 어쩌겠는가. 천하제일도, 서장제일도, 그 두 글자 때문에 산서의 칼 쓴다는 이들이 죄 몰려든 것이다. 그들이 몰려든 이유는 제각각이었다. 누구는 호승심에, 누구는 명예욕, 또 누구는 한 수의 가르침에. 그러나 결국 마주하는 것은 문제의 이름인 생사판관, 그리고 서장 제일도였다.

하동대하는 물론이거니와 근처의 여러 상점은 큰 호황에 정신이 없었다. 그러나 좋은 점이 있다면, 나쁜 점도 있기 마련. 강호 무부들이 이렇게 득시글하니 은원(恩怨) 없는 자가 없고, 온갖 시비에 다툼이 일어나기 일쑤였다. 진성 성시는 여전히 번화했지만, 평소와 다른 번화함이라, 진성 사람들은 납작 엎드려 몸을 사렸다. 이때에 당사자는 하동 대하의 제일 높은 방인 금방(金房)에 틀어박혀서는 조금도 바깥 걸음을 하지 않고 있었다.

서장제일도 위지백, 그는 창가 자리에 앉아 있었다. 팔 짱을 끼고서, 고요한 눈으로 앞에 놓은 한 잔의 술을 물끄 러미 바라보았다. 평소의 모습이 아니었다. 술을 숨쉬듯 들이마시던 이가 딱 한 잔을 앞에 두고 손을 뻗지 않고 있 으니.

맑은 날의 한낮이었지만, 방은 어둑했다. 창마다 덧창까 지 다 닫아 놓은 탓이었다. 틈바구니로 햇빛이 흐리게 스 며들 뿐이었다. 그는 문득 가까이에 있는 창가로 눈을 돌 렸다.

"정말 조잡하구만."

찌푸린 눈가에 짜증스러운 기색이 솔직했다. 밖에서 전

해오는 기세가 따끔거릴 정도로 격렬했지만, 그에게는 소란 거리에 지나지 않았다. 하동대하를 에워싼 도객이라는 것들이 이렇게 자극하고 있었다. 어지간하면 나가서 한바탕 속풀이라도 하련만, 마주하기에는 그저 조잡할 뿐이었다. 머릿수가 제법이라 하여도, 위지백의 성에 차는 기세는 누구 하나 없었다. 그는 곧 혀를 차며 불평을 늘어놓았다.

"아니, 이렇게 인재가 없나? 죄 고만고만한 놈들뿐이니."

한탄조로 툴툴거리는 것도 잠시, 위지백은 이내 불만의 목표를 달리했다. 빠득! 이를 갈아붙이며 낯빛이 한층 험악하게 일그러졌다.

"이게 다 소명, 그놈 때문이야. 강시당이 어디라고 아직까지 소식 한 자락이 없어? 대체 언제까지 죽치고 있어야 하느냐 말이야."

소명이 길 떠나고 벌써 닷새, 그간 어떤 소식도 없었다. 무슨 일이 어찌 돌아가고 있는 것인지, 여기서는 알아볼 방도가 전혀 없었다. 하기야 강시당을 달리 신비삼세라 하는 것은 아닌지라, 누구를 탓할 수는 없는 노릇이었다. 흑선당에서도 아무런 파악을 하지 못하고 있었다. 위지백은 공연히 속만 태우며, 복심에서는 불평불만이 가득가득 차올랐다. 그는 문득 고개를 돌렸다. 드넓은 금방을 보고 있으려니, 공연히 가슴 한구석이 휑하다. 본래라면 아주귈, 그 아이를 돌보면서 몇 수 재간이나마 가르칠 터였다. 그러면 이렇게까지 심화가 쌓이지는 않을 터인데.

"후우."

위지백은 이내 천근의 숨을 길게 토했다. 아주귈은 진즉에 빼앗긴 참이었다. 아이는 지금 화염산 홍화선자의 귀여움을 아주 담뿍 받고 있었다. 기껏 길을 닦아 놓았더니만, 냉큼 걷어가 버린 꼴이었다. 뭔가 싫은 내색이라도 할라치면, 그녀는 냉큼 도끼눈을 뜨고 쏘아붙였다.

"아니, 네 녀석이 전인으로 삼을 것도 아니면서 뭘 그리 싸고돌아!"

불같은 성질은 여전도 하여라. 호통 한 번에 무슨 말을 더 할 수도 없었다. 그녀의 말마따나, 아주귈에게는 몽상순천도를 전할 수는 없었다. 그것은 성별이나, 재질의 문제가 아니었다. 몽상순천도에 입문하기 위해서는 특별한 조건이 필요했다. 그렇다고 다른 배짱을 부렸다가는 말 그대로 불벼락이 쏟아질 것이 뻔했다. 고저 입 다물고, 귀 막고, 눈 돌릴 따름이다.

"그래, 양식 있는 내가 참아야지. 내가."

한걸음 물러나 생각하면, 홍화선자를 이해할 수도 있었

다. 아주궐은 분명 곁에 두고 가르칠 만한 아이였다. 고작 며칠에 불과하다지만, 위지백이 가르치는 기본공을 게으름 한 번 피우지 않고 해내었으니. 어디 예뻐라 하지 않을 수 있을까. 이해하지만, 속은 이 지경이다. 답답한 심정에 술이라도 양껏 즐겨볼까 싶었지만, 한, 두 동이도 아니고, 고작 두어 병에서 그만 관두고 말았다. 마시고 속이 풀려야 할 일인데, 마시고 더 답답하기만 하니. 이거야 원 쓸모없다. 오죽하면 한 잔 술만 하염없이 바라보고 있을까.

위지백은 거듭 치미는 한숨을 겨우 달래고서 지그시 눈을 감았다. 끓는 속을 달래고자 차분하게 명상이라도 할까 싶었다. 새삼 허리를 세우고, 호흡을 길게 하며 자신을 돌아보고자 했다. 들숨과 날숨이 차분하게 교차했다. 그러나 금방이 한없이 고요해지는 것은 정말 잠시 잠깐에 불과했다.

차 한잔 마실 시간을 한 다경(茶頃)이라 한다는데, 차 한잔은커녕 찻잔에 입을 떼기도 전에 위지백은 바로 자세를 무너뜨렸다.

명상은 개뿔이다. 그는 버럭 소리를 내질렀다.

"으악! 진짜 이 인간은 도대체 언제 오는 거야!"

"지금 왔다."

성질이 막 터지기 일보 직전, 소명의 무심한 목소리가

등 뒤에서 울렸다. 언제 들어선 것인지, 소명은 문가에서
그득한 먼지를 툭툭 털었다.

"아니, 언제."

"언제는 언제야. 네놈이 술잔 앞에 두고 고사 지낼 때이
지. 이거야 원, 모래바람이 영 고약하네."

소명은 불만스럽게 중얼거리며, 누런 먼지를 탁탁 털었
다. 하필이면 오는 도중에 제대로 불어오는 모래바람을 맞
이하는 바람에 딱 이 꼴이었다. 위지백은 놀란 것도 잠깐,
반가운 것도 잠깐이었다. 그는 오만상을 쓰며 버럭 소리쳤
다.

"야! 먼지는 밖에서 털어!"

소명은 한층 정돈된 모습으로 자리에 앉았다. 산서의 동
서남북을 종횡무진으로 뛰어다닌 끝에 다시 돌아온 참이
다. 그 행도를 생각하면 지칠 법도 하련만, 씻고 앉은 소
명의 안색은 그저 고요했다. 앞에는 찻잔이 따끈하게 김
을 올리고 있었다. 소명은 손을 내밀지 않고, 찻잔을 물끄
러미 바라보았다. 선뜻 손이 가지 않는 것은 앞에서 지켜
보는 두 사람의 눈길 때문이었다. 그는 슬쩍 입매를 찌푸
리며 고개를 들었다. 위지백이야 어떻든 간에, 홍화선자가
뜨겁고도 조심스러운 얼굴로 소명을 빤히 보고 있었다. 그

가 말 한마디를 건네주기를 바라는 모양새였다. 언뜻 중년으로 보여도 그 연배는 겉보기와 전혀 다르다는 것을 아는 마당이었다. 소명은 내심 어려운 한숨을 삼키고 천천히 두 손을 맞잡았다.

"선자, 실로 수년 만에 뵙습니다."

"화염산, 제일산인 홍화가 소명 공을 뵈오."

홍화선자는 벌떡 일어나더니, 두 손을 맞잡으며 깊이 허리 숙였다. 위지백을 막 대하는 것과 전혀 다른 모습이었다. 그녀는 극진하게 소명에게 예를 취했다. 그를 존중하고, 한편으로는 어려워하는 기색이었다. 그녀에게 위지백은 골칫거리에 지나지 않았으나, 소명은 화염산의 큰 은인이라. 그를 대하는 것은 화염산주에 비할 만했다. 소명은 잠시 멈칫했다. 홍화선자를 비롯한 화염산 사람들이 이토록 과례를 보이니, 마주하기가 여간 불편한 것이 아니다. 더구나 눈앞의 선자는 까마득한 노선배이니, 어찌 부담스럽지 않을까. 소명은 서둘러서 손을 내저었다.

"선자, 예가 과하십니다. 그만 앉으세요."

"그래도, 공께서는 본산의 큰 은인이십니다."

"어서요."

거듭 채근하고서야, 홍화선자는 손을 거두고 마지못해 자리에 앉았다.

"그러고 보니. 아주귈, 그 아이를 선자께서 거두셨다지요."

"예, 아이가 아주 영특하더군요."

"그렇지 않아도, 화염산에 청하면 어떨까 하였는데. 이렇듯 인연이 맺어지니. 참 다행입니다. 잘 부탁드립니다."

"어이쿠, 누구의 말씀이라고 소홀하겠습니까. 공의 말씀이 있으니 더욱 공을 들여야겠습니다."

홍화선자는 하하 웃었다. 둘이 주고받는 말에 위지백은 어째 소외된 듯하여서 얼굴만 이리저리 찌푸렸다. 나서서 아주귈을 거둔 것은 자신이건만.

'쳇, 쳇.'

그런데 소명이 웃음을 거두고 짤막하게 한숨을 흘렸다. 그는 곧 무거운 어조로 말했다.

"그 녀석이 산을 나섰다지요."

"예, 소명 공. 산주께서 폐관을 마쳐 대공(大功)을 이루신바, 노신(老臣)들로서는 미처 만류할 수가 없었습니다."

홍화선자는 한층 어두운 낯으로 말했다. 그러고는 하얀 눈초리로 위지백을 쏘아보는데, 눈빛에는 살의마저 담겨 있었다. 느닷없는 도끼눈에 위지백은 흠칫 어깨를 들썩였다. 선자의 눈빛이 마치 전부 네 탓이라, 하는 듯했다. 소명도 곱지 않은 눈길을 주기는 마찬가지였다. 위지백은 그 눈길에 그만 인상을 쓰며 휙 고개를 돌려 버렸다.

'그래, 아주 나만 죽일 놈이지.'

위지백은 내심 툴툴거렸다. 단단히 토라진 모양새였지만, 두 사람 모두 크게 마음에 두지 않았다. 지금 중요한 것은 산주의 행방이니. 소명이 사뭇 진지한 모습으로 물었다.

"그럼 그 녀석은 지금 어디에?"

"전혀 파악하지 못하고 있습니다. 급히 모든 길목에 이목을 깔아 두었습니다만 워낙에 서두르기도 하였고."

홍화산주는 끝에 긴 숨을 흘렸다. 시름이 짙었고, 안색이 한층 어둡게 가라앉았다. 화염산이라고 어디 손을 쓰지 않았을까. 산주가 뛰쳐나가기 무섭게, 손이 닿는 모든 곳에 연통을 넣었지만, 어디에서도 화염산주의 그림자조차 찾지 못하였으니. 산주의 행보를 생각하면 너무 늦은 대응이었다. 그리고 소명이 혀를 차며 한마디를 덧붙였다.

"그리고 그 녀석은 길눈이 아주 어둡지요."

홍화선자의 어깨가 작게 흔들렸다. 그녀는 물론, 심통난 꼴로 있던 위지백도 그만 신음을 흘렸다. 그야말로 제일 큰 문제였다. 당대의 화염산주는 길눈이 어두워도 너무 어두웠다. 화염산에서 한 발자국만 나서도, 오른쪽과 왼쪽을 구분하지 못할 정도였다. 헤매면 헤매는 대로 난리가 일어날 것이 분명했다.

"이럴 줄 알았으면, 차라리."

"지난 일을 거론해 무엇하겠습니까."

소명은 자책하는 홍화선자를 급히 달래었다. 그의 말마따나 지금 후회할 때가 아니었다. 그 역시 막막하여서 한숨이 올라오는 처지였다. 화염산주라니, 하늘 아래에 두려울 것이 없는 소명이었지만, 그 이름만큼은 적잖이 부담스럽다. 맹목적인 애정이 힘겨운 탓이다. 홍화선자는 언뜻 고개를 들어 소명의 어두운 낯을 바라보았다.

"소명 공, 아무래도 안 되겠습니까?"

"그게 무슨 말씀이십니까."

"산주께서 그토록 애틋하온데."

"그런 말씀 마시구려. 그 녀석이 콧물을 흘릴 때부터 보아온 처지입니다."

소명은 당장 질색하여서 손을 내저었다. 몇 번이고 거듭한 말을 이제 와 다시 꺼낼 것 없다. 홍화선자는 이내 시무룩하여서 고개를 숙였다. 그녀의 이토록 약한 모습을 보고 있으려니, 멀찍이 앉은 위지백은 마냥 기가 찼다. 사람을 그리 호되게 다루고선 여기서 무슨 내숭이란 말인가.

"소명 공."

"그만 하세요."

소명은 말을 끊고, 자리에서 벌떡 일어났다. 그는 뒷짐을 진 채, 캄캄한 창가 앞으로 가 섰다. 더는 말하지 않겠다는 뜻이 분명했다. 홍화선자는 푹 고개를 숙였다. 몇 차례이고 거듭된 일이었다. 그러나 매양 그렇듯이, 소명은 이번에도 홍화선자의 뜻을 단호하게 거부했다. 소명이 보기에 산주는 아직도 어린아이에 지나지 않았다.

"많이 크셨습니다. 이제 산주도 옛적의 어린아이가 아니에요. 우리네 사람들에게 스물이든, 서른이든 큰 흠이 아닐진대. 권야 대공께서는 아직도 산주를 아이로만 보시는군요."

"선자, 더 말할 것 없소. 급한 것은 그 녀석이 다른 사고를 치기 전에 종적을 찾는 것이 더 중할 것이오."

"예, 예, 그렇지요."

홍화선자는 면목이 없어 고개를 끄덕였다. 소명의 말마따나, 화염산주의 진면목을 모르는 중원 땅이다. 자칫 크나큰 사달이 일어날지도 몰랐다.

"사람 찾는 일에는 이곳의 흑선당이 제법 수완이 있다고 하더군요. 어차피 이런저런 신세를 진 김에 한 번 더 신세 진다고 책잡힐 일은 없겠지요."

소명은 말하며 자리에서 일어났다. 하루도 제대로 쉴 틈이 없는 셈이었다. 그러자 부랴부랴 위지백도 자리에서 벌떡 일어났다.

"뭐냐?"

"나도 가게."

"네가 왜?"

"네놈 올 때까지 마냥 처박혀 있었단 말이다. 나도 숨 좀
쉬자."

"아니, 나쁠 건 없지만. 괜찮겠냐? 꽤 번잡할 텐데?"

"흠, 겸사겸사 정리도 하지 뭐."

위지백은 히죽 웃으며 퍼뜩 손을 뻗었다. 애도 무광도가
그의 손에서 가볍게 몸을 떨었다. 지이잉, 지이잉 하는 소
리가 또렷했다. 그것은 이제껏 조용하였던 서장제일도가
다시금 투지(鬪志)를 품었다는 것이니. 아니나 다를까, 잠
시 뒤 하동대하 아래에서 느닷없이 곡소리가 터졌다.

며칠이고 두문불출, 칩거하고 있던 서장제일도가 대뜸
뛰쳐나왔다. 그는 좌우에 내건 문구를 영 못마땅한 눈으로
노려보더니, 이내 쩌렁쩌렁 큰 소리로 외쳤다.

"뒤질 놈은 오른쪽, 팔다리 아작 날 놈은 왼쪽! 이 몸께
서는 바쁘시니, 알아서들 덤벼!"

이에 반응하는 이는 없었다. 그들은 지금 무슨 소리를
들었는지 고민했다. 제대로 들은 것인지조차 의심스러웠

다. 이곳은 산서, 하동 땅이었다. 하동인치고 호걸 아닌 자가 없다고도 하는데. 비록 서장제일도라고 하나, 외지인이 하동의 무부들 앞에서 저런 소리를 지껄인 것이다.

광오? 오만? 아니, 그네들에게는 미친 것이나 다름없었다. 침묵 끝에 서서히 뜨거운 살기가 맹렬히 치솟았다.

"오냐! 잘난 칼 좀 받아보자!"

"어디 누가 뒤지나 보자!"

욕설과 함께 다섯의 칼잡이가 당장 달려들었다. 마적 사적단의 다섯 두목이다. 달리 흉한오적(兇漢五賊)라 불리는 그들을 시작으로 좌, 우 할 것 없이 칼날을 꼬나 쥔 도객들이 비로소 자리를 박차고 나섰다. 흉한오적이 대뜸 위지백 앞으로 몸을 날렸다. 분기탱천하여 달려들었지만 그렇다고 마냥 생각 없이 나선 것은 아니었다. 형태도, 길도 다 다른 다섯 자루 칼날이 일시에 번뜩이는 순간, 어디에도 피할 곳이 없다. 익숙하기 짝이 없는 합격이다. 그러나 새파란 광채가 횡으로 가로지르고 사그라지자, 다섯 두목은 위지백을 지나쳐서 그대로 널브러졌다. 후드득 떨어진 목은 뒤로 날아가고, 칼날은 동강 난 채 떨어졌다.

발도와 동시에 다섯의 목과 다섯의 칼날을 베어 버리고서, 위지백은 걸음을 시작했다. 흉한오적의 무참한 꼴에 잠시 주춤했지만, 하동의 무부가 순순히 흩어질 수는 없는 노릇이다.

"으, 으아악!"

처음만 못해도, 쥐어짠 괴성이 쩌렁쩌렁하게 울려 퍼졌다. 그리고 달려드는데, 저도 모르게 슬금슬금 왼쪽으로 몰려갔다. 다행이라 할지 몰라도, 위지백은 그들 앞에서 자신의 말을 단단히 지켰다. 흉한오적을 제외하고 죽어나간 자는 없었다.

위지백은 대로 끝에 닿아서 도를 거두었다. 무광도가 도갑 속으로 모습을 감췄다. 이내 그가 도갑을 한쪽 어깨에 턱하니 올리고는 슬쩍 뒤를 돌아보았다.

"이봐, 이봐. 몸 풀 거리도 안 된다니까."

그는 쯧쯧, 혀를 차며 중얼거렸다. 그러고는 갈 길을 가버렸다. 위지백이 가로지른 대로에는 달려든 모든 무부가 바닥을 구르며 길목을 가득 메우고 있었다. 하나같이 팔다리 중 어디 한 곳을 움켜쥐고 있었다. 엉망으로 당했을지라도 체면이 있어, 차마 비명은 터뜨리지 못하고 끙끙거리며 앓는 소리만 흘렀다.

진성의 한복판이 칼부림으로 들썩거리는 동안, 외곽에 자리 잡은 주색가는 그저 소란했다. 햇빛이 뉘엿 저물었다지만, 이곳에서는 이제부터가 진짜 하루가 시작되는 셈이었다. 곳곳에 사람이 왁자지껄했다. 한쪽에서는 무리지어 술잔을 연이어 높이 치켜들었고, 다른 쪽에서 취한 무리가 저들끼리 뒤엉켜서 기괴한 춤사위로 고래고래 소리를 지르고 있었다. 비좁은 골목이 온통 술판이나 다름없었다. 노소가 따로 없고, 남녀가 또한 따로 없었다. 웃음 파는 여인네들이 자리마다 앉아서, 되먹지 못한 탄금 연주라도 흥을 돋우고 있었다. 소명과 위지백은 그 한복판을 성큼성큼 걸었다. 어지러워도 뻔히 길을 알았다.

과연, 뒤엉킨 취객의 사이를 간단히 지나쳐서, 노점 사이의 비좁은 문가로 들어섰다. 코딱지만 한 조그만 술자리에 험상궂은 사내들이 얼큰하게 취한 얼굴을 들었다. 걸쭉한 욕설이라도 쏟아낼 것처럼 험악한 기세를 드러내다가, 퍼뜩 눈을 치떴다. 술기운에 몽롱한 눈동자에 힘이 들어가며 바로 긴장하여서는 다소곳이 고개를 숙였다. 소명과 위지백을 알아본 까닭이었다. 두 사람은 주변의 숙연한 모습에 흘깃 눈길을 주고는 바로 안쪽으로 향했다. 지나온 길처럼 비좁은 술자리가 몇이고 나오더니, 끝에 소란한 자리가 나타났다. 그러나 바깥의 소란과는 전혀 달랐다. 웅성거리며 시끄럽기는 매한가지였지만, 술에 취하고, 밤에 취한 것이 아니었다. 이곳은 과중한 업무에 크게 시달리고 있었다.

"태원부에서 소식은!"

"북평에서 왔습니다."

"일급요원을 급파 요청한답니다!"

앞뒤가 없는 말을 사방에서 고래고래 외쳐대는데, 하나같이 절박한 얼굴이었다. 소명과 위지백은 그들을 방해할 생각은 없어서, 문간에 조용히 서 있었다. 이 자리에서는 바깥의 소음이 전혀 들리지 않았다.

"헛, 소명 공! 위지 대협!"

이때에, 두 사람의 모습을 먼저 확인한 종칠이 후다닥 달려왔다. 그는 이제 놀라지도 않았다. 다만 의아해할 뿐이었다.

"오늘 진성에 도착하셨음은 알았지만, 이렇게 직접 찾아오실 줄은 몰랐습니다. 말씀만 전하셨으면, 제가 찾아뵈었을 것을요."

"아니, 어디 그렇게까지 신세 질 수야 있나. 그러나저러나, 이전과 전혀 다른 모습이구려?"

"헤헤, 예. 소당주, 아니지. 당주께서 중원의 정보 취합에 특히 신경을 쓰라 하시는 통에, 졸지에 한가한 진성이 이렇게 소란해지고 말았습니다요."

"좋아 보입니다."

"그, 그렇습니까?"

종칠은 멋쩍게 웃었다. 진성의 흑선당 지점만을 두고 하
는 말이 아니었다. 종칠의 외양이 멀끔하여서, 예전의 모
습이 아니었다. 산발한 머리는 기름을 발라 단정하게 넘겼
고, 건을 바르게 둘렀다. 무엇보다 신색이 훤하여서 전혀
딴사람처럼 보였다.

　종칠은 바로 웃는 낯빛을 다잡고는 조심스럽게 물었다.

　"저어, 두 분께서는 어찌 이곳을?"

　"사람 찾을 일이 있어서 그러우. 듣자니 뭐 찾는 것 하나
는 기가 막힐 정도라면서."

　옆에서 위지백은 툭 던지듯이 말했다. 불과 조금 전에
한바탕 칼부림 한 사람이라고는 보이지 않는 태연한 모습
이었다. 이미 소식을 접한 터라, 종칠은 마른침을 꿀꺽 삼
켰다. 그는 저도 모르게 위지백의 어깨 위에 올린 무광도
에 슬쩍 눈이 갔다. 위지백은 종칠의 눈치를 읽었음에도
모르는 척, 고개를 두리번거리며 흑선당 지점을 신기한 눈
으로 둘러보았다. 바깥에는 전혀 보이지 않으면서 위아래
로 드높은 공간을 형성하고 있으니. 제법 공을 들인 장소
였다.

　소명은 위지백이 아직 속이 다 풀리지 않았음을 알았다.
그는 피식 헛웃음을 삼키고는, 눈치 보는 종칠을 돌아보며
말했다.

"이 친구 말대로, 사람을 찾고자 하오."

"사람이란 말씀이지요. 그럼요, 그럼요."

종칠은 흔쾌히 고개를 끄덕였다. 길게 고민하지 않았다. 소명과 위지백, 두 사람이 있어 산서 무림이 크게 들썩인 판국이었다. 어찌 그의 뜻을 거스를 텐가. 아니, 꼭 그런 것이 아니더라도, 종칠에게 소명은 주인을 구명한 은인 중의 은인이었다. 그는 소명이 찾는 사람의 인상착의를 귀담아들었다. 그런데 들을수록 표정이 영 어려워졌다.

환하게 밝힌 유등의 불빛이 높은 천장에서 실내를 밝히고 있었다. 종칠은 한 손에 모필을, 다른 손에는 책자를 들고는 멍한 눈으로 흔들거리는 유등잔을 물끄러미 바라보았다. 얼굴에 드리운 그림자가 일렁였다. 그는 퍼뜩 숨을 삼키더니, 다시 책자를 살폈다. 소명과 위지백이 이제껏 설명한 인상착의를 정리하여서는 확인하고자 물었다.

"그러니까, 두 분께서 찾으시는 분이. 어떻게 보면 스물 대여섯인데, 또 달리 보면 열 서넛처럼 보이고. 절세가인임이 분명하나, 얼굴은 잘 드러내지 않고, 얼굴은 하얀데, 입술은 붉은, 그런 여인을 찾는다는 말씀입니까."

"오, 깔끔하게도 정리하는데?"

마냥 딴청이던 위지백이 종칠의 확인을 듣고는 새삼 놀

란 눈으로 돌아보았다. 언뜻 들으면 빈정거리는 것처럼 들릴 수도 있었지만, 종칠은 위지백이 진정으로 신기해하는 것을 알 수 있었다. 그만치 소명과 위지백의 설명이 워낙에 두서가 없었다. 소명은 쓴웃음을 그린 채 말했다.

"얼굴을 보지 못한 세월이 한 십여 년이라 그렇소."

"그, 그렇군요."

종칠은 고개를 끄덕였다. 십 년 세월이라면 모호할 수도 있겠다. 그래도 난감한 것은 어쩔 수 없는 일이다. 일컫기를 중원 십팔만 리라 하는데, 얼굴 하얗고, 입술 붉은 여인이 몇이겠는가. 종칠은 모필의 끄트머리로 귀밑머리를 긁적거렸다.

"다른 특이점이라고 한다면."

"음, 맨발로 다니기를 좋아하오."

"맨발, 맨발이군요."

"그리고 성격의 기복이 좀 있다오."

위지백이 불쑥 끼어들었다.

"그 녀석, 주사(酒邪)도 좀 있지. 술도 약한 주제에 좋다고 쫓아 마신단 말이야."

"성격의 기복에 주사까지."

종칠의 얼굴이 점점 일그러졌다. 보는 눈앞에서 민망한 일이지만, 듣고 있자니 가관도 이런 가관이 없다. 맨발에

술을 좋아한다는 것이야 어디 탓할 일이겠느냐만, 주사가 있다는 것은 문제가 많은 일이 아니겠는가. 영 떨떠름한 기색을 감추지 못했다. 소명은 고개를 끄덕이다가 퍼뜩 생각이 났다는 듯이 손뼉을 치며 말했다.

"그래, 네 말이 맞다. 그 녀석이 술에 취하면, 불장난이 크게 일어났더랬지."

"네? 불장난이요?"

아니, 아이도 아니고 무슨 불장난인지. 종칠은 선뜻 그려지지가 않았다. 술에 취한 여인이 불쏘시개를 들고 사방에 흔들어대기라도 한단 말인가. 그런데 위지백도 크게 고개를 끄덕이며 거들었다.

"그렇지. 그 녀석이 그래도 손꼽히는 고수인지라, 한번 작정하면 거리 하나쯤은 삽시간에 태워 버릴 거요. 아니, 지금은 더하지 않으려나? 폐관도 끝났다고 하니."

위지백은 히죽 웃으며 소명을 돌아보았다. 소명의 얼굴이 더욱 어두워졌다. 대공을 이루었다는 홍화선자의 한 마디가 새삼 떠오른 탓이었다. 여기에 종칠은 더 당황할 수밖에 없었다.

"거, 거리를 태워요? 그, 그럼 불장난 수준이."

"에헤이, 거리라고 해도. 그렇게 거창한 것은 아니오. 기껏 여기 골목 하나 정도에 불과하지."

위지백은 기겁하는 종칠을 달랜답시고 손을 내저으며 말했다.

"하하, 그래도 나쁜 녀석은 아니라오. 아니, 아닐 거요."

소명은 이때만큼은 자신이 없어서, 말끝을 흐렸다. 종칠은 마른침을 꼴깍 삼켰다. 그가 이제껏 마주한 중에 소명이 이토록 침울한 기색은 본 바가 없었다.

"하하, 제가 당장 알아보겠습니다. 그럼요. 당장 알아보지요."

종칠은 자리에서 벌떡 일어났다. 그런데 우당탕하고, 다른 사내가 허겁지겁 달려들어 왔다. 귀인이 있는 자리였다. 이렇게 무작정 들어서다니. 종칠은 와락 이맛살을 찌푸렸다.

"무슨 일이야?"

"광, 광동육가(廣東陸家)에서 큰불이!"

"무슨 소리냐?"

"화염마녀가 등장하여서, 광동육가의 십삼분가가 홀라당 타버렸답니다!"

"뭐, 뭐얏!"

다급한 보고에 종칠은 벼락 맞은 사람처럼 온몸을 바르르 떨었다. 비명처럼 목청이 터졌다. 광동육가의 십삼분가가 전소라니. 종칠은 입을 한껏 벌린 채, 딱 굳어버리고 말

앉다. 너무 놀라 숨이 제대로 이어지지 않았다.

현 강호무림에서 능히 천하를 아우르는 일세가 바로 무가련이다. 일성의 패주나 다름없는 가문이 모여 이룩한 세력이니 오죽할까. 더욱이 광동의 육씨 가문은 무가련에서도 특히 주요한 다섯 가문 중 하나였다. 육가의 화는 곧 무가련의 화나 다름없으니. 하늘 아래 어느 미친 종자가 그딴 짓을 저지른단 말인가. 머리는 복잡했지만, 종칠은 그래도 흑선당에서도 일급이라는 요원이다. 그는 반사적으로 밀마로 가득한 서신을 빠르게 해독해 나갔다. 눈동자가 분주했다. 그리고 기괴한 신음을 쥐어짰다.

"꺼으윽."

급한 보고와 다르지 않았다. 아니, 더욱 구체적인 피해 상황을 적어놓았기에 마냥 의심할 수가 없었다. 종칠은 그리고 소명과 위지백을 돌아보았다. 두 사람도 뭔가 심상치 않은 것을 감지하였는지, 언뜻 낯빛을 굳혔다.

"아무래도 차, 찾은 것 같습니다."

겨우 쥐어짜는 듯한 목소리였다. 소명은 잠시 종칠을 그리고 소식을 전한 요원을 번갈아 보더니, 땅바닥이 내려앉을 듯이 무거운 한숨을 탁 내뱉었다.

"아이쿠."

소명은 지끈거리는 두통에 한 손으로 이마를 힘주어 움

켜쥐었다. 그 옆에서 위지백은 설레설레 고개를 흔들며 맥없이 중얼거렸다.

"광동이면, 남쪽 바닷가잖아. 하이고, 그 녀석. 참 멀리도 갔다. 멀리도 갔어."

*　　　*　　　*

새벽 햇살이 어둠을 밀어내자 남방(南方)의 녹음 짙은 산자락이 길게 펼쳐졌고, 멀고 먼 산세에서는 산무(山霧)가 불길이 이는 것처럼 무섭게 솟구쳤다. 이날도 불볕더위는 여전했다.

해가 중천에 이를 무렵, 굽이굽이 연이은 고갯길로 마차 한 대가 꾸준하게 굴렀다. 이륜(二輪)의 작은 마차였지만, 단단한 자단목에 철제를 덧대어서 아주 견고했다. 한눈에도 값비싼 마차라는 것을 알 수 있었다. 더욱이 힘 좋아 보이는 젊은 말이 마차를 끌었다. 말발굽 소리가 규칙적으로 울렸다. 마차 앞에는 담 가주, 담일산이 편히 걸터앉아서 말을 몰아갔다. 나지막한 고개에 올라서자, 그는 새삼 허리를 세웠다. 햇빛이라도 피할 요량으로 마차 위에 두꺼운 차양막을 펼쳤지만, 줄줄 흐르는 땀방울을 어찌할 수는 없었다. 담일산은 다른 손으로 연신 땀방울을 훔쳐냈다. 그러다가 문득 고개를 돌렸다. 입가에 쓴웃음이 절로 맺혔다. 마차를 따라서 걷고 있는 천산의 검객은 영 불편한 얼굴이었다. 안색이 발갛다 못해 검게 물들었고, 숨결이 크게 흐트러졌다. 그의 복색은 처음과는 완전히 딴판이었다. 짐승 털이 부슬부슬한 서천의 더운 옷을 벗고서, 이제는 남방 사람처럼 단삼마의에 소매 없는 배자를 걸쳤다. 한참 늦게도 마련한 옷차림이었다. 바람이 통하여서 훨씬 나으련만, 장관풍은 여전히 더위에 지쳐서 혀를 길게 내빼고서, 자꾸 목 언저리를 긁적거렸다. 뻣뻣한 마의가 목덜미를 건드리는 탓이었다. 하기야 옷차림이 달라졌다고 한들, 사시사철 눈이 녹지 않는다는 천산의 사람이 남방의 숨 막히는 열기를 어찌 버틸까. 그래도 묵묵히 걷는 모습은 참 대견할 정도였다.

'지금에 천산파의 이름이 드높다 하더니. 다 이유가 있구나.'

담일산은 고개를 끄덕였다. 그는 곧 옆에 둔 가죽 주머니를 찾아서 장관풍에게 권했다. 물주머니가 찰랑거렸다.

"장 검객, 여기 재만 넘으면 다 온 셈이라오. 조금만 힘내시구려."

"그, 그렇습니까?"

장관풍은 어렵게 답하며, 물주머니를 공손히 받았다. 서서히 앞으로 굽어가는 허리를 억지로 세웠다. 머금은 물한 모금이 그렇게 달 수가 없다. 그는 곧 숨을 가다듬고서 담일산에게 물었다.

"헌데, 이쪽으로 가면 오히려 하남과는 멀어지는 것이 아닌지요?"

"음, 너머에 춘양이라 하는 곳이 있다오. 남해에 면한 작은 미항(美港)이지. 그곳에서 배를 타고 산동으로 올라가면, 거기서 하남까지는 달포 거리에 불과하오."

육로로 따라 올라가면 몇 달이 걸릴지 헤아릴 수가 없을 지경이었다. 하북 정주에서 길을 떠난 두 내외도 아무리 느긋한 유람이라지만 한참이 지나서 광동성에 들어섰으니. 그 장도(長途)는 굳이 말로 설명할 필요가 없었다. 그런데 마차의 가림막 사이로 하얀 얼굴이 불쑥 튀어나왔다.

"배? 배를 타?"

"그렇지요. 배를 탈 겁니다, 산주. 아주 큰 배를 타고 북쪽으로 올라간답니다."

"히히히."

산주는 어린 웃음을 흘리며 마냥 좋아했다. 처음 보는 바다, 처음 타는 배에 사뭇 들뜬 모습이었다. 담일산은 화염산주의 순박한 성정을 헤아리고는 가만한 웃음을 머금었다.

화염산주는 서천(西天)의 전설이라 할 정도로 신화경(神話境)에 이른 이름이건만, 며칠 동안 동행한 바로는 아이처럼 해맑고, 천진하여서 담일산과 상 부인은 그만 깜빡깜빡하고는 했다. 담일산은 문득 걱정스러운 기색으로 물었다.

"헌데, 마차 안은 덥지 않으십니까?"

"응, 괜찮은데."

산주는 말똥거리는 눈으로 답했다. 아닌 게 아니라, 그녀의 낯빛은 고요하여서 땀 한 방울이 맺혀 있지 않았다. 일컬어 한서불침(寒暑不侵)이라 하는 경지에 이른 듯했다. 추위와 더위가 감히 몸을 해하지 못하니. 내외공의 경지가 최고조에 이른 고수라 하여도 열에 아홉은 이루지 못하는 경지였다. 그렇다면 같이 있는 성 부인의 안위는 어떠한지.

"부인, 부인도 괜찮으시오?"

그런데 답이 없었다. 담일산은 잠시 당황했다. 설마 마차의 열기에 혼절이라도 한 것이 아닌가. 일 푼의 무공도 지니지 않은 여인이었다. 담일산은 공연한 걱정에 마차 가림막을 살짝 걷었다. 그러자 어디 얼음 굴에서 불어나오는 것처럼 서늘한 한기가 담일산의 얼굴을 스쳤다.

"어허?"

담일산은 놀란 소리를 흘렸다. 좁은 마차 안은 시원하여서 바깥과는 전혀 다른 세상인 듯했다. 그야말로 기사(奇事)가 아닐 수 없다. 성 부인은 마차 살에 살짝 기대어서 곤히 잠들어 있었다. 이것이 누구의 공이겠는가. 그는 새삼 놀란 눈으로 화염산주를 바라보았다. 그 눈길에 산주는 고개를 갸웃거렸다.

"왜에?"

"아, 아닙니다. 이 찬 기운은 산주께서?"

"응."

산주는 대수롭지 않다는 듯이 고개를 끄덕였다. 담일산은 허허, 웃기만 웃었다. 달리 할 말은 없었다. 차라리 한서불침이요, 도검불침이라 하는 경지가 더욱 낫겠다. 아예 더위를 물리치는 경지라니. 오랜 강호 경험에도 듣도 보도 못한 일이다. 사람의 경지로 논할 일이 아니니. 담일산은 헤아리기를 관두고 물러섰다. 그는 마차 안의 차가운 기운이 조금이라도 밖으로 새어 나올까, 꼼꼼하게 가림막을 닫았다.

"허어."

저도 모르게 한숨이 흘렀다. 흘깃 고개 돌리자, 마차 바퀴 옆에서 장관풍이 그를 빤히 바라보았다. 입가에는 쓴웃음이 역력했다. 참 여러 의미가 담긴 눈길이었다.

"과연 달리 전설이 아니구먼, 장 검객."

"예, 그렇습니다."

감탄 섞인 한마디에, 장관풍은 하얀 이를 드러내며 히죽 웃었다.

마차는 잿길을 내려와 춘양에 닿았다. 봄볕이라는 이름 의 한촌은 광동의 성시인 광주에서 그리 멀지 않은 곳에 자 리했다. 검은 바닷물이 마을 앞까지 들어와 철썩거리고, 야트막한 산자락이 마을 뒤를 에워쌌다. 햇살이 눈부시게 쏟아졌고, 마른 땅에는 바닷가의 짠 내 가득한 바람이 불 었다. 그런데 마을에 들어서면서부터 담일산은 당혹감에 눈매를 찌푸렸다. 마지막으로 광동 땅을 찾은 것이 무려 이십 수년 전이었으니, 어찌 예전과 다름없기를 바라느냐 만, 그래도 너무도 다른 모습이었다. 생각지도 못한 빈한 함이었다. 전답이고, 가옥이고 죄 황폐하여서 멀쩡한 곳이 없었다.

"어허, 이럴 리가 없는데."

"무엇이 말씀인지요?"

"이곳이 이렇게까지 쇠락할 곳이 아닐진대."

담일산은 주변을 두리번거리며 중얼거렸다. 어디에나 허름하여 찌든 표정의 사람들이 목적 없이 배회하고 있었

다. 궁색하기 이를 데가 없었다. 주린 배를 부여잡고 주저
앉은 이들 모습도 여럿이었다. 지나온 광동 땅, 어느 곳도
이리 빈한하지는 않았다. 큰 재해가 휩쓸고 지난 듯했다.

마차 바퀴가 굴러갈 때마다, 길가 좌우에 드문드문 주저
앉은 이들이 퀭한 눈을 들었다가, 이내 힘없이 고개를 떨
구었다. 드러나는 목과 어깨는 앙상하여서 부러질 듯했다.
담일산은 춘양 사람들의 비참한 모습에 고개를 내저었다.

아무래도 의아한 일이다. 이래서야 몸을 쉬기는커녕, 배
나 구할 수 있을는지. 담일산은 한숨과 함께 의아함을 거
두었다. 어렵게 생각하면 끝도 없을 터였다. 한창인 무더
위를 감내하면서 먼 길을 걸었으니, 어디라도 쉴 곳을 찾
아야 했다.

"쉴 곳을 먼저 찾아보지요."

불감청이언정 고소원이라, 장관풍은 대번에 낯을 밝히
며 고개를 끄덕였다. 빈한하더라도 객잔 한둘은 있기 마련
이라, 묵묵히 마차를 몰았다. 외부의 마차가 들어서자, 길
목의 좌우로 아이들 몇몇이 슬그머니 따라붙었다. 그러나
아이들은 지저분한 손가락이나 빨면서 눈치를 볼 뿐이지,
나서서 구걸하는 아이는 하나 없었다. 못 먹어서 야윈 눈
동자를 하얗게 뜨고서 졸졸 쫓아서 걸었다. 느릿느릿 마차
바퀴는 굴러가고, 담일산과 장관풍은 영 편치 않은 낯으로

춘양의 길목을 걸었다. 그리고 접한 대로에 들었다.

"어허, 이것 참."

"아니, 이게 무슨?"

좌우로 훤한 대로에 닿는 순간, 담일산은 헛웃음을 흘렸고, 장관풍은 눈썹을 한껏 일그러뜨렸다. 대로는 마치 전혀 다른 마을에 든 것만 같았다. 새로 닦아낸 듯, 널찍한 대로의 좌우로 삼 층 누각이 줄지었다. 처마마다 색색의 꽃등이 몇 개씩이나 주렁주렁 걸려서, 오가는 사람을 이끌었다. 어디든 객잔이고, 주가(酒家)였다. 곳곳에서 온갖 음식과 술 냄새가 솔솔 일어났다. 도무지 이해하기 어려운 일이었다. 빈곤으로 말라가는 마을에 있기에는 하염없이 화려한 대로였다.

"마을은 빈궁한데, 대로의 한쪽은 이렇게 화려하니. 중원의 풍습인가요? 참 희한합니다."

"그럴 리가 있는가. 뭐가 잘못되어도 아주 단단히 잘못된 것 같군."

담일산은 한층 가라앉은 목소리로 답했다. 그리고 언뜻 뒤를 돌아보자, 길목의 언저리에서 아이들은 더 따르지 못하고 멀뚱멀뚱한 눈으로 마차 뒤꽁무니만 바라보고 있었다. 마치 이 거리에는 들어서면 큰일이라도 당한다는 듯이 잔뜩 움츠린 모습이었다. 이 또한 범상한 일이 아니다. 담일산은 한숨을 흘리고는 묵묵히 마차를 끌었다.

들어선 대로는 곳곳이 화려하여서, 춘양의 쇠락을 가릴 정도였다. 오가는 사람들조차 금의화복(錦衣華服)의 값비싼 옷차림만 보였다. 이곳은 이러하건만, 어찌하여서 마을의 다른 곳은 빈궁에 짓눌려 있는 것인지. 외인인 담일산은 번화한 길목을 따라가면서도 마음이 편치 않았다. 이내 늘어선 객잔 중 한 곳에서 멈춰 섰다. 대로에 가득한 화려한 객잔들과는 남달랐다. 규모도 비할 바가 아니었고, 무엇보다 세월의 흔적이 뚜렷하게 남아 있었다. 낡은 기와 아래에서 먼지 앉은 주기가 펄럭였다. 반쯤 열어놓은 문 위에는 열래객잔이라고 색바랜 글자가 걸려 있었다. 마차가 멈춰 서자, 객잔 안쪽에서 젊은 사내가 냉큼 달려 나왔다.

"아이쿠, 어서 오십시오."

약빠르게 생긴 그는 얼굴에 웃음을 가득 지으며, 허리를 몇 번이고 굽실거렸다.

"근동에서 제일 전통 있는 열래객잔입니다. 편안히 모시겠습니다요. 헤헤헤."

"이곳은 다른 객잔과는 조금 다르구먼."

"헤헤, 뭐라 해도 진짜 춘양의 객잔이니까요."

"진짜 춘양이라니? 그게 무슨 소리인가?"

"아, 그러니까."

의아한 말이다. 춘양의 거리에서 진짜, 가짜라니. 점원 사내는 어지간하게 자부심이 넘치는 어조였다. 그러나 담일산이 다시 묻자 흠칫 어깨를 들썩거렸다. 괜한 말을 꺼냈다 싶은 얼굴이었다.

"하, 하하. 그만치 역사가 오래되었다는 말씀이지요."

"그런가? 그럼 여기서 쉬기로 하지."

석연찮은 구석이 있었지만, 담일산은 고개를 끄덕였다. 언뜻 보기에도 다른 곳에 비해 한산하여서, 잠시 쉬어 가기에는 더 나을 듯했다.

"부인, 그만 내려오시오."

"예, 상공."

마차의 가림막을 걷고서 상 부인이 차분하게 내려섰다. 그녀의 안색이 전에 없이 평온하였다. 그리고 뒤이어 화염산주가 훌쩍 모습을 드러냈다. 바닷가의 따가운 햇볕에 그녀의 하얀 얼굴에서는 마치 빛이 나는 듯했다. 그녀가 얼굴을 내미는 것과 동시에 객잔 점원은 물론이고, 길가의 모든 이들이 걸음을 딱 멈췄다.

장관풍도 옷을 훌훌 달리하였건만, 모습을 드러낸 화염산주는 처음과 다를 바 없는 차림새를 하고 있었다. 상 부인이 옷을 권하였지만, 끝내 몸에 맞지도 않은 아이 옷을 걸치고, 홍상의 붉은 치맛단을 길게 늘어뜨렸다. 그래도 맨발은 붉은 꽃신으로 감추었다. 남방의 풍습보다도 알록달록 곱게 수놓은 비단신이 마음에 든 모양이었다. 그리 있으려니, 상 부인은 아쉬움이 그득한 눈초리로 산주를 바라보았다.

'조금만 꾸며도 좋을 것을.'

머리는 산발하고, 몸에 맞지 않는 옷차림이라니. 그러나 저 좋다고 배실 웃는데, 더 강권할 수도 없었다. 그렇게 엉망이래도, 주변의 이목을 부여잡기에는 충분했다.

소매도 허리도 짧은 아이의 저고리를 억지로 꿰어서 입은 기괴한 차림새는 눈에 들어오지도 않았다. 마치 혼을 빼어내는 듯한 용모 앞에서 그만 숨이 턱하고 막혔다. 남녀의 구분이 따로 없었다. 열래객잔 앞에서 마치 시간이 멈춰 버린 것만 같았다. 그러다가 옆에 있는 장관풍의 험한 눈길에 퍼뜩 정신을 차렸다. 그는 와락 눈살을 찌푸리며, 예리한 눈초리로 사방을 쓸어갔다.

"허흠! 크흠!"

"아이쿠, 이런. 내 정신 좀."

길가의 사람들은 부랴부랴 딴청을 피우며 제 갈 길을 다시 찾았다. 객잔 점원도 바로 정신을 차렸다. 그는 서둘러 말고삐를 잡았다.

"말에 신경 좀 써주게."

"예, 예, 그렇게 하지요. 그렇게 하고말고요."

점원 사내는 어깨를 움츠리고서 부랴부랴 마구간으로 향했다. 담일산은 물론, 장관풍도 이상하게 서두르는 사내의 뒷모습을 빤히 바라보았다. 그러나 깊이 고민하기에 두 사람은 꽤 지쳐 있었다.

산주는 주변 눈길에는 전혀 신경 쓰지 않았다. 하얀 손으로 산발한 머리카락을 쓸어내렸다. 상 부인은 내내 적당히 서늘한 곳에 있다가 마주한 뜨거운 볕과 습한 공기에 잠시 눈살을 찌푸렸다. 마차의 안과 밖이 이렇게까지 큰 차이가 날 줄이야 미처 알지 못했다. 상 부인은 새삼 감탄한 눈초리로 산주를 돌아보았다.

"감사해요, 산주. 덕분에 정말 편히 왔습니다."

"헤헤헤."

산주는 배시시 웃었다. 그녀의 웃음은 아이처럼 해맑아서, 절로 따라서 웃음 짓게 했다.

들어선 열래객잔의 내부는 외견만큼이나 정갈했다. 다만 손님은 드물어서, 보이는 대로 한산했다. 대로를 오가는 사람들이 무수하건만, 이렇게 사람이 없다는 것은 언뜻 기이한 일이었다. 그 눈치를 헤아렸던지, 점원은 다급하게 자리로 이끌고는 달리 주문을 하기도 전에 약간의 술과 요리를 내어왔다.

"허허."

담일산은 다급한 친절에 어색하게 웃었다. 상 부인도 의아하기는 마찬가지였다. 화염산주와 장관풍은 크게 신경 쓰지 않았다. 그저 잠시 쉬어갈 뿐이었다.

"이보게, 배편을 알아볼 수 있겠나?"

"배편이라 하시면?"

"산동으로 가는 배편일세."

"넵, 당장 알아봅지요."

점원 사내는 바로 고개 숙이고, 어디 누가 등 떠밀기라도 하는 것처럼 후다닥 밖으로 달려 나갔다. 그렇게까지 서두를 일은 아니건만. 담일산은 낮게 웃고는 고개를 돌렸다. 그는 바로 눈을 동그랗게 떴다. 점원을 부르고, 말 몇 마디 하였을 뿐인데, 그릇의 태반이 텅텅 비어 있었다.

"아이코, 이런."

화염산주는 실로 대단한 먹성을 보였다. 무엇으로, 또 어찌 만들었는지, 전혀 개의치 않았다. 그녀는 보이는 대로 입으로 가져갔다. 빈 그릇이 계속해서 쌓여가니, 담일산과 상 부인은 눈을 동그랗게 떴다. 그 옆에서 장관풍은 그저 찻잔만 손에 든 채, 지친 숨을 달랬다. 그에게는 익숙한 모습이라 놀랄 것도 없었다.

"하아."

그는 모처럼 차분한 숨을 흘렸다.

담일산은 화염산주를 위해서 몇몇 요리를 다시 주문해야
했다.

배편을 알아본다던 점원이 오래지 않아서 돌아왔다. 그
의 뒤로는 어찌 털이 얼굴에 가득한 털보 사내가 따라서 들
어섰다. 떡 벌어진 어깨는 사뭇 위압적이었고, 단삼 소매
아래에 드러난 팔뚝은 평범한 사내의 족히 배는 될 듯했
다. 바닷가의 햇빛과 바람에 오래도록 시달린 탓인지, 두
꺼운 팔뚝은 시커멓게 그을려 있었다.

"방 선장이십니다. 이분과 말씀 나누시면."

"아하, 그러신가."

담일산은 방씨 성의 뱃사람을 맞이하고자 자리에서 일어
났다. 그러나 사내는 거두절미하고 가까이 아무 자리에나
털썩 앉아버렸다. 마른 먼지가 일었다. 무례한 태도였다.
점원 사내는 크게 당황해서 어쩔 줄을 몰랐다.

"아니, 방 아저씨."

"괜찮네. 괜찮아."

담일산은 크게 마음 쓰지 않았다. 그는 당황하는 점원에

게 손짓하고, 사내와 마주 앉았다. 그 옆으로 장관풍이 조용히 다가와서 버티고 섰다. 턱을 들고, 묘한 눈초리로 사내를 지그시 지켜보았다. 그 눈초리에 방씨 사내는 어깨를 들썩였지만, 이내 퉁명스러운 어조로 말문을 열었다.

"방 선장이올시다. 그래 산동으로 가신다고?"

"음, 하남으로 들어갈 생각이오만."

"하남이라. 무슨 용무로?"

"그런 것까지 알아야 하는 게요?"

"여기가 어디라고 생각하시오? 광동 땅이오. 아무것도 모르고 배에 태웠다가 자칫 화라도 당하면 어쩌란 말이오?"

"허허, 이것 참."

담일산은 낮은 웃음을 흘렸다. 딱히 불쾌한 모습은 아니었다. 방 선장이라는 이는 무엇이 문제인지, 의심 가득한 눈초리로 담일산의 위아래를 계속해서 살폈다. 거듭 무례한 태도였다. 척 보기에도 무인으로 보이는 장관풍이 자리를 지키고 있건만, 주눅은커녕 되레 험악한 인상을 드러내니. 뱃사람의 간담이라 해야 할 것인지, 아니면 다른 연유가 있는 것인지. 무슨 이유에서든 범상한 태도는 아니었다.

담일산은 잠시 고개를 내저었다. 그는 고소를 머금을 뿐이었다.

"숭산 소림사로 가고자 하는 것이오. 달리 화물이 있는 것은 아니니. 선장께서는 걱정하지 마시구려."

"소림사? 허면, 소림 제자라도 되시오?"

"하하, 그것은 아니오만. 어째 소림사에 가는 용무까지 알고자 하시는 게요?"

담일산은 웃으면서 은근하게 되물었다. 방 선장은 묵직한 미소를 마주하고는 움찔 어깨를 들썩였다. 스스로 생각하기에도 과한 참견이라 여겼던지, 그는 헛기침과 함께 고개를 돌렸다.

"삯은 못해도 은으로 열닷 냥은 받아야겠소."

"열닷 냥이시라."

과하다. 아무리 배를 이용하는 것이 쉬운 일이 아니라 하나, 대뜸 열닷 냥이라니. 선선히 그러마 할 수는 없는 노릇이었다. 담일산은 고개를 가로저으면서 손가락 다섯을 펼쳐 보였다. 방 선장의 털 무성한 얼굴이 일그러졌다. 바로 절반 이상을 깎아버리다니. 더욱이 담일산과 장관풍은 크게 서두르는 기색이 아니었다. 털보 얼굴이 펴질 줄을 몰랐다. 노려보는 가운데에 손짓이 몇 차례에 걸쳐 오갔다. 방 선장은 결국 묵직한 한숨을 토하며 고개를 끄덕였다.

"당신 여간내기가 아니군."

"어쩌시겠소?"

"그, 그리합시다. 준비가 끝나는 대로 사람을 보내겠소."

"좋소."

무성하고 뻣뻣한 수염 사이로, 방 선장의 목소리가 한풀 꺾인 채 흘러나왔다. 마음먹은 대로 일이 되지 않았다. 담일산은 흐릿하게 웃으며 방 선장의 두툼한 손을 맞잡았다. 이것으로 얘기는 마친 셈이다. 그러자 장관풍이 일어나는 방 선장의 뒤를 따랐다. 배를 확인하기 위함이었다. 담일산에게 미리 언질을 들은 터라, 그는 당당히 뒤를 따랐다. 방 선장은 엉망인 얼굴을 한껏 일그러뜨렸지만, 서늘한 장관풍의 눈빛을 마주하여서 더 대거리할 수는 없었다. 그 또한 일이 아쉽기는 마찬가지였다.

"쳇!"

방 선장은 혀를 한번 차고는 일부러 발을 쿵쾅 구르면서 객잔을 나섰다. 장관풍은 담일산에게 잠시 눈짓해 보이고는 고요한 모습으로 뒤를 쫓았다. 담일산은 그제야 한시름을 놓아서 단정한 수염을 쓸어내렸다. 짧은 웃음이 절로 흘렀다.

배편을 두고 거래가 오가는 동안, 상 부인은 마주앉은

화염산주의 모습을 유심히 지켜보고 있었다. 산주는 그 눈길을 아는지, 모르는지 열심히 그릇을 비워내고 있었다. 식은 음식이래도, 화염산주는 전혀 주저함이 없었다. 붉은 입술이 쉴 새 없이 오물오물거렸고, 하얀 볼은 점점 부풀었다. 상 부인은 문득 겨울날을 앞둔 다람쥐가 떠올랐다. 이내 모든 그릇을 싹 비워버린 화염산주는 짧게 숨을 돌렸다. 그러고는 앞에 놓인 술잔을 물끄러미 내려다보았다.

"헤헤, 술, 술이다."

서쪽의 술과는 냄새가 달랐고, 색도 달랐다. 앳된 얼굴에 흑백이 또렷한 큰 눈동자를 굴리는데, 눈가에 호기심이 짙었다.

"하하, 산주께서는 술이 처음이신가 보오."

담일산이 웃으며 자리에 앉았다. 방 선장과의 일이 말썽 없이 이루어진 까닭에 한층 편한 낯이었다.

"처음은 아닌데, 이런 술은 처음 봐."

산주는 고개를 갸웃거리더니, 술잔에 코를 들이밀어 킁킁거렸다. 낯선 냄새였다. 시큼털털한 유목민의 술이나, 독한 냄새가 먼저 나는 서쪽 술과는 확실히 달랐다. 단 냄새와 더불어서 노랗게 예쁜 색을 품은 것이 신기했다. 담일산은 흐린 웃음을 머금고 잔을 권했다. 반주를 위한 술로, 그렇게 독하지도 않았다. 그러자 산주는 손가락으로 슬쩍 술을 찍어서 입에 넣었다. 사뭇 조심하는 모습인데, 그녀는 이내 히쭉 웃었다.

"맛나다. 맛나."

화염산주는 덥석 잔을 들어서 단숨에 비워냈다. 화끈한 기운이 목을 타고 흐르고, 좋은 맛과 향기가 입 안을 가득 채웠다. 그녀는 술병을 거듭 기울였다. 한 잔, 두 잔, 술이 늘었다. 상 부인은 걱정스러운 눈이었지만, 담일산은 다른 생각 없이 술을 권하며, 자신도 잔을 비웠다. 그러다가 상 부인이 그의 손을 잡고서야 퍼뜩 정신을 차렸다. 인제 보니 빈 술병이 여럿이었다.

"아이쿠, 이런. 내가 너무 흥에 취한 모양이구려. 이쯤 하는 것이 좋겠소, 산주."

담일산이 멋쩍어하며 말했다. 그도 제법 취기가 올라서 눈 아래가 붉었다. 대낮이라기에는 날이 저물고 있었고, 한저녁이라기에는 아직 날이 밝았다. 이런 때에 술을 거푸 들이켰으니, 은근히 올라오는 취기가 마냥 가볍지는 않았다.

"흠냐, 흠냐."

미처 말을 맺기도 전에, 화염산주는 술병을 다 비워낸 다음이었다. 그녀는 술병을 거꾸로 들고 흔들었지만, 한 방울이 겨우 맺혔다가 똑 떨어졌다. 그녀는 한껏 발그레한 얼굴로 헤실헤실 웃었다.

"헤에, 다 마셨다."

원체 웃음이 많았지만, 술기운이 잔뜩 올라서 달아오른 얼굴은 전설이라고까지 일컬어지는 화염산 주인의 모습으로는 보이지 않았다. 그녀는 두 손을 모아 턱을 괸 채, 방싯방싯 웃었다. 몽롱한 웃음이 점점 깊어가다가, 제풀에 옆으로 풀썩 넘어가 버렸다.

"아이쿠, 이런!"

두 내외는 화들짝 놀랐다. 지닌 신공으로 더위와 추위를 조절하는 고수가 몇 잔의 술에 이렇게 정신을 놓을 줄이야. 담일산은 이내 헛웃음을 흘렸다. 그나마 뒤로 쓰러지지 않은 것이 다행이다. 상 부인은 부랴부랴 화염산주의 옆으로 자리를 옮겨서 조심스럽게 부축했다. 부인의 어깨에 얼굴을 파묻고, 축 늘어진 두 팔이 흔들거렸다.

"어허, 술이 과했구려. 부인, 아무래도 방으로 모시는 것이 좋겠소."

"상공도 참."

상 부인은 고운 눈매를 슬쩍 찌푸리며 담일산을 흘겨보았다. 어찌 술은 권하였는지. 그녀는 곧 고개를 가로저으면서 흐느적거리는 화염산주를 부둥켜안았다. 몸을 일으키려는데, 느닷없이 놀란 소리가 터졌다.

"으헉! 산주!"

장관풍이 객잔에 들어서다 말고, 우뚝 멈춰 서서 화염산주를 뚫어질 듯이 바라보았다. 무슨 영문인지, 놀람이 과했다. 담일산이 의아해서 돌아보았다.

"아니, 장 검객."

그는 덜덜 떨리는 목소리로 상 부인에게 물었다.

"서, 설마. 산주께서 술을 드신 겁니까?"

"예, 장 소협. 한두 잔이나마 권한 것이 그만 이리되고 말았네요. 그래도 독한 술이 아니라 그저 감주에 지나지 않으니."

"으, 으아. 으아아."

장관풍은 말을 끝까지 듣지 않고 발을 동동 굴렀다. 크게 불안한 모습이었다. 담일산이 의아해 장관풍을 돌아보았다.

"어찌 그러는가?"

담일산은 새삼 눈초리를 바르게 하고, 장관풍을 다시 바라보았다. 뭔가 큰일이라도 일어난 것처럼 어쩔 줄을 몰라 하는 데, 그 모습에 슬쩍 술이 깼다.

"아, 아가씨께서는 술을 드시면."

장관풍은 차마 말을 다 꺼내지 못했다. 몽롱한 채 있던 화염산주가 퍼뜩 몸을 일으킨 까닭이었다. 그녀는 불퉁하게 볼을 부풀리고는 눈살을 잔뜩 찌푸렸다.

"산주?"

상 부인은 의아하여서 화염산주의 옷깃을 잡았다. 휘청거리는 모습이 불안했다. 자칫 넘어갈까 싶은데, 그녀는 휘적휘적 팔을 흔들어대면서 햇빛이 스며드는 문가로 다가갔다. 기이한 것은 장관풍의 행동이었다. 그는 한 손으로는 입가를 움켜쥐고서 주춤주춤 물러서고 있었다. 그러면서 영문 몰라 하는 담일산과 상 부인에게 다급하게 손짓했다. 물러나라는 뜻인데, 무슨 영문인지 도통 헤아릴 수가 없었다.

"아니, 장 검객."

"흡, 흐흡!"

장관풍은 혼자 바빴다. 그는 분명 겁먹은 얼굴이었다. 묵직한 눈매가 하염없이 요동쳤다. 휘청거리던 화염산주는 활짝 열어놓은 문지방을 밟고 서서 퍼뜩 고개를 들었다. 몽롱한 눈동자가 햇빛이 슬며시 기울어가는 파란 하늘을 빤히 보았다. 붉은 입술 사이로 가벼운 웃음이 흘렀다.

"흐히히히."

웃음소리가 기묘하다. 담일산은 일순 찬물을 뒤집어쓴 것처럼 번쩍 정신이 들었다. 뭔가 잘못되어도 단단히 잘못되어 버린 듯했다. 그는 절로 긴장하여서 장관풍을 곁눈질로 살폈다. 그는 이미 사색이 되어 있었다.

담일산은 일순 찬물을 뒤집어쓴 것처럼 번쩍 정신을 차렸다. 장관풍을 보니, 그는 이미 잔뜩 긴장하여서 몸을 낮춘 채였다.

"노, 노사."

"마, 말씀하시게나."

"물러나세요!"

"무엇?"

되묻는 말에 답할 틈이 없었다. 장관풍은 냅다 땅을 박찼다. 후다닥 물러나는 모습을 보고, 담일산도 반사적으로 움직였다. 그는 상 부인의 허리를 끌어안았다. 그들의 신형이 자리를 피하기가 무섭게 시뻘건 불길이 화르륵 치솟았다. 기이한 웃음이 한층 높이 터졌다.

"이히히히히! 히히히히!"

"으허헉!"

한바탕 불길이 갑작스럽게 일어나 객잔 내부를 휩쓸었다. 그 서슬에 탁자며, 의자 할 것 없이 전부 나동그라졌다. 불길이 지난 자리는 시커먼 그을음이 잔뜩 남았다. 군데군데에는 잔불이 맺혔다. 객잔 안쪽으로 몸을 겨우 피신한 담일산은 퍼뜩 고개를 들었다. 그는 엉망인 주변의 모습에 망연하여서 중얼거렸다.

"이게 대체 무슨 일인가?"

"무엇이긴요. 술주정이지요."

검댕을 잔뜩 뒤집어쓴 꼴로 장관풍이 고개를 들었다. 그는 한숨을 꿀꺽 삼키고 답했다. 매캐한 냄새가 코를 찔렀다. 두 어깨가 맥없이 늘어졌다. 상 부인도 부랴부랴 정신을 차렸다.

"이제 어쩌면 좋겠습니까?"

"그저 화기가 잦아들 때까지 기다리는 수밖에 없습니다. 괜히 나섰다가는 일만 더 커질 뿐이지요."

"하아, 이런."

상 부인은 곧 새초롬한 눈초리로 담일산을 노려보았다. 책망하는 눈빛에 담일산은 입이 열이라도 할 말이 없었다. 권한 술 한 잔이 이러한 참사를 불러올 줄, 어찌 꿈에라도 생각했을까. 그는 마냥 헛기침을 흘리며 기세 좋게 일어나는 불꽃을 바라만 보았다.

"커, 커흠. 그, 그래도 큰불로 번지지는 않을 듯하니."

말이 끝나기도 전에 객잔의 한 귀퉁이가 와르르 무너져버렸다. 그리고 대로의 모습이 일목요연하게 드러났다. 불길이 사방으로 퍼져가고, 그 복판에 화염산주는 마치 춤사위를 펼치는 것처럼 두 팔을 활짝 펼치며 맴돌았다. 새빨간 불길은 그녀를 해하지 않았다. 자연스럽게 그녀의 주변을 맴돌았다. 하얀 손끝을 쫓아서 불길이 자연스레 일었고, 바람에 불꽃이 흩날렸다.

"허, 허허."

저것을 뭐라 불러야 마땅할까. 강호도상에 온갖 기괴한 공부가 있고, 열양지공이라 일컫는 공력 또한 무수하다. 그러나 저렇듯 사람의 몸으로 불길을 일으키는 공력은 세상에 달리 없었다.

화염산주는 열래객잔을 손짓 한 번으로 죄 뒤엎고는 대로의 복판으로 흐느적 나섰다. 그녀의 걸음을 쫓아서, 바닥에는 절로 불꽃이 화려하게 피어올랐다. 오가는 사람들은 당연하게도 화들짝 놀랐다.

"부, 불, 불이다! 불이야!"

"꺄아악!"

사람 많은 대로였다. 놀란 소리는 삽시간에 큰 소란이 되어서, 비명과 함께 불을 피해 도망했다. 가까이 객잔에서도 부랴부랴 도망한다고 정신이 없었다. 불길을 다잡을 생각은 누구도 하지 못했다. 그 소란함도 몽롱한 화염산주에게는 전혀 닿지 않았다. 그녀는 비척비척 대로 복판으로 나서서는 두 손을 가볍게 펼쳤다. 손끝을 쫓아서 새빨간 불길이 화르륵 일었고, 밟는 걸음에 불꽃이 계속해서 피어

올랐다. 그녀는 흥얼흥얼 콧노래를 우물거렸다. 홀로 흥에 취하여서는 불길을 두른 채 춤사위를 펼쳐갔다.

그것은 두렵지만, 분명 하염없이 아름다운 춤사위였다.

열래객잔의 안쪽에서 점원 사내를 비롯해 다른 일꾼들이 슬그머니 고개를 내밀었다. 그네들은 너무 놀라서 헐떡거림이 도무지 멈추지 않았다. 눈가에 두려움이 가득했다.

"아이고, 아이고, 이게 대체."

한순간에 시커멓게 그을려버린 객잔의 모습에 그만 질리고 말았다. 뭘 어찌하면 좋을지. 그러나 망연한 것은 잠시였다. 내려앉은 문가 너머로 드러난 대로의 모습에 바로 넋을 잃었다.

"우와아아."

그들은 처지를 잊고서 진심으로 탄성을 흘렸다. 불길을 두른 화염산주의 모습은 분명 인세에서 볼 수 있는 모습이 아니었다.

끝도 없을 것 같은 불길의 춤사위가 한참 만에야 잦아들었다. 일어난 불길은 여전히 활활 타올랐다. 더욱 번져가지 않은 것만도 다행이었다. 화염산주는 시커멓게 그을린 흙바닥에 털썩 주저앉아서는 좌우로 몸을 흔들었다. 흥얼거리는 콧노래 소리는 여전했다.

장관풍은 푹푹 한숨을 흘렸다. 코끝에 매캐한 탄 내가 계속해서 맴돌았다. 담일산이 조심스럽게 물었다.

"어찌 이제 괜찮으신 건가?"

"아닙니다. 아직 조심해야 합니다."

"허, 허허."

장관풍은 길가에 주저앉은 화염산주의 눈치를 살피며 답했다. 저렇게 맥을 놓고 있다가도 어느 순간에 다시 돌변할지 모를 일이었다.

"이 정도면 그래도 다행입니다."

그는 다른 때를 생각하며 말했다. 이전에는 수십 호에 이르는 마을 하나를 전소(全燒)시킨 적도 있기에 하는 말이었다. 여기는 그래도 거리 한구석만 그을리고 말지 않았는가. 장관풍은 부스럭거리며 자리에서 일어섰다.

"그래도 다른 일이 없으면, 이대로 마무리는 될 듯합니다."

"그래, 그렇구먼."

담일산은 영 힘이 없어서, 느릿하게 고개를 끄덕였다. 술 몇 잔에 일어난 일치고는 참으로 거창하지 않은가. 그는 곧 흘깃거리며 옆에 있는 부인의 눈치를 보았다. 그렇지 않아도, 상 부인은 도끼눈으로 흘겨보는 참이었다. 한구석에만 일어난 불길이래도, 화재는 화재라 사람은 다 피

난한 모양이었다. 대로에 다른 인적은 없어 한참 고요했다. 그 고요가 서두르는 외침에 깨져나갔다.

"뭐얏! 무슨 일이냐, 무슨 일이야!"

"불길, 불길을 잡아! 어서!"

남은 연기를 헤집으면서 한 무리의 인영들이 다급하게 달려왔다. 한곳에 속한 듯, 무리는 갈색 건을 머리에 두르고 소매가 짧은 단삼에 하얀 허리끈을 묶고 있었다. 그들은 뿔뿔이 흩어져 남은 불길을 잡아보겠다고 크게 서둘렀다.

"이봐! 어찌 된 일이야!"

한 사내가 벽이 무너진 열래객잔 앞에서 버럭 다그쳤다. 그러자 점원과 일꾼들은 주저주저하며 말을 제대로 하지 못했다.

"나리들, 그, 그게. 그러니까."

마땅히 할 말이 없었다. 어떻게 말하면 좋을지, 젊은 여인의 춤사위에 갑자기 불길이 치솟고, 또 여인의 손짓에 불길이 일어나고 잦아들었다는 말을 어찌하고, 누가 믿어줄까. 사내의 칼 같은 눈길이 이내 멀뚱히 서 있는 담씨 부부와 장관풍에게로 향했다. 그는 대뜸 고압적으로 다그쳤다.

"너희는 어디의 누구냐?"

"그러는 귀하는 누구시오?"

"응? 광동에서 이 갈건(葛巾)을 보고도 묻는 게냐? 육가에 속한 고창문, 삼대제자이시다."

사내는 눈썹을 역팔자로 찌푸리며 소리쳤다. 그러나 천산파의 검객이 어디서 갈건을 알아보고, 육가를 알아들을까. 놀라기는커녕 심드렁할 뿐이었다. 멀뚱거리는 눈길에 사내는 더욱 빈정이 상했다.

"아니, 이런 무지한 놈을 봤나. 오호라, 그래 네놈들이 불을 지른 게로구나. 그렇지?"

사내는 막무가내였다. 고창문이라는 곳이 어떠한 곳인지 알 수야 없으나. 여기 춘양 땅에서는 제법 위세가 있는 모양이었다. 장관풍은 고개를 가로저었다. 담씨 부부는 그저 불편한 얼굴로 있을 뿐이었다.

그러거나 말거나. 화염산주는 여전히 흙바닥에 주저앉아서 방싯방싯 웃었다. 그녀는 흥얼거리는 콧노래에 맞추어 몸을 흔들었다. 그녀의 행색이 괴이하다 여겼는지, 무리 중 다른 사내가 다가갔다.

"뭐야, 이 계집은? 이봐! 정신 차려!"

"계집? 지금 나보고 계집이라고 한 거야?"

험악하게 다그치자, 산주는 몽롱한 눈동자를 돌려 사내를 보았다. 그녀는 여전히 생글생글 웃으며 되물었다. 웃

는 얼굴이라고 하지만, 주변에 점차 잦아든 불길이 서서히
일어나면서 하얀 얼굴에 짙은 그림자를 드리웠다. 뭔가 일
어날지도 모르건만, 고창문 무인은 영 눈치가 없는 모양인
지, 빽 소리쳤다.

"여기에 어린 계집이 또 누가 있단 말이냐!"

"그래, 그렇구나."

산주는 손을 내저으며 꺄르르 웃었다. 방년(芳年)의 웃
음소리는 맑기도 했다. 동시에 강렬한 빛이 번쩍 터지며
대번에 불길이 치솟았다. 주변만 태우고 마는 그런 불길이
아니었다. 갑자기 터져서, 하늘 높은 줄 모르고 맹렬히 치
솟았다. 사내를 비롯해 불길을 잡던 고창문 무인들은 비명
을 터뜨렸다. 기껏 잦아든 대로의 불길이 느닷없이 솟구쳐
올라, 고창문 무인들을 덮쳤다.

"흐어억!"

"요, 요술이다!"

"와아악!"

일어나는 불길은 삽시간에 기세를 더하여서, 사방팔방
으로 퍼져만 갔다. 그저 그슬리는 정도가 아니었다. 아주
활활 타오르더니 빠르게 번져갔다. 뒤늦게라도 사태를 수
습하고자 했으나, 인력으로는 어찌 달랠 수가 없는 불길이
었다. 화염산주의 불은 그렇기에 겁화(劫火)라 하였고, 신

화(神火)라 하였으며, 신벌(神罰)이라고까지 일컬었다. 술김에 내지른 불길과는 격이 전혀 달랐다. 가까이 객잔은 그나마 남았던 골조가 삽시간에 사그라져서 층층 누각이 차례로 무너지기 시작했다. 진즉 일어난 화재에 놀라 도망하였기에 망정이었다. 우지끈 소리가 차례로 울렸다. 서슬에 불똥과 함께 무수한 잿더미가 뿌옇게 피어올랐다.

감당할 수가 없는 일이었다. 한 곳이 와르르 무너지는 것과 동시에 대로의 좌우에 늘어선 화려한 객잔이 차근차근 불길에 휩싸인 채 내려앉기 시작했다. 쿠쿵, 쿠쿠쿵, 울리는 소리를 들으면서 고창문 무인들은 망연자실했다. 손 쓸 틈도 없으니, 우왕좌왕할 것도 없었다.

"이, 이럴, 이럴 수가."

드넓은 대로가 온통 불길에 휩싸였다. 객잔, 전각은 더 버티지 못하고 와르르 무너지기도 했다. 그나마 열래객잔은 화를 면한 셈이었다. 내려앉은 문가에서 담일산은 상부인을 부축하면서 주변을 둘러보았다. 하늘 높은 곳에서 일어나는 노을빛이 아니래도, 사방에 가득한 불길은 하늘을 태울 듯이 치솟았다.

"허어."

담일산은 탁한 숨을 토했다. 새로 뻗은 길목의 끝에서 끝까지 온통 불길이 일렁였다. 이것이 한 사람의 능력으로 일어난 불이라는 것은 두 눈으로 보면서도 믿을 수가 없었다.

"과연, 과연."

담일산은 망연한 채 중얼거렸다. 그는 옆에서 부스럭 소리에 고개를 돌렸다. 그 자리에는 열래객잔의 몇 안 되는 일꾼들이 검댕을 잔뜩 뒤집어쓴 채 멀뚱히 서 있었다. 그들도 당혹스럽기는 마찬가지였다. 하지만 거리가 엉망인 꼴에 안절부절못하기보다는 차츰차츰 정신을 차리더니, 하나, 둘 키득거리기 시작했다.

"흐, 흐흐. 흐흐흐흐."

누가 볼세라 얼굴은 가렸지만, 어깨가 들썩거렸다. 담일산은 그 모습을 주의 깊게 바라보았다. 그들은 객잔의 한쪽이 무너진 것에 그리 상심하지 않았다. 되레 다른 객잔이 불타고 무너지는 모습에 실로 속 시원해하고 있었다.

"여보게."

"헛! 아이쿠, 어르신."

점원 사내는 다급히 허리를 숙였다. 다른 일꾼들도 부랴부랴 허리를 숙이거나 고개 돌려 딴청을 피웠다. 눈치를 보는 데, '아차' 하여 당황하는 기색이 역력했다.

"아무래도 상황을 좀 들어야겠네만."

"어, 어르신, 그것이."

점원 사내는 눈치를 보면서 쉽게 말문을 열지 못했다. 그런데 불길이 닿지 않은 열래객잔의 위층에서 목소리가 들려왔다.

"그것은 제가 말씀드리도록 하지요."

담일산은 고개를 돌렸다. 불길에 그을린 계단을 밟고서 빛바랜 파란 장삼을 걸친 왜소한 노인이 벽을 붙잡고 서 있었다. 창백한 얼굴에 입술은 파리했다. 언뜻 보아도 병색이 완연했다. 노인은 입가를 가리며 마른기침을 흘렸다.

"주, 주인어른."

노인은 당황하는 점원 사내에게 앙상한 손을 흔들어 보였다. 한 계단, 한 계단을 밟으면서 내려오는 노구의 모습이 위태로웠다. 노인은 거뭇한 벽을 짚어가면서 내려섰다. 그리고 자리를 지키는 담일산에게 공손히 두 손을 맞잡았다.

"풍산소요의 담 대협을 이곳에서 뵙게 될 줄은 몰랐습니다."

"그대는?"

노인은 뜻밖에도 담일산의 진면목을 똑똑히 알고 있었다. 담일산은 당황하기보다는 깊은 눈으로 고개 숙인 노인을 바라보았다. 옛적을 헤아리는 듯한 눈초리였다.

화염산주는 산발한 머리카락을 가볍게 쓸어 넘겼다. 날름거리는 불꽃이 손끝을 쫓아서 흩어졌다. 화기를 크게 일으킨 덕분인지, 그녀의 눈동자는 또렷했다. 장관풍은 그 눈빛을 확인하고서야 다가갔다.

"산주, 이제 괜찮으십니까?"

"응, 속 시원하다."

"저어, 그럼 불길은 이제 거두심이 어떨는지요?"

화염산주는 장관풍의 조심하는 말에 눈동자를 데굴 굴리더니, 마치 날벌레라도 쫓는 것처럼 대수롭지 않게 소매를 흔들었다. 남은 불길이 일제히 짓눌리는 것처럼 이지러지고는 이내 줄기줄기 연기만 남기고 픽픽 꺼졌다.

"킁, 킁, 아이, 냄새."

그녀는 주변 냄새를 맡더니, 코앞에서 손을 내저었다. 아닌 게 아니라 뽀얗게 치솟는 하얀 연기와 더불어서 대로에는 탄내가 그득했다. 열래객잔의 가까이에서 줄지어 있던 화려한 객잔들은 본래 모습을 찾을 길이 없었다. 화마에 휩쓸려 무너진 자리에는 검댕이 칠을 한 몇몇 사람들이 눈동자만 끔뻑거렸다. 일어난 불길은 다급했지만, 적어도 인명의 피해는 없었다. 그러나 불길이 멋대로 일어나고 사그라지는 것을 똑똑히 목도한 참이었다. 그들은 화염산주의 모습을 보면서 아무런 행동도 할 수가 없었다. 또다시 불길이 일어날까 두려울 뿐이었다. 와중에도 고창문 무인은 빽하고 소리쳤다.

"너희 놈들이 지금 무슨 짓을 저지른 줄 아느냐!"

그만 펑펑 울음을 터뜨릴 듯했다. 그들은 이미 검댕이 꼴이라 우스울 따름이었다. 그러나 여기 사람들은 누구도 웃지 못했다. 다그침의 속뜻을 능히 헤아릴 수 있었기 때문이었다.

"그게 무슨 뜻이오?"

"흐, 흐으, 흐으. 지금 너희가 태운 것은 광동육가의 가산이다. 이 정신 나간 것들. 감히 광동에서 육가를 건드리다니!"

"육가? 육씨 성이라는 건가? 그래서, 육씨가 어떻다고?"

산주는 고개를 갸웃거리며 중얼거렸다. 아주 대수롭지 않은 투였다. 생긋 웃는 얼굴에 악의라고는 하나도 없었다. 그러나 어깨 뒤로 다시금 일어난 불길에 드리운 그림자가 짙었다. 그 앞에서 누가 있어서 고개를 세울까.

기껏 고개를 세웠던 고창문 무인은 악기를 다 잃고, 사시나무 떨 듯이 온몸을 부들부들 떨어댔다. 이제야 번쩍 정신이 들었다. 광동육가의 그늘이 아무리 짙다 하여도, 지금 눈앞에서 불길을 일으키고 있는 것은 어린 마녀였다.

그가 어찌 대거리할 만한 상대가 아니다.

"이, 이런 젠장."

누구를 향한 것인지, 맥없는 욕설이 흐느낌에 뒤섞여서 흘렀다. 잦아들었던 불길이 코앞에서 새삼 일렁였다.

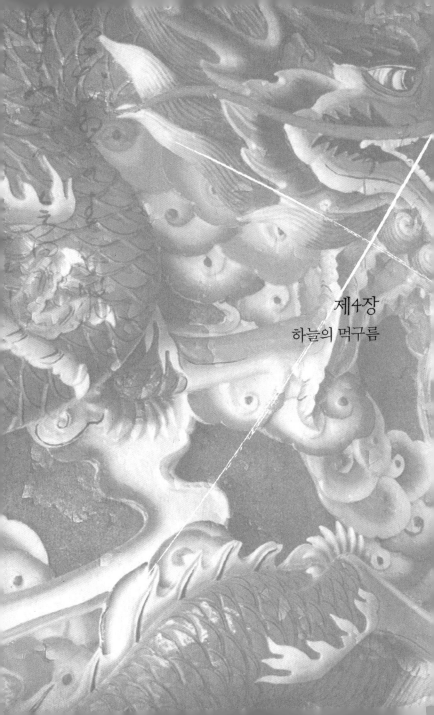

제4장
하늘의 먹구름

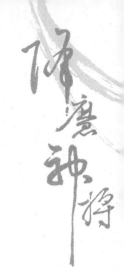

육가정(陸家井).

돌벽에 그렇게 석 자가 깊이 새겨져 있었다. 아래에는 붉은 녹이 그득한 철문이 굳게 닫혀 있었다. 구름 한 점이 없어서 창창한 하늘에서는 뜨거운 햇볕이 쏟아졌다. 붉은 철문이 마치 녹아내릴 듯했다. 차츰 시간이 흐르고, 해가 뉘엿뉘엿 기울어가기 시작했다. 불현듯 다급한 발소리가 울렸다. 갈색 단삼 차림을 한 중년인이었다. 무슨 일인지, 햇볕에 잔뜩 그을린 검은 얼굴에 수심이 그득했다. 그는 철문 옆에 매달린 붉은 줄을 흔들었다. 그것이 동혈 내부에 어떤 소식을 알리기 위함인지, 철문 안쪽으로 뎅뎅뎅 종소리가 멀게 들렸다. 그리고 사내는 철문 앞에 납작 엎드렸다. 고개를 조아린 중년인의 검은 얼굴이 잠시 굳었다. 괜한 짓을 한 것이 아닌가 싶었으나, 이내 고개를 내저었다.

'필요한 일이다.'

그는 마음을 새삼 다잡았다. 얼마나 시간이 흘렀을까. 문득 천년만년 굳게 닫혀 있을 것만 같은 녹슨 철문이 날카로운 소리를 울리며 빼꼼하게 열렸다. 사람 모습은 드러나지 않았으나, 낮은 목소리가 흘렀다.

"무슨 일인가. 폐문을 방해하다니."

"소가주, 일이 생겼습니다."

사내는 고개 조아린 채, 떨리는 목소리로 말했다. 심상치 않은 기색이라 소가주라 불린 사내는 잠시 입을 다물었다. 고민하는 기색이 역력했다. 그러나 찾아온 사내는 다른 누구보다 자신이 신뢰하는 가신이다. 그가 감당 못할 일이라면, 응당 나서야 하는 것이 도리이니. 문득 짧은 한숨이 흘렀다. 금세 흩어지고 마는 한숨이려나, 문가에 엎드린 사내는 한숨 소리에 흠칫 어깨를 들썩였다.

'소가주의 한숨이 이상할 정도로 무겁다. 폐문 중에 일이 있었구나.'

생각은 더 이어지지 않았다. 육가정의 녹슨 철문이 차츰 차츰 열렸다. 마치 비명처럼 쇳소리가 높이 울렸다. 문 한 쪽만 해도 족히 수백 근에 이르렀다. 문이 매달린 바위가 위태하게 흔들리고, 고개 조아린 바닥이 들썩였다. 그리고 한 사내가 두 팔로 철문을 좌우로 열어젖히며 밖으로 나섰 다. 붉은 햇빛이 그의 모습을 비추었다. 동혈 안에서 무슨 일이 있었던 것인지, 찢기고 헤어진 단삼을 걸치고 흙먼지 를 잔뜩 뒤집어쓰고 있었다. 그러나 먼지 앉은 검은 얼굴 에 두 눈동자는 파랗게 빛을 품고 일렁였다. 절로 일어나 는 기세가 서서히 밀려오는 바다의 물결처럼 묵직했다. 무 가련의 일좌, 광동육가의 소가주 육기였다.

육기의 모습에 가문의 총관인 도포정은 더욱 고개를 조 아렸다.

"소가주."

"도 총관, 일어나시오. 자, 무슨 일인지 어서 들어봅시 다."

육기는 도포정을 바로 일으켜 세우고, 본론을 물었다. 폐문 중인 자신을 찾을 정도의 큰일이 대관절 무엇이란 말 인가. 도포정은 잠시 숨을 달랬다. 새삼 돌이키는 것만으 로도 피가 거꾸로 치솟을 지경이었다.

"십삼분가가 화를 당했습니다."

"십삼분가가? 그들이 근자에 있어 무리하게 일을 벌인 적이 있었던가?"

"소가주의 명으로 일을 정리하던 차였습니다."

"허면, 무슨 화를 당했다는 것이요?"

"전소(全燒)했습니다."

"전소?"

육기는 잠시 잠깐 말을 잃었다. 전소라는 말뜻을 이해하지 못한 것이 아니다. 십삼분가가 모조리 타버렸다는 것을 받아들일 수가 없는 까닭이었다. 육기는 흥분하지 않았다. 그는 잠시 숨을 다잡고는 자리에 앉았다. 아무래도 얘기가 길어질 듯했다.

"자세히 들어봐야겠군."

"예, 소가주."

총관 도포정은 허리를 세우고, 한층 신중한 모습으로 입을 열었다.

분가라고 함은 광주를 중심으로 에워싼 일종의 창고, 시정, 거래처, 분점과도 같은 곳이다. 광동육가가 마련하였으나, 무가련이 생기면서 각 가문의 재화와 거래물건이 쌓여 갔다. 하나의 값어치가 얼마나 될지는 직접 관리하는 육가에서조차 감히 헤아리지 못할 정도였다. 그중 열세 번째인 십삼분가는 최근에 마련하여서, 다른 어느 곳보다 큰

지원을 한 터였다. 그러한 부가 활활 타버리고, 잿더미가 되어 버렸다고 하니. 어찌 가벼운 일일까. 그러나 실상을 말하자면 너무도 사소한 시비에서 비롯한 일이었다.

육기는 숨을 멈추고서 느릿하게 고개를 끄덕였다.

"운이 없었다고밖에는 말할 수가 없겠군. 하필이면 그만한 기인이사와 시비가 붙었단 말인가. 고창문주라면 그래도 신중한 사람이라 알았건만."

"시기가 좋지 않았습니다. 고창문이 관리하는 춘양이 다른 곳보다 진척이 늦은 까닭에 문주를 비롯해서 모두가 조바심이 난 게지요."

"어찌 손을 쓰려는가?"

"신기당(新機堂)과 광동팔영이 소가주의 명을 기다리고 있습니다."

"그들로 되겠는가?"

"소가주?"

다시 묻는 말에 도포정은 흠칫 고개를 들었다. 신기당은 물론이거니와, 광동팔영만 하여도 능히 육가의 정예라 할 만했다. 광동을 침범한 왜 삼백을 단 여덟이서 상대하여 내쫓은 전력도 있었다. 왜구가 삼백이라 하면 단순한 도적 무리가 아니라, 가히 일군이라 할 수 있는 전력이니. 그러나 육기의 지적은 타당한 것이었다.

평소에 십삼분가를 지키고자 과연 공을 들이지 않았을까.

본가에 미치지 않는다고 하나, 어지간한 강호제파에 비하여도 상당한 인력과 금력을 들이면서 경계를 했다. 도포정은 낯빛을 수습하고 덧붙였다.

"광동 무림에 통문을 돌려, 마인의 등장을 알리고 협조를 구하고자 합니다."

총관의 말인즉, 십삼분가가 화를 당한 것은 단순히 무가련과 육가만의 문제가 아니라, 광동 무림의 큰일로 삼겠다는 뜻이었다. 육기는 팔짱을 낀 채, 침묵했다. 그가 조용할 때에는 깊이 생각하고, 또 생각한다는 뜻이다. 도 총관은 입을 다물고, 육기의 고민이 끝날 때를 기다렸다. 육기는 신중한 사람이지만, 그렇다고 느린 사람은 아니었다. 과연 내리는 햇빛이 채 기울기 전에 그는 고개를 들었다.

"준비는 모두 마쳤나?"

"예, 소가주."

"내가 이끌도록 하지."

"직접 나서시겠습니까?"

"아무리 광동의 큰일이라고 하나, 어쨌든 본가의 울타리가 무너진 일이니. 그편이 보기 좋지 않겠나."

"백번 옳은 말씀입니다."

도포정은 두 손을 맞잡으며 깊이 허리를 숙였다. 육기는 그에게 잠시 마주 고개를 숙이고는 성큼성큼 걸음을 옮겼다. 육가정으로 드는 주랑에서 서넛의 시비가 기다리고 있었다. 그녀들은 육기의 먼지 앉은 옷을 거두고, 물수건으로 몸을 닦았으며, 말끔한 옷을 걸쳤다. 광동육가의 상징인 짙은 황갈의 장포였다. 마지막으로 머리카락을 곱게 정리하여서 건을 두르니, 새삼 광동육가의 다음 주인으로서 위엄이 드러났다.

도포정은 뒤에서 잠시 그 모습을 바라보았다. 어느 때보다 위엄있는 육기였지만, 어째서인지 도포정의 눈가에는 걱정이 그득했다.

"음, 소가주께서는 암운을 걷어내셨는가?"

모를 일이다. 도포정은 한숨을 삼키고서, 고개를 가로저었다. 오가회합, 그리고 천룡소야의 등장 이후, 육기는 이전과 다른 모습이었다. 굳이 폐문을 자청한 것도 그 이유 중 하나일 터이니. 도포정은 입매를 굳게 다문 채, 고개를 내저었다. 황갈 장포를 걸친 육기의 뒷모습은 당당하게만 보였다.

소명은 입매를 찌푸리고 있다가, 이내 답답한 숨을 내뱉었다. 그는 고개를 절레절레 내저었다.

"하아, 이거야 원."

눈앞에 펼쳐진 상황이 워낙에 뜬금없는 까닭이었다. 이 것이 대체 무슨 소란인지, 싯누런 황톳길에 수십, 아니 못 해 이삼백을 넉넉히 헤아릴 듯한 무사들이 줄지어 서 앞뒤 를 에워싸고 있었다. 입을 굳게 다물고, 신중한 기색으로 소명을 노려보는데 은근한 살기가 점차 차올랐다. 더구나, 이들은 단순하게 줄지어 있는 것이 아니었다. 언뜻 살피건 대, 나름의 진세를 갖추고 있었다.

흑백(黑白)의 두 무리가 교차하는 가운데 일정한 규칙을 두고 자리를 지키는데, 은연중에 드러나는 기세가 간단치 아니하여서, 이것을 현기(玄氣)라 해야 할지, 패기(覇氣)라 해야 할지 선뜻 분간할 수가 없었다. 백의무사는 검을 품 고 있었고, 흑의무사는 두 팔에 강철 고리를 주렁주렁 맨 채, 지그시 주먹을 그러쥐었다.

"흐, 흐흐흐."

문득 옆에서 음산한 웃음이 흘렀다. 소명은 입매를 더욱 찌푸리며 고개를 돌렸다. 위지백이 칼자루를 연신 쥐락펴 락하며 싱글벙글 웃고 있었다.

"아주 염병을 하고 있네. 아주 쓸어버릴까?"

"아니, 그래도. 일단 연유는 들어봐야지."

위지백이 싸울 기색을 드러내자, 소명은 그래도 손을 내저어 차분한 목소리로 달랬다. 소명이라고 어디 속이 편할까. 후우, 긴 한숨으로 답답한 속내를 감추지 않았다. 그리고 에워싼 무사들을 다시 둘러보았다. 그들 뒤로 검게 물들인 죽립을 쓴 사내 둘이 따로 자리하고 있었다. 여기 막아선 무인들의 우두머리쯤 되는 모양이었다.

하나는 하얀 검수가 길게 늘어진 보검을 어깨에 기댄 채, 바위에 앉아 있었고, 다른 하나는 팔짱을 낀 채, 턱을 치켜들고 있었다. 바위 같은 가슴 앞에 교차한 두 팔은 흡사 철근으로 주저한 것처럼 시커멓게 번뜩였다. 소명의 눈길이 그들에게로 향하자, 검은 팔뚝의 사내가 앞으로 나섰다.

"그대들이 자객불원이라 하는 권야와 염마도가 맞는가?"

그는 팔도 풀지 않고, 턱짓으로 소명, 위지백을 가리키며 물었다. 아랫사람 대하는 투에 거리낌은 없었다. 소명은 입매를 모으고서 삐딱하게 고개를 기울였다. 답이 없자, 사내는 히죽 웃었다. 아울러 당장에라도 손을 쓸 것처럼 일으킨 기세가 강렬하여서 소명의 두 어깨를 짓눌렀다. 무사들의 진세보다 더욱 강렬하여서 마치 일군의 군세처럼 무겁고도 거칠었다.

"낙양의 궁 서생. 그대가 죽였나?"

"허어, 도대체가 모를 일이네."

죽립 사내의 어깨 위에서 솟구치는 살기는 점점 거세어
졌다. 아울러, 사방을 에워싼 수많은 무부의 기세도 따라
서 견고해졌다. 그러나 소명이 어디 그런 것에 신경이나
쓸 위인인가. 그는 실실 웃으며 고개를 내저었다. 쓸데없
는 일에 힘을 쓸 생각은 없었지만, 그렇다고 길을 막아서
며 자신을 노리는 자들에게까지 손을 아낄 생각은 추호도
없었다. 위지백은 가볍게 고개를 돌리고는, 소명의 뒤를
지키며 무광도를 새삼 어깨에 걸쳤다. 에워싼 채 노려보는
눈길을 마주하면서 히죽 웃는데, 일말의 흐림도 없었다.

그때에 뒤에 앉아 있던 검객이 퍼뜩 고개를 치켜들고 크
게 웃음을 터뜨렸다.

"하하! 하하하하!"

웃음은 길고 길게 퍼져 나갔다. 상당한 공력이 실려 있
어, 가까이 무인들은 흠칫 어깨를 들썩였다. 낯빛이 흔들
리는 것이 간단치 않은 영향을 받았다는 것이다. 그러나
소명과 위지백은 다만 귓전이나 긁적거렸다. 다른 감흥은
없었다. 소리에 내공기력을 더하여서 사람을 상하게 한다
는 것은 결코 간단한 경지가 아니었다. 절정은 물론이거니
와 못해도 나름의 무경을 이루었다는 뜻이려나, 두 사람
또한 무경의 경지를 훌쩍 뛰어넘은 고수, 소명과 위지백은

그저 찌푸린 낯으로 웃는 사내를 물끄러미 바라보았다. 사
내는 웃음을 뚝 그치고, 벌떡 일어나 정중하게 고개를 숙
였다.

"두 분께 깊이 사죄드립니다. 먼 서쪽 땅에서 이미 일대
의 고수로서 이름을 드날렸음을 알면서도 부득불 결례를
범하였소이다."

"응?"

소명은 두 손을 맞잡고, 깊이 허리 숙이는 죽립 사내의
모습에 언뜻 입매를 찌푸렸다. 그 앞에서 귀를 긁적이는
손가락이 영 머쓱하다. 더구나 사내가 나서서 예의를 차리
니, 사방을 에워싼 뭇 무인들 또한 일제히 고개를 숙였다.

"결례를 범하였습니다."

일사불란한 모습은 마치 군문의 기강을 마주하는 듯하
다. 심지어 겁박하듯 위세를 부리던 팔뚝의 사내 또한 기
세를 누그러뜨린 채, 얌전히 고개 숙였다. 여기에 위지백
은 당혹감을 감추지 못했다. 이제야 모처럼 칼 한번 쓰겠
구나 싶어, 한껏 들뜬 참이었다.

"아니, 이런."

위지백은 잇새로 끙, 앓는 소리를 흘리곤 소명을 돌아보
았다. 눈빛으로 물었다. 소명이라고 무슨 다른 수가 있을
까. 그도 천천히 두 손을 맞잡았다.

"소명이라 하오."

"위지백이오."

위지백도 마지못해 두 손을 들었다. 그제야 두 사내는 고개를 들었다.

"소명 공이시구려."

권야라는 무명은 들어 알았으나, 본명을 아는 이는 그리 많지 않았다. 죽립의 검객은 새삼스레 고개를 끄덕였다.

"귀하께서는."

"사마씨의 청이라 합니다. 부족하나마, 천룡세가에 몸담고 있지요."

"이충도라 합니다. 이 사람 또한 천룡세가에 몸담고 있습니다."

"그렇구려."

두 사람은 사마청, 이충도라 자신을 밝히면서, 천룡세가의 이름에 힘주어 말했다. 그러나 소명, 위지백은 달리 놀라는 기색이 아니었다. 그저 그렇구나 하는 정도에 불과했다.

무덤덤한 반응에 사마청이 오히려 당황하여 헛기침을 흘렸다. 비록 당대에 들어서 천룡세가의 활동이 활발하지 않았다고 하나, 이렇듯 대수롭지 않게 넘어갈 이름은 아니었다. 그러자 이충도가 순간 울컥하여서 주먹을 움켜쥐었다.

어디 어린아이의 머리통만큼이나 큼직한 두 주먹이 불끈하니, 새삼 가라앉혔던 기세가 다시금 일었다.

"어허, 이 사람."

사마청은 급히 손을 뻗어 그를 만류했다.

"아니, 만류할 것 없소. 그렇게 열이 오른다면 기꺼이 상대해 드려야지."

위지백이 히죽 웃으며 퍼뜩 앞으로 나섰다. 소명도 이번에는 그를 만류하지 않았다. 진즉 손을 쓸 작정을 한 참이었다. 어깨에서 무광도가 격하게 몸을 떨었다. 도갑 안이 답답하다고 투정이라도 부리는 듯하다. 선명하게 울리는 도명(刀鳴)에 이충도는 퍼뜩 정신을 차렸다. 험악하게 굳은 얼굴에 당혹감이 역력했다. 위지백의 살기가 거리를 무시하고, 좌우의 무사들을 무시하고 엄습하여 삽시간에 그의 손발을 얽어맸다.

'이, 이런!'

눌러쓴 죽립 아래에서 두 눈이 격하게 흔들렸다. 염마도 이후에는 서장제일도라 하더니, 그것이 결코 허명이 아닌 것이다.

분명, 천룡세가의 이름이 중원제일이라고 할 수 있겠지만, 상대는 또한 장성 밖에서 제일인이라 손꼽히는 절세의 고수였다. 천룡의 이름에 놀라지 않는다고 불쾌할 일이 아니었다. 그가 머뭇거릴 새, 사마청이 능숙하게 끼어들었다. 그는 소명, 위지백에게 다시금 고개를 숙였다.

"잠시 기세를 거두어주시지요."

"응? 자네가 해볼 텐가? 나야 아무래도 상관없는데."

위지백은 고개를 비딱하게 기울이고는 어깨의 무광도를 무심하게 흔들었다. 도갑이 단단한 어깨를 가볍게 치면서 툭툭, 소리가 울렸다. 이미 장내는 위지백에게 짓눌려 있었다. 천룡의 이백 무인들은 어찌 나설 수가 없었다.

"아닙니다. 지금 저로서는 서장제일의 도를 받을 자격이 없군요."

"지금이라? 그럼 다음에는 받을 만하다는 건가?"

"하, 하하."

사마청은 불편한 기색을 드러내며, 어색하게 웃었다. 아무래도 입씨름이 길어질 모양이었다. 죽립의 턱 끈을 타고서 식은땀이 주룩 흘러내렸다. 그는 퍼뜩 깨달았다. 이충도의 언사 탓이 아니었다. 자객불원의 두 사람은 지금 상황을 마뜩잖아하고 있었다.

'애당초 무력을 앞세운 것이 잘못이었다.'

그는 낭패한 심정에 지그시 입술을 깨물었다. 진위를 확인하고자 백검(白劍), 흑권(黑拳)의 양당(兩堂)을 굳이 동원했건만. 그만 크게 역풍을 맞은 셈이었다. 나선 위지백이나, 뒤의 소명이나 눈빛이 곱지 않았다. 사마청은 물론, 에워싼 이백의 무인, 더 나아가 천룡의 이름에도 전혀 꺼리는 바가 없다는 것이다. 좋지 않았다. 무엇보다 아쉬운 것은 자신들이었다.

사마청은 빠르게 생각을 정리하고, 가득한 자부심을 잠시 누그러뜨렸다. 그는 더욱 정중하여서 두 손을 맞잡았다.

"두 분께 거듭 사죄하겠습니다."

위지백은 뒤쪽으로 몸을 물렸다. 그는 찌푸린 눈으로 소명을 돌아보았다. 채 해소하지 못한 불만이 눈초리에 매달려 있었다. 그러나 한바탕 일을 벌이려거든 급한 걸음을 주저해야 하니. 소명도 쯧, 혀를 찼다.

"그래서, 무슨 볼일이오. 이렇게 대단하게 요란을 떨어 대면서 길을 막아선 것을 보아하니. 간단한 일은 아닌 모양인데."

"예, 권야 공. 본가의 어르신께서 긴한 일로 두 분을."

"그만."

정중하면서도 간곡한 어조로 말하는데, 소명이 퍼뜩 손을 들어서 그의 말을 끊었다. 사마청은 주춤하며 소명의 눈치를 살폈다. 죽립 아래에 드러난 입꼬리가 불안감으로 흔들렸다.

"궈, 권야 공."

"볼일이 있으면 직접 오라 하시구려. 바쁜 사람 오라 가라 하지 말고."

소명은 빙긋 웃으며 가볍게 대꾸했다. 그리고 미처 다른 말을 하기도 전에 훌쩍 앞으로 나섰다. 그는 반응할 틈을 주지 않았다. 그에 어깨를 나란히 할 수 있는 것은 위지백뿐이었다. 두 사람은 한 걸음을 내딛기가 무섭게 에워싼 무사들 사이를 자연스럽게 가로질러 훌쩍 모습을 감추었다.

"허억!"

미처 고개를 돌리기도 전에 벌어진 일이었다. 사마청은 급하게 눌러쓴 죽립을 벗었다. 백옥같이 하얀 얼굴이 낭패함으로 크게 일그러져 있었다. 그것은 좌우의 다른 이들도 마찬가지였다.

"뭐, 뭣들 하느냐! 어서 뒤를!"

"그만두게!"

한걸음 늦게 무인들 사이에서 소요가 일었다. 부랴부랴 땅을 박차고, 무리를 이루어서 뒤를 쫓으려는 참에, 이충도가 버럭 소리를 높였다. 그 또한 죽립을 거칠게 벗었다. 검은 이마에 붉은 줄이 길게 남아 있었다. 이충도는 큼직한 손으로 그 부분을 긁적거렸다. 찌푸린 눈매에 낭패한 심사가 솔직했다.

"이미 늦었다. 기껏 준비한 나월금쇄(拏越禁鎖)가 허망할 따름이군."

"지, 진세를 갖추기 전에 일어난 일입니다."

이충도의 한숨 섞인 한 마디에 무사들은 더듬거리며 말했다. 변명이라도 하는 모양새였다. 그러자 가만히 있던 사마청이 고개를 절레절레 흔들었다.

"너희를 탓하자는 것이 아니다. 자객불원의 무위가 생각 이상이었을 뿐이지. 진세를 갖추었다고 하여도 두 사람이라면 부수어서 길을 열었을 것이니."

"이제 어쩌면 좋겠나?"

"어쩌긴, 돌아가서 솔직히 고해야지. 능력이 부족하여서 놓치고 말았다고 말일세."

사마청은 말하며 하얀 얼굴을 쓸어내렸다. 이충도는 독물이라도 입에 넣은 사람처럼 흉하게 오만상을 일그러뜨렸다. 어지간하면 피하고 싶은 일이었지만, 다른 도리가 없다. 이백여 무사들은 그 속사정을 짐작하는 모양인지, 그저 입술만 질끈 말아 물었다. 이내 사마청, 이충도는 누가 먼저랄 것도 없이 땅이 내려앉을 듯이 무거운 한숨을 터뜨렸다.

"그만 돌아가세."

그래 다른 도리가 없었다.

천룡의 무인들이 전에 없는 실패에 허탈해할 무렵, 냅다 몸을 뺀 소명과 위지백은 한참 먼 곳에 이르러서 잠시 걸음을 늦추었다.

"원, 별것들이 다 길을 막고 난리야."

"그러게나 말이다."

천룡세가라, 무가련의 우두머리로 그 이름이 능히 천하를 들썩이게 하건만, 다만 그뿐이었다. 소명이나, 위지백이나, 두 사람에게는 딱히 신경 쓸 이름이 아니었다. 그저 별것에 지나지 않았다. 그런고로, 위지백은 퍼뜩 먼지 앉은 미간을 한껏 찌푸렸다.

"이렇게 손도 안 쓰고 도망하는 것인 양 몸을 빼는 것도 참 오랜만이네. 짜증이 슬금슬금 올라오는데 말이야."

불만이 그득한 채 중얼거렸다. 그의 손은 무광도를 연신 쥐락펴락했다. 냅다 발을 돌려서는 못다 한 칼부림이라도 할 기색이었다. 소명은 피식 웃었다. 그는 휘휘 손을 내저으며 만류했다.

"야야, 관둬라. 갈 길이 구만리다."

"크흠."

위지백은 헛기침을 흘리며 미련 가득한 손끝을 거두었

다. 하기야 갈 길이 급한 처지였다. 멀어도 먼 길이만, 언제 일이 크게 벌어질지 두 사람으로서도 감히 헤아릴 수가 없는 노릇이었다.

소명은 쭉 뻗은 길목을 바라보며 탄식했다.

"아이고, 이 녀석이 또 사고나 치지 않았으면 좋겠다."

"그건 그래."

소명의 앓는 소리에, 위지백도 툴툴거리는 것을 관두고 맥없이 중얼거렸다. 그러나 허겁지겁 전해온 흑선당의 소식은 점점 가관이었다.

*   *   *

고개 숙인 심지 끝에서 한 송이의 불꽃이 위태하게 매달려 있었다. 그 불빛은 고작해야 주변이나 겨우 밝힐 뿐이었다. 그나마도 수시로 흔들거려, 드리운 그림자가 어지럽게 일렁였다. 불빛을 밝힌 이곳은 규모가 있는 석실(石室)이었다. 바위굴을 뚫고, 다듬어서 마치 실제의 방처럼 모양을 갖추었다. 벽이 있고, 기둥을 세웠으며, 모양뿐이지만 창을 내었다. 그것이 보통의 규모가 아니었다. 좌우로 못해 수 장에 이르러서, 여느 저택의 대방에 못지않았다. 그리고 사방 벽은 물론, 바닥에서 둥근 천장까지. 어느 곳할 것 없이 기이한 문자를 빼곡하게 새겼다. 흔들리는 불빛이 새긴 문자에 그림자를 드리워서, 마치 튀어나올 것처럼 일렁였다. 좌우에는 기이한 모양의 향로가 있어서, 새파란 향연(香煙)이 가늘게 피어올라 높은 천장에서 뒤엉켜 고였다. 불꽃은 방 한가운데에 놓인 탁자 위에서 주변을 간신히 밝혔고, 그 자리에는 세 사람이 있었다. 무슨 일인지 석실에 드리운 어둠만큼이나 깊은 침묵이 그들 사이에서 맴돌았다. 한참 조용한 끝에 버럭 노성이 터졌다.

"뭐라! 그놈이 그리 떠들었단 말이더냐?"

계피학발(鷄皮鶴髮)의 앙상한 노인이 퍼뜩 두 눈을 치떴다. 크게 노하여서, 우묵한 두 눈가에서는 도깨비불인 양, 새파란 안광이 매섭게 일렁였다. 앉은 그의 앞에는 두 사내가 시립하여서, 어려운 얼굴로 푹 고개를 숙였다. 자객 불원을 청하려다가 헛걸음을 하고만, 사마청과 이충도였다.

"고놈들이 천룡이라는 이름에 그리 당당하더란 말이지. 고얀 놈들 같으니."

노인은 틀어쥔 주먹을 바들바들 떨었다. 두 사내는 노인의 진노를 이해하면서도, 다른 도리가 없어서 입만 꾹 닫고 있었다. 그저 말 한마디 잘못했다가는 고생길이 훤히 보이는 까닭이었다. 천룡세가의 뒤를 받치고 있는 여러 원로 중에서 제일로 괴팍한 것이 눈앞의 노인이었다. 그에게는 위아래가 따로 없었고, 하고자 작심한 일은 무슨 수를 써서든지 저지르고 마는 인사였다.

이제는 그의 별호도 까마득하여서, 그저 괴노, 혹은 공씨 성이라고 공노라 불리는 것이 고작이었다. 공노는 주름이 가득한 손을 들어서 헝클어진 하얀 수염을 긁적거렸다.

"그래, 좋다, 좋아. 자객불원이니, 권야이니 하는 이름이 어디 뒷골목 투전판에서 오가는 이름도 아닐 터인즉. 제법 재주가 있어서, 그리 방자하게 구는 것이렷다."

공노는 고개를 끄덕이면서 잠시 숨을 달랬다. 그러고는 초조한 듯이 탁자 위에 올린 앙상한 손가락을 계속해서 두드렸다. 톡톡톡, 울리는 소리가 끊이지 않았다. 고개 조아린 사마청은 불안함에 슬그머니 고개를 들었다. 공노는 무슨 고민인지 축 늘어진 하얀 눈썹 끝을 꿈틀거렸다.

"직접 찾아오라 하였단 말이지. 그렇다면, 직접 가 봐야지. 아무렴."

"예? 아니, 노야."

두 사내는 퍼뜩 고개를 치켜들었다. 공노가 직접 움직이겠다니, 그것은 쉽게 넘어갈 일이 아니었다. 두 사내는 바로 노인의 발치에 엎드렸다.

"그럴 수는 없습니다. 노야!"

"아니, 어찌 이러는 거냐!"

다급하게 노인의 발목을 부여잡는데, 제법 절박한 모습이었다. 그러나 공노는 왈칵 짜증을 먼저 터뜨렸다.

"노야께서 움직이셨다가, 행여 큰 변고라도 생기면 어찌한다는 말입니까?"

"변고? 무슨 변고?"

공노는 퍼뜩 매섭게 날 선 눈초리로 두 사내를 번갈아 노려보았다. 어디 무슨 소리를 하는지, 두고 보자는 투였다. 싸늘한 목소리가 그들의 폐부를 날카롭게 찔렀다. 사마청, 이충도, 두 사람 모두 경지에 이른 고수라고 하지만, 공노의 눈빛을 정면으로 맞받기에는 부족함이 있었다.

"그, 그것이."

두 사내는 차마 말을 꺼내지 못하고 어물거렸다. 공노의 눈빛에 짓눌린 것도 있었지만, 입 밖으로 내기에는 너무도 참담한 일이라, 신중한 사마청은 물론 대범한 이충도도 눈을 내리깔았다. 주저하는 모습에 공노는 황소숨을 거칠게 몰아쉬었다.

"에라이, 미련한 것들아! 그놈의 변고를 어찌 막아보겠다고 권야라는 녀석을 만나고자 하는 게 아니냐. 그런데 너희 것들이 제대로 하지도 못하였으니, 나라도 직접 나서야지!"

노인은 마구 발을 굴렀다. 단단한 돌바닥이 노인의 발구름에 쾅쾅거리며 들썩거렸다. 바닥에 고인 먼지가 뽀얗게 피어올랐고, 엎드린 두 사내는 먼지를 피할 생각도 못한 채, 멍청하게 두 눈만 깜빡거렸다.

두 사내는 공노가 한 말을 제대로 이해하지 못했다. 변고를 막는 데에 어찌 권야를 마주해야 한다는 것인지. 한참 의아하였으나, 그것은 두 사내가 헤아릴 수 있는 일이 아니었다.

더구나 공노가 이렇게까지 말하는데, 내내 바지춤을 부여잡고 있을 수도 없었다. 그들은 영 미심쩍은 얼굴로 손을 떼었다.

공노는 그제야 더운 숨을 훅 내뱉고는 들으라는 듯이 쿵쿵 소리 내가며 자리를 나섰다. 그러다가 채 몇 걸음을 걷기도 전에 아직도 무릎 꿇고 있는 두 사내를 향해서 왈칵 언성을 높였다.

"이것들아, 뭘 하고 자빠졌어. 얼른 길 떠날 채비를 하란 말이야!"

"예, 예!"

두 사내는 짜증이 가득한 불호령에 겨우 정신을 차리고, 부랴부랴 일어섰다. 그러나 바로 노인의 뒤를 쫓을 수는 없었다. 사마청은 이내 일그러진 얼굴로 석실 안쪽을 바라보았다. 공노가 앉은 자리 뒤로는 십 수에 이르는 휘장이 어지럽게 걸려 있었고, 그 너머에는 무언가 있어 푸르스름한 빛을 발했다. 거대한 옥관 하나였다. 단단히 닫혀 있는 옥관에는 천룡세가의 천룡백영문이 새겨진 봉인이 곳곳에 붙어 있었다. 그것은 누구도 손을 댈 수 없다는 뜻이었다. 그리고 옥관은 불빛이 닿지도 않았건만, 스스로 빛을 머금어서, 짙어가는 향연 속에서 제 빛을 드러냈다.

두 사람은 옥관과 공노가 뛰쳐나간 방문을 번갈아 보더니, 이내 질끈 이를 악물었다.

"어쩔 수 없지."

누가 내뱉은 말인지 따질 것도 없이, 두 사람은 바로 석실을 나섰다.

땅 아래의 외딴 방, 그곳에 천룡백영문으로 봉해놓은 옥관 하나. 영 심상치 않은 광경이었다.

마차가 달렸다. 자그마치 다섯 마리나 되는 준마가 앞다투어 달렸다. 마차 바퀴가 맹렬히 구르며, 뿌옇게 먼지를 날렸다. 그저 쫓기듯이 달릴 뿐이어서, 길이 어떻고, 바퀴가 어떻고 전혀 개의치 않는 질주였다. 마부석에 앉아 말을 다그치는 것은 다른 누구도 아닌, 공노 본인이었다. 그를 따르는 두 사내는 마차에 매달리다시피 했다. 두 손으로 마차를 움켜쥔 채 마차 밖으로 튀어 나갈 것처럼 요동치는 몸뚱이를 겨우 붙들었다.

죽자고 막무가내로 몰아가니, 말도 쓰러질 판이었고, 마차도 부서질 판이었으며, 두 사내도 속이 뒤집혔다. 사마청은 참다못해 공노에게 외쳤다.

"노, 노야! 이제 마차는 그만 저희가 몰아도!"

"시끄럽다! 혀 깨물기 전에 얌전히 앉아나 있어!"

공노는 빽 소리를 질렀다. 말이 끝나기가 무섭게 마차 바퀴가 돌부리에 걸려서는 크게 들썩거렸다. 축대가 부러지지나 않으면 다행일 정도였다. 놀란 소리가 터지고, 부랴부랴 몸을 가눌 새, 공노는 오직 길 끝만 노려보았다. 노인의 눈가에 가득한 것은 다급한 심사뿐이었다.

오래도록 매달려온 숙원, 그 실마리를 잡은 마당에 지체할 이유는 아무것도 없었다. 공노는 홱 고개를 돌렸다. 하얀 자위가 번들거리며 기이한 빛을 발했다.

"그래, 놈은 어디에 있다더냐!"

"예, 예!"

산서에서 하남으로 넘어가는 지명이었다. 그곳은 다행하게도 노인이 미친 듯이 말 달리는 낙양에서 그리 멀지 않았다. 그러나 반대로 소림파의 근거지라 할 수 있는 하남이었다. 천룡문이 뚜렷하게 새겨진 마차가 앞 뒤 없이 내달리기에는 부담이 적지 않건만, 그것을 아는지 모르는지, 노인은 그저 달리는 말에 박차를 가할 뿐이었다.

천룡문의 마차는 급기야 마을 안으로 우당탕 뛰어들었다. 그 서슬에 놀란 소리가 마구 터졌다. 사람이 가득한 번화한 마을이 아니기에 망정이다.

"노, 노야! 노야!"

"에이잇! 시끄럽다!"

마차 뒤에서 이충도가 자꾸 외쳐댔지만, 공노는 돌아보지도 않았다. 사마청은 아예 다 포기한 사람처럼 눈을 꼭 감았다. 다만, 마차 벽을 움켜쥔 손에 더욱 힘을 주었을 뿐이었다. 여차하면 마차 밖으로 몸을 날려야 할지도 몰랐다. 최악의 상황까지 각오한 바였다.

"흐랏차차."

공노는 돌연 앙상한 손에 힘을 잔뜩 주어서 고삐를 잡아당겼다. 다섯 마리 말이 고개를 마구 흔들어대면서 바빴던 말발굽을 간신히 멈췄다. 발굽이 흙바닥을 긁으면서 뽀얗게 먼지가 치솟았다. 광란이라고밖에 할 수 없는 질주가 이제야 멈췄다. 사방이 고요했다. 미친 듯이 내달리는 마차의 질주에 가까이에 있던 마을 사람들은 진즉 놀라서 사방으로 흩어진 다음이었기 때문이다. 말발굽과 바퀴에 크게 일었던 흙먼지가 뒤늦게 불어와 가만히 서 있는 마차를 뒤덮었다.

공노는 먼지를 옴팡 뒤집어쓰고 있어서 영락없는 빈촌 촌노의 꼴이었다. 그는 앉은 흙먼지는 털어낼 생각도 하지 못하고, 번뜩이는 눈초리로 사방을 두리번거렸다. 그런데 등 뒤에서 낮은 소음이 울렸다. 끼익, 끼긱거리는데, 무슨 소리인지 몰라 공노와 두 사내는 두리번거렸다. 그때였다. 쿵! 소리와 함께 급기야 마차가 내려앉았다. 좌우의 바퀴가 그대로 떨어져 나가고, 내려앉는 통에 마차의 한가운데가 우지끈하고 부서졌다. 말들이 갑작스러운 일에 놀라서 울었지만, 그렇다고 날뛰지는 않았다. 마차는 삽시간에 박살 나서 엉망이었다. 그저 말을 매어놓은 가로대나 멀쩡할 뿐이었다.

"으윽, 아이고, 아이고."

내려앉은 마차의 잔해 속에서 앓는 소리가 절로 터졌다. 등이며, 허리며, 아프지 않은 곳이 없었다. 그런데 와중에도 공노는 허리를 꼿꼿이 세우고, 한 손으로는 다섯 마리의 말고삐를 움켜쥐고, 다른 손은 허리를 턱 짚고 있었다. 그는 휙 고개를 돌려서 날카로운 눈으로 기어 나오다시피하는 두 사내를 노려보았다.

"무슨 마차가 이렇게 약해. 네놈들 제대로 관리를 하지 않는 게냐?"

"관리를 않다니요."

이런 억울할 데가 있나. 공노처럼 마차를 몰아서야 어느 마차가 멀쩡할까. 강철로 마차를 만들어도 배겨낼 재간이 없을 터였다. 예까지 와서 부서진 것만도 대단하다면, 대단한 일일진대. 공노는 그런 사정은 전혀 개의치 않았다. 그는 이내 고개를 홱 돌리고, 주변을 두리번거렸다.

"뭐, 좋다. 여하간에 그놈의 자식은 대체 어디에 있는 게야?"

"예, 노야. 이곳으로 말할 것 같으면. 헙!"

소림파에서 유력한 속가무문인 백학당에 대해서 막 입을 열고자 하는 데, 그는 손을 들어 말을 막았다. 백학(白鶴)인지, 소작(少雀)인지 알 바 없다. 그에게 중요한 것일랑, 낙수부주를 해한 자객불원의 행방뿐이었다.

백학당이라고 적힌 간판은 수십 년 세월의 흔적이 고스란했다. 아무리 소림파가 크게 번성하였다는 하남 땅이라고 하여도, 그들 간의 세 겨룸이란 것이 있기 마련이었다. 더구나 속가의 어디 출신이냐는 것도 한몫을 했다. 그런 면에서 백학당은 제법 융성했다. 백학당이라는 이름을 내건 것은 이제 이대에 지나지 않았으나, 그들은 소림사의 속가로서 다섯 대 동안 무맥을 이어온 가문이었다. 소림오

권 중에서 학권을 특히 연마하여서 독문의 절기인 백학권을 이루어내어, 속가 중의 일문으로 발돋움한 바였다.

그곳으로 공노가 불쑥 고개를 들이밀었다. 크지 않은 정문이었지만, 활짝 열어놓아 들어가는 사람, 나가는 사람을 따로 구분 짓지 않고 있었다. 그런 만큼 각계각층의 사람이 스스럼없이 드나들었다.

"흐음, 이런 곳이란 말이지."

"어르신께서는 어떤 용무로 본당을 찾으셨는지요?"

공노가 주변을 두리번거리며 들어서자, 굵직한 인상의 사내가 다가와 물었다. 그는 백학당의 문지기로 딴에는 친절을 보일 생각이었지만, 공노는 뒤로 고개를 빼고 사내의 위아래를 찬찬히 살폈다. 고약하게 생긴 노인네가 눈초리도 사뭇 험악하게 한 채, 빤히 보고 있으니. 나선 사내는 영 머쓱한 얼굴로 주춤거렸다.

"여기에 권야인지, 염마도인지 하는 놈들이 있다지?"

"예?"

"가서, 당장 기어나오라고 해."

"어르신, 어인 말씀이신지."

"아아, 다 알고 왔으니까. 허튼소리는 필요 없다. 어서 그놈들을 불러와라."

공노는 귀찮다는 듯이 손사래를 치고는 이내 뒷짐을 진

채, 백학당을 두리번거렸다. 실로 사람을 안중에 두지 않는 모습이라. 사내는 영 떨떠름한 얼굴로 머뭇거렸다.

주저하는 꼬락서니가 역시 못마땅한지라. 공노는 급기야 사내를 밀치고서 성큼성큼 안으로 들어섰다.

"에이잉!"

"어엇, 어, 어르신!"

비록 한촌에 자리하고 있다고 하지만, 백학당은 나름의 규모가 있는 무파라, 한쪽에서는 외부손님들이 머무는 전각이 있었고, 다른 쪽에서는 고용인들 여럿이 부단하게 움직이고 있었다. 그네들은 문가의 소란함에 잠시 일손을 멈추고 고개를 돌렸다. 공노는 모난 눈초리로 주변을 둘러보고는 대뜸 발을 구르며 버럭 외쳤다.

"권야, 염마도는 당장 나서지 못할까!"

호통에 전각의 들보가 들썩이고, 올린 기왓장이 덜그럭거릴 정도였다. 노인의 고령을 헤아리면 실로 놀라운 경지, 화들짝 놀라서 자리에 있는 사람들은 어떻게 반응하면 좋을지 몰랐다. 공노를 붙잡으려던 문지기 사내는 질린 낯으로 아예 주저앉아버렸다.

이게 무슨 변고란 말인가.

공노의 일갈은 짜증을 솔직하게 담고서 멀리, 멀리 퍼져나갔다. 당연하게도 백학당 내전에까지 이르렀다. 백학당주, 배관걸은 소리에 놀라 자리를 박차고 나섰다.

"아니, 이게 대관절 무슨 소리인가?"

"외적이 침습한 것 아니겠습니까, 당주."

"허튼소리 마시게. 하남에서 외적은 무슨 놈의 외적이란 말인가."

배관걸은 수하의 급한 말에 퍼뜩 안색을 굳혔다. 한 다리를 건너면 멀든 가깝든 사승관계로 얽혀 있는 것이 하남 무림이었다. 정도의 차이가 있어도 온전히 소림파의 영향 아래에 있기 때문인데. 먼저 말을 꺼낸 사내도 제가 한 말에 머쓱하여서 고개를 숙였다. 그러나 우선 변고가 생긴 것은 분명한 일이었다.

"이러고 있을 게 아니지. 어서 나가보세. 행여 일이 험해질 수도 있는 일이니."

배관걸은 서둘러서 자리를 나섰다. 우당탕 사방에서 급한 소리가 울렸다. 백학당의 제자들도 크게 분주했다. 일사불란하니, 평소 가르침이 헛되지 않은 모양이었다. 적어도 우왕좌왕하며 어찌할 바를 몰라 하는 것보다는 백배 나은 모습이다.

그렇게 백학당의 주인을 비롯한 뭇 제자들이 앞마당으로 달려 나와서 보니, 그들 앞에 선 것은 삐쭉 말라붙은 노인 하나였다. 그렇지 않아도 험악한 인상의 노인은 흉흉한 기세를 잔뜩 드러내면서 눈을 부라렸다.

"아니, 나오라는 것들은 아니 나오고 이게 무슨 잔챙이들이야?"

공노는 이를 드러내며 우물거렸다.

배관걸은 일단 마른침을 삼켰다. 척 보기에도 녹록하지 않은 모습이다. 자고로 강호에서 이르기를 어린아이와 여인, 그리고 늙은이를 조심하라지 않던가. 특히 늙고 괴팍한 고수라면 으뜸으로 기피해야 할 대상이었다. 그는 주변 제자들에게 눈짓하여서 자중시키고는, 조심스럽게 앞으로 나섰다.

"미거하나마 백학당을 이끌고 있는 배관걸이라 합니다. 노선배께서는 어인 용무로 본 당을 찾으셨는지요."

"여기 집주인이더냐? 빨리도 나왔구나."

"예, 노선배."

거침없는 태도는 실로 거슬렸다. 그러나 배관걸은 마냥 신중했다.

"여기에 있다는 것을 다 알고 왔어. 그러니 너는 다른 수작 할 것 없다."

"수작을 부리자는 것이 아니오라."

배관걸은 도무지 당혹감을 감출 수가 없었다. 백학당이 온통 들썩거릴 정도로 부르짖은 권야, 염마도의 이름이 그

에게는 영 금시초문인 까닭이었다. 그는 부랴부랴 고개를
돌려서 총관을 찾았다. 아무래도 백학당을 드나드는 사람
을 그래도 모두 헤아릴 수 있는 사람은 그뿐이었다.

"저분이 말하는 사람이 본 당을 찾기는 한 것인가?"

"그, 그것이."

총관은 얼굴이 새파랗게 질린 채, 말을 더듬었다. 아닌
게 아니라, 노인이 내놓으라 난리를 칠 때부터 샅샅이 뒤
졌지만, 권야, 염마도의 이름을 찾을 수는 없었다.

외부에서 소림파 동문이라고 하룻밤을 청한 사람이 지난
사흘 동안에 열다섯이었다. 그중에 여러 이름이 있었지만,
적어도 권야, 염마도라고 자신을 밝힌 사람은 없었다. 난
처한 기색에 배관걸은 혀를 찼다.

"어허, 이런."

배관걸의 선 굵은 얼굴이 차츰 붉게 달았다. 보아하니,
노기인은 자초지종을 조금도 듣지 않을 모양이다. 그렇다
고 비록 허울뿐이라지만, 동문의 정으로 하룻밤을 청한 이
들을 그대로 내어다 바칠 수도 없다. 배관걸은 어두운 눈
으로 공노를 돌아보았다. 공노는 눈을 한껏 부라리면서 흉
한 기세를 고스란히 드러냈다. 노인의 두 발이 밟은 자리
가 서서히 갈라지고, 일어나는 먼지가 채 일어나기도 전에
흩어졌다. 배관걸은 물론이거니와 백학당의 누구도 흉내조

차 낼 수 없는 경지였다. 마치 허튼 생각하지 말라고 하는 듯했다. 그러나 어쩌겠는가.

배관걸은 질끈 입술을 깨물었다.

"어쩔 수 없지."

"오호, 그 눈매는 뭐냐? 너희 것들이 지금 내 뜻을 거스르겠다는 것이더냐?"

공노는 히쭉 웃었다. 배관걸은 더는 예의를 차리지 않았다. 다만, 두 주먹을 굳게 움켜쥐었다. 공노의 음산한 웃음이 백학당 구석구석으로 퍼져갔다.

백학당은 좌우로 여러 채의 객사를 따로 마련해놓고 있었다. 꼭 소림파의 동문이 아니더라도 배관걸의 인품 덕에 찾는 이가 많은 까닭이었다. 그중 한 객방에서 소명과 위지백이 침상 위에 기절하듯 쓰러져 있었다. 두 사람은 밤을 하얗게 지새워가며 달려와서, 한 새벽에야 백학당에 닿은 참이었다. 백학당에서는 또 소림파 동문이라면 밤낮을 굳이 가리지 않는 덕분에, 번듯한 객방의 신세를 질 수가 있었다. 아직도 한참은 달게 잘 듯한데, 문득 들려오는 소란에 두 사람은 누가 먼저랄 것도 없이 고개를 들었다.

"으음? 뭐야?"

위지백은 졸린 눈으로 목 아래를 긁적거렸다. 문밖에서

소란한 것이 어쩐지 심상치 않았다. 멀리서 무슨 악다구니를 쓰는 데, 권야가 어쩌고, 염마도가 어쩌고 했다. 잠시 귀 기울이니, 어째 심상치가 않다. 두 사람은 멍한 눈으로 서로 바라보았다.

"그때 그놈들인가? 천룡이 어쩌고 하는 걸 보니."

"이런."

소명은 입매를 찌푸렸다. 대단하기는 대단하다. 여기는 또 어찌 알고 쫓아왔다는 것인지. 그는 고개를 내저으며 몸을 일으켰다. 새벽녘에 먼지만 대충 털고 그대로 뻗은 덕분에 굳이 옷가지를 챙길 것도 없었다. 위지백도 몽롱한 얼굴이지만, 무광도를 움켜쥐고 자리에서 일어섰다.

"그래, 그놈의 천룡이 대체 얼마나 잘난 이름인지 내 한번 봐야겠다."

위지백은 히죽 웃으며 중얼거렸다. 딱히 기세를 드러낸 것도 아니건만, 무광도가 나직이 울었다. 소명은 피식 헛웃음을 흘리고는 방문을 벌컥 열었다. 한낮의 햇볕이 따갑게 쏟아졌다. 그런데 높은 담 위로 퍼뜩 시커먼 그림자 하나가 드높이 솟구쳤다. 대뜸 비명이 귀를 찔렀다.

"으악! 아이고, 아야!"

그림자는 마구 버둥거릴 뿐, 제대로 몸을 가누지 못했다. 딱 보기에도 크게 다칠 판국이다.

"쯧!"

소명은 짧게나마 혀를 차고, 바로 문지방을 박차고 나섰다. 그는 한달음에 달려가 능숙하게 손을 내밀었다. 높이 솟구쳤다가 뚝 떨어지는 사내는 못해도 수백 근에 달할 듯한 덩치였다. 그는 몸을 가눌 수가 없어, 딱 죽었구나 싶었다. 눈을 질끈 감고는 바짝 긴장하여서 한껏 움츠러들었다. 그런데 한참이 지나도록 아무런 소식이 없다.

"으잉?"

사내는 가만히 실눈을 뜨고 주변을 두리번거렸다. 설마하니 아직도 떨어지는 중인가. 그는 낯선 사내가 한 손으로 자신을 받치고 있음을 이제야 알았다.

"어, 어어."

지금 상황을 어떻게 받아들여야 할지, 사내로서는 어안이 벙벙할 따름이었다. 눈 깜빡거릴 새, 소명은 사내를 조심스럽게 땅에 내려놓았다. 그는 나한십팔수를 유려하게 펼쳐서 사내가 떨어지는 힘을 고스란히 흘려내고, 그의 몸을 너끈히 지탱했다. 사내는 두 발이 땅에 닿기가 무섭게 흐느적 주저앉았다. 넋을 잃은 얼굴이었다.

"괜찮으시오?"

"지금 무슨 일이 있었던 겁니까?"

"그야, 이쪽이 물을 말이 아니겠소."

소명은 멍청하게 묻는 사내에게 피식 웃으며 되물었다. 사내는 느릿하게 눈을 끔뻑거렸다. 제 몸이 멀쩡한 것이 아무래도 모르겠다는 투였다. 소명은 그가 정신 차리기를 딱히 기다려 주지 않았다. 다만, 사내의 바위 같은 어깨를 다독여주고서 허리를 세웠다. 위지백이 옆을 지나치며 던지듯이 말을 건넸다.

"좋아, 간만에 난리 한번 쳐볼까."

그리고 두 사람은 백학당의 앞마당으로 바로 향했다. 덩그러니 남은 사내는 한참이고 눈을 끔뻑거렸다.

소명은 그곳 모습을 눈에 담기가 무섭게 한숨을 푹 내뱉었다. 위지백은 졸린 기색을 떨치고서 히죽 웃었다. 고작해야 높은 담 하나를 지났을 뿐인데, 그곳은 엉망진창이었다. 한 새벽에 들어섰을 때만 하여도 멀쩡했던 돌바닥이 여기저기 엉망으로 깨졌고, 그 자리에는 어김없이 사람이 처박혀 있었다. 전부 백학당의 제자들이었다. 그리고 한복판에는 앙상한 노인이 보란 듯 고개를 빳빳이 들고 서 있었고, 노인 앞에는 두 무인이 있었다. 이미 안면이 있는 얼굴이었다. 사마청과 이충도, 두 사내는 짐짓 민망한 기색이었다. 제대로 천룡의 이름을 밝히지도 않은 채, 여느 무뢰배인 양 무작정 용력을 드러내는 꼴이었다. 그렇다고 손을 쓰는 데에 주저함은 없었다. 그나마 살수를 쓰지 않은 것만으로도 나름의 배려라 할 터였다. 쓰러진 백학당 제자 중 적어도 죽을 지경에 처한 이는 없었다.

"그렇지, 그래."

위지백은 무광도를 더듬으며 중얼거렸다. 그때에 못한 칼부림, 오늘에 시원하게 풀어보게 생겼다. 기대감이 이는 모양인지, 위지백은 저도 모르게 입을 벌려 히죽 웃었다. 졸린 낯짝이 손바닥 뒤집는 것처럼 확 달라지니.

"저기 두 놈은 내가 맡지."

"음, 저 노인네는 아무래도 나한테 볼일이 있는 모양이니."

소명은 성질 사나워 보이는 노인을 바라보며 고개를 끄덕였다. 그리고 남은 백학당 제자들을 향해 고개를 돌렸다.

한쪽으로 밀려난 백학당 제자들의 앞에서 백학당주 배관걸은 억지로 자리를 버티고 있었다. 비틀린 입술 사이로 신음이 흘렀다. 몸을 가누는 것만도 힘겨웠다. 노인의 막무가내는 그와 백학당으로서는 어떻게 감당할 수 있는 것이 아니었다. 백학이 날갯짓하기도 전에 일장의 경력에 속절없이 나가떨어지고 말았다. 동시에 제자들이 분연하여서 달려들었지만, 그들은 노인도 아니고, 노인을 수행하는 두 무인에게 당하여서 지금의 꼴이었다.

"이럴, 이럴 수가 있나."

참담하기 그지없었다. 작다고는 하지만, 그래도 내실을 기해 왔다고 여겼건만, 이렇게까지 손 쓸 틈도 없이 당할 줄이야. 배관걸의 무릎이 흔들렸다. 그대로 주저앉을 듯했지만, 그래도 일문의 당주로서 손쉽게 무릎 꿇을 수야 없었다. 악착같이 버티는데, 홀연 낯선 손길이 위태한 그의 어깨를 부축했다.

"잠시 숨을 돌리십시오."

"음! 누구?"

기억에 없는 목소리는 차분했다. 배관걸은 당연하게도 크게 당황했으나, 미처 고개 돌릴 새가 없었다. 칼 한 자루를 어깨에 걸친 사내가 그를 지나쳐, 성큼성큼 나섰다.

"칼? 그럼, 염마도가?"

"예, 저 녀석의 이명(異名)이지요."

배관걸은 얼떨떨한 얼굴로 고개를 돌렸다. 햇빛이 머리 뒤에 있어서 부축한 사내의 이목구비가 그늘에 가렸지만, 입가에 맺힌 쓴웃음은 볼 수가 있었다.

"허면, 그대가 권야이신가?"

"죄송합니다. 저희 때문에 괜한 욕을 보셨습니다."

"괜한 욕이라니. 동문을 지키는 것은 당연한 일일세."

배관걸은 창백한 낯이라도 두 눈에 잔뜩 힘을 주었다. 원망의 기색은 추호도 없었다. 그 단호함 앞에 소명은 정중하게 고개를 숙였다. 이를 허세라 할 수는 없는 노릇이다.

"그렇군요. 배려에 감사드립니다. 당주."

"아니, 무얼."

배관걸은 선선히 고개 숙이는 모습에 잠시 머쓱했다. 소명은 그리고 앞으로 나섰다. 차분한 기색은 그대로였으나, 얼굴 가린 앞 머리카락이 흔들릴 때마다 서슬 퍼런 눈빛이 번뜩였다.

소명은 먼저 나선 위지백과 어깨를 나란히 했다. 남은 백학당 제자들이 빤히 바라보았다. 괴물 같은 노인이 그렇게 부르짖던 권야, 염마도가 여기 두 사람인가, 놀란 눈초리들이었다.

"흐, 흐흐."

위지백은 이를 드러내며 웃었다. 마주한 사마청과 이충도는 그 웃음이 크게 거슬렸다. 딱히 비웃거나, 조롱하는 기색은 아니었으나, 괜스레 마음 쓰이게는 하는 무엇이 있었다.

'마치 어린아이 재롱이라도 보고 있는 것 같군.'

사마청은 언뜻 떠오른 바를 굳이 입 밖으로 내지는 않았다. 그는 잠시 헛기침을 흘렸다. 비록 좋은 상황이라 할 수는 없었으나, 마주한 것만으로도 목적은 달성한 셈이라. 그는 소명이 나서는 것을 확인하고, 두 손을 맞잡았다.

"크흠, 이렇게 두 분을 다시 뵙게 되니."

"어허, 조무래기들은 나서지 마라."

위지백이 말을 끊었다. 조무래기 소리에 이충도가 험악하게 얼굴을 일그러뜨렸다. 그러자 위지백은 기다렸다는 듯이 무광도를 천천히 뽑았다.

"너희는 나랑 어울리자고."

"아니, 잠시만. 굳이 그럴 이유가."

"이 난장판을 벌여놓고는 이유가 없기는."

무광도가 칼날을 드러내는 순간, 뚜렷한 살기가 일었다. 노골적인 기세에 이충도가 불끈하여서 버럭 노성을 터뜨렸다.

"천룡의 이름을 너무 무시하시는구려! 염마도!"

"그래, 너희는 서장 무림을 너무 무시하고 말이야."

"그, 그런 것이 아니라."

위지백은 유들거리며 다가섰다. 오죽이나 우스웠으면, 백학당을 이토록 난장판으로 만들어 놓았을까. 위지백은 살기를 고스란히 드러내며 번뜩이는 무광도를 곧게 뻗었다. 더는 말로 하지 않겠다는 뜻이 분명했다.

"이런!"

사마청과 이충도는 짧게 혀를 차며, 각자 공력을 끌어올렸다. 백학당 제자들을 상대할 때와는 전혀 다른 기세가 올올이 일어섰다. 권야, 염마도를 어찌하겠다는 것은 아니나, 손 놓고 당할 수야 없는 노릇이다. 두 사람 또한 강호의 무인이며, 천룡의 가인이니.

사마청은 한 자루 장검을 날래게 뽑아 들었고, 이충도는 불끈 두 주먹을 단단히 움켜쥐었다. 검과 권의 합격이다.

"흐압!"

선후를 양보할 것 없이, 이충도가 대번에 땅을 박찼다. 일성과 더불어 파고드는 권력이 사뭇 묵직했다. 아울러 주먹 끝에서 심상치 않은 울음이 터졌다. 먼 구름에서 천둥이 울리는 듯했다. 뒤로 사마청이 검을 들고 달려들었다. 요동치는 검첨이 바람을 거침없이 찢었다. 울리는 소리가 날카롭다. 그래도 위지백의 무광도는 중정을 지킨 채, 미동도 없었다. 일순 위지백은 눈을 치떴다. 뻗은 무광도를 뒤집는 것과 동시에 막대한 도경이 일었다. 주변의 흙먼지를 죄 끌어당기며 드높이 솟구쳤다. 그리고 사마청과 이충도를 덥석 집어삼켰다. 아무리 칼바람에 익숙한 무인이라도 이것은 상상도 못한 일이었다.

"으하하하하!"

그 속에서 시원한 웃음이 터졌다.

일어난 도경에 둘이 휩쓸려서 악전고투(惡戰苦鬪)할 새, 소명은 공노를 빤히 보았다. 가까이서 일어나는 소란도 두 노소에게는 전혀 닿지 않는 듯했다. 공노는 묘한 눈으로 일어난 흙먼지를 슬쩍 보았다.

"허어, 발심도룡(發心刀龍)이라."

일도의 한 수를 알아본 것이다. 뜻밖일 법도 하려나, 소명은 마음 쓰지 않았다. 그는 인사 차릴 것도 없이 말문을 열었다.

"보아하니, 높으신 분 같으신데."

"그래, 그렇지. 네놈이 직접 보러 오라 하지 않았더냐. 그래서 이렇게 왔다."

"흠, 천룡의 높은 분이라는 것이 그래 노인장인 모양이구려."

"그렇다. 권야라 하여 그저 이름 좀 알려진 자라 여겼거늘. 그도 아니구나. 그래, 너 이름이 어떻게 되느냐?"

"소림 속가, 소명이오."

"소림? 소림에서 너 같이 막돼먹은 놈이 나왔다고?"

"만났으니, 어디 한번 들어나 봅시다. 무슨 볼일이라고 이렇게 행패까지 부리면서 찾는 게요."

소명은 영 삐딱한 태도로 말했다. 그의 눈에 비친 천룡세가의 행적은 영 마뜩잖았다. 힘이 있다고 제멋대로 구는 꼴이라니. 그것도 하남에서 소림파 속가를 건드린 것이 무엇보다 성에 차지 않았다. 공노는 이미 적의를 품은 소명의 눈치에 나직이 혀를 찼다.

'에잉, 뻣뻣한 놈. 그래도 그렇지, 저런 눈깔을 할 것은 또 뭐야.'

공노는 없는 잇새로 불만을 구시렁거렸다. 그러고는 다시 생각해도 울컥하여서는 그만 버럭 언성을 높였다.

"아니, 이놈아! 내가 살아도 네놈보다 배는 더 살았다. 그렇게 모가지가 뻣뻣해야겠느냐!"

"흠, 노인장께서 객으로서 백학당에 들었다면야 마땅히 예를 갖추겠소이다. 헌데, 이런 난장판을 만들어놓고는 무슨 웃어른 대접을 바란단 말이오?"

내지른 일성에 돌담이 들썩거렸지만, 소명은 조금도 주저 없이 말했다. 착 가라앉은 목소리가 더욱 위압적이었다. 무엇보다 틀린 말이 아니다. 위세를 앞세워서 막무가내로 다그친 것은 사실이니.

"에이이잉!"

못마땅하기 그지없어, 공노는 입매를 마구 우물거리다가 결국 싫은 소리를 길게 내뱉었다. 여기서 마냥 입씨름할 때가 아니다. 공노는 헛기침을 흘리며 고개를 돌렸다.

노인의 모난 눈길이 소명의 뒤에 주저앉은 배관걸을 향했다.

"커흠, 커흠, 이 늙은이가 잘못했네. 미안하구먼. 거기 보시게. 배가라 하였나?"

"예? 예."

겨우 정신을 수습한 배관걸이 부르는 목소리에 더듬더듬 고개를 끄덕였다. 가까운 곳에서 괴성이 터지면서 소란이 일었지만, 노인의 목소리는 똑똑히 귓가에 꽂혔다. 공노는 콧잔등을 한껏 일그러뜨렸지만, 그래도 선선히 고개를 숙였다.

"미안하네. 늙은이가 성질머리가 급해서, 이렇게 소란을 일으켰구먼."

"그, 그것이."

생각지도 못한 일이었다. 괴팍한 노고수가 머리까지 숙이며 사과하니. 배관걸은 그만 머쓱해서 어색하게라도 웃음을 지었다. 소명은 한 걸음 떨어진 채, 그 모습을 물끄러미 보았다. 공노는 소명을 돌아보며 한층 가라앉은 목소리로 말했다.

"이제 이 늙은이에게 시간 좀 내주겠나?"

"그렇게 하지요."

소명도 한결 누그러진 모습으로 고개를 끄덕였다. 뒤에

서는 계속해서 쾌활한 웃음과 더불어 고성이 터졌다. 위지
백이 천룡의 두 무인과 어울린답시고 모처럼 힘을 쓰는 탓
이었다.

"하하하! 뭐야, 좀 더 힘을 써 봐!"

"이익! 이 미친!"

백학당주가 부랴부랴 자리를 내준 덕분에, 사방이 조용
한 후원의 정자에서 소명과 공노는 마주했다. 위지백은 귀
찮다고 객방으로 휑하니 돌아가 버리고, 공노를 수행하는
두 사내도 노인의 타박에 자리를 피하여서, 다른 인적은
없었다. 마른하늘에 흐린 구름이 느릿하게 흘러갔고, 햇
볕은 따갑게 쏟아졌다. 후원의 정원수와 수풀은 잔뜩 숨이
죽어서 축 늘어져 있었다. 소명은 정자에 마련한 돌의자에
앉아서, 환한 바깥 모습을 물끄러미 바라보았다. 그러고
있으려니, 허송세월이 따로 없다. 소명은 이내 고개를 내
젓고 마주 앉은 공노를 흘겨보았다.

"도대체 뭐하자는 겁니까?"

목소리에 날이 섰다. 공노는 자리에 앉은 다음에 다른
말은 하지 않고, 소명을 뚫어질 듯이 바라만 보고 있었다.
노인은 소명의 한소리에 잠시 눈을 들더니, 곧 조심스럽게
말했다.

"자네, 머리카락 좀 걷어보면 안 되겠나?"

"별로 안 급하고, 안 중요한 일이신가 봅니다."

화급하고, 어쩌고, 중차대하고 어쩌고 온갖 설레발을 하더니만, 기껏 한다는 말이 머리카락 운운이다. 소명으로서는 자연히 목소리가 곱게 나가지 않았다. 공노는 커흠거리며 괜한 헛기침을 흘렸다.

"뭐, 그건 아닐세. 내가 자네를 보자고 한 것은 말일세. 이걸 어디부터 말해야 하나."

공노는 어울리지 않게도 차분하게 말을 골랐다. 평소 성질머리라면 이렇게 저렇게 설명할 것도 없겠지만, 성질이 통할 상대도 아니었고, 처지도 아니었다.

소명은 입을 꾹 다문 채, 공노의 말에 귀 기울였다. 노인은 낙양의 유서 깊은 살수집단, 낙수부의 주인을 알았다. 그의 죽음에 관한 행적으로 소명을 찾았고, 그의 공력에 대해서 물었다.

"그러한 사정이 있네. 낙수부주를 해한 그 공력, 대체 어디서 터득한 것인가?"

공노는 야윈 눈동자를 크게 뜨고는 소명의 위아래를 살폈다. 소명은 무표정하게 있다가, 차츰 입매를 일그러뜨렸다. 공노는 그 서슬에 괜스레 마른 어깨를 들썩거렸다. 이거야 좋은 소리가 아니 나오겠다 싶었다. 소명은 당연하게도 입매를 비틀었다. 공노는 솔직하게 밝히지 않았다. 낙수부주를 죽음에 이르게 한 공력을 어찌 찾는지, 그 이유는 쏙 빼어놓고서는 자신에게 답을 구하고 있다. 하기야 소명이 굳이 관심 가질 바도 아니었다. 그는 잠시 조용하다가, 곧 차분한 목소리로 입을 열었다.

"낙수부주, 그의 죽음을 직접 보셨다니. 그 말은 곧 그날의 배후가 그쪽이란 말씀이구려."

"응?"

공노는 답은 않고, 삐죽하게 자란 허연 두 눈썹을 치켜들었다. 그날의 배후라니, 무슨 말인가. 공노는 낙수부주가 죽었다는 것과 그가 마지막으로 상대한 자가 자객불원이라 불린다는 것밖에는 알지 못했다. 다른 일은 천룡세가의 둘째 소천룡이 하는 일이니. 일단은 작은 주인이라고 하나, 공노는 별반 신경을 쓰지 않았다. 그러나 그것은 공노의 입장이었고, 소명의 입장은 영 딴판이었다.

"낙양 땅에서는 그렇게 죽이려 들더니만, 이제 와 도움을 달라. 그것도 이런 식으로 말이오? 참으로 대단하시구려, 천룡이라는 이름은."

소명은 싸늘하게 쏘아붙였다. 어지간한 인물이라면, 이 판국에 무슨 말을 할 수 있을까. 그러나 공노는 어지간한 인물이 아니었다. 그는 코웃음을 치더니, 이내 싸늘하게 소리쳤다.

"허! 내 백 년 내에 내 앞에서 이렇게 뻣뻣한 종자는 처음 보는구나!"

"지난 십 년 내에, 이렇게까지 멋대로인 경우도 처음 당합니다."

"뭐, 뭐얏!"

기죽기는커녕 더욱 싸늘하게 쏘아붙인다. 공노는 노하여서 빽 소리쳤지만, 그뿐이었다. 어이가 없어 노할 기운조차 잃었다. 아무리 강호도상에 모습을 감춘 세월이 목하 수십 년이라 하지만, 무려 일백 년 전 일대괴걸, 공중산의 이름은 아직 저물지 않았다. 그럼에도 이리 당당한 모습이라니. 그렇지 않아도 흉험한 얼굴을 한층 기괴하게 일그러뜨린 채, 소명의 얼굴을 빤히 바라보았다. 공노는 마냥 기가 찼다. 소명은 그러나 더 대거리할 마음이 없었다. 그는 자리에서 벌떡 일어났다.

"용무는 여기까지인가 봅니다. 이만 실례하겠소. 공 노선배."

"이잉? 아니, 잠깐, 잠깐!"

공노는 화들짝 놀랐다. 이렇게 단박에 잘라 버릴 줄이야. 급한 마음에 손을 뻗었다. 앙상한 손끝이 그림자보다 앞서서 움직였다. 그대로 소명의 맥문을 제압하려 들었다.

급한 마음에 절기를 펼쳤는데, 노인의 손이 잡아챈 것은 아무것도 없는 허공에 불과했다. 뚜렷한 보신경을 펼친 것도 아닌데, 공노의 손에서 벗어난 것이다.

공노는 빈 허공을 움켜쥔 채, 눈을 끔뻑거렸다. 그는 마치 못 볼 것을 본 사람처럼 말을 잃었다. 소명은 그 사이 후원의 문을 지났다.

"아니, 지금. 지금 그건."

한순간의 흔들림이 당년에 이매추영수(魑魅追影手)라고까지 불린 손속을 무위로 돌렸다. 이제껏 공노의 긴 세월 중에 이렇게 간단히 헛손질한 것은 두 번째였다.

"저놈이 당년의 가주와 비등하다는 건가?"

신음처럼 중얼거렸다. 늙어 자신의 손끝이 무뎌졌다고는 전혀 생각하지 않는 모양이었다.

공노와 두 무사는 얻은 바 없이 빈손으로 백학당을 떠날 수밖에 없었다. 더욱 붙잡고 우겨대기에는 소명, 위지백은 간단하지 않은 상대였다. 더구나 공노는 무슨 영문인지 크게 심란하여서 굳이 고집하지도 않았다. 그리 다그칠 때와는 영 딴판이었다. 잠자코 백학당을 나서는데, 그 모습은 처량하기보다는 못내 기이했다. 백학당 제자들과 식객들은 입을 굳게 다문 채, 떠나는 모습을 바라보았다. 이후에 그들의 눈초리는 소명에게로 향했다.

도대체 정체가 무어란 말인가. 권야와 염마도라 하는데, 하남 무림에서는 크게 들은 바가 없는 이름이었다. 금시초문이기는 당주 배관걸도 마찬가지였으나, 그는 굳이 따지지 않았다.

"도움에 감사드리오."

"아니, 도움이라니요. 이날의 화는 온전히 저희 때문이니. 죄송할 따름입니다."

"허허, 그런 말 마시오. 비록 구석진 곳의 작은 무문이라고 하지만, 그래도 소림파의 일문. 언제든 일은 벌어지기 마련이지요. 허허, 그래도 천룡의 이름이 오르내릴 줄은 미처 몰랐지만 말이오."

배관걸은 정중히 고개 숙이는 소명의 모습에 손을 내저었다. 그는 아직 수그러들지 않은 웅심(雄心)을 드러내면서 애써 호탕하게 웃었다. 소림권에서 독문의 백학권을 이루어낸 권사요, 일당의 당주로서, 당연한 자존심이었다. 그러나 당한 내상이 바로 아물 수야 없는 노릇이다. 괜한 웃음에 그만 가슴이 울렸다.

"크윽!"

배관걸은 일순 움찔하며 이를 악물었다. 통증이 짜르르하고 울리면서 기껏 다독여놓은 기혈이 다시 들끓었으니.

이 무슨 미련한 짓인지. 그는 아무렇지도 않은 척 애써 허리를 세웠다. 그런데 마주하고 있던 소명이 어째서인지 슬그머니 고개를 돌렸다.

"우선은 몸을 살피시지요. 저는 그럼."

뭔가 민망한 모양인지 엉성하게 답하고는 후다닥 자리를 피했다. 배관걸은 이상하여서 눈살을 찌푸렸다.

"아니, 어찌하여?"

"스승님, 그만 닦으시지요. 피 흐릅니다."

보다 못해, 한 제자가 수건을 공손하게 내밀었다. 아닌 게 아니라, 입술 사이로 선홍의 핏물이 넘쳐서는 뚝뚝 떨어지고 있었다.

"아이쿠, 이런."

공노는 백학당의 정문을 무서운 눈으로 노려보았다. 제대로 솜씨를 보이기도 전에 이렇게 속절없이 밀려나고 말다니. 천룡의 이름을 내건 행사라면 이렇게 물러나서는 아니 되는 일이었다. 그러나 공노는 고개를 가로저었다.

"썩을."

잇새로 험한 말이 불끈 튀어나왔다. 사마청, 이충도는 면목이 없어 풀 죽은 모습으로 고개를 조아리고 있었다.

"노야, 어찌할까요?"

사마청이 고개 들어 물었다. 그 모습에 공노는 쯧, 혀를 찼다. 번듯한 얼굴은 온데간데없다. 얼룩덜룩한 데다가 울퉁불퉁하여서, 그야말로 사람 얼굴이 아니었다. 옆에 있는 이충도라고 별다를 것도 없었다. 위지백의 손속은 무자비했다. 일거에 기세를 몰아치더니, 제 속이 풀릴 때까지 계속 다그쳐대었으니. 굳이 따지면, 이렇게 엉망인 꼴임에도 내상 하나 당하지 않은 것이 오히려 용한 일이었다. 공노는 퉁명스럽게 되물었다.

　"그 꼴을 하고선, 어쩌긴 뭘 어째?"

　"양당이 도착하였으니."

　이충도가 조심스럽게 말했다. 아닌 게 아니라, 그들 뒤로는 이백 무인이 줄지어 있었다. 번뜩이는 눈매에 정광이 가득했다. 소명과 위지백의 길을 막아섰던 흑백양당의 무인들이었다. 그들은 한참 늦게 백학당에 닿은 참이었다. 이 정도 무력이라면 백학당을 제압하는 것은 여반장(如反掌)이나 다름없으려나. 돌아온 것은 공노의 코웃음이었다.

　"헹! 야, 야, 아서라. 아서."

　"허나, 노야,"

　공노는 터무니없다는 듯이 손을 흔들었다. 귀찮은 기색이 역력했다.

　"물론, 소림파와 전면전이 걱정되는 바는 아니나. 일이 일인 만큼."

"뭐? 소림파? 전면전? 우스운 소리 하지 마라. 이 정도
로는 너희 놈들 쥐어팬 칼잡이 한 놈 어쩌지 못해."

공노는 딱 잘라 말했다. 심드렁한 어조라 하나, 가벼운
말은 아니었다. 사마청, 이충도는 물론, 부복한 이백 무인
들이 퍼뜩 고개를 치켜들었다. 일견 모욕적인 언사려나,
다른 누구도 아닌 공노의 말이었다. 공노는 고개를 내저으
며 덧붙였다.

"몽상순천도는 그런 칼이야."

"몽상순천도?"

견문이 짧은 탓인지. 두 사람은 전혀 알아듣지 못했다.
공노는 의아한 둘을 남겨두고, 흑백양당이 몰아온 마차로
홱 들어가 버렸다. 뜻은 분명했다. 더 묻지도, 따지지도 말
라는 것이다. 또 어찌 고집할 수 있을까. 능력이 안 되는
것은 이미 보인 바이니. 이충도는 고개 숙인 채, 잇새가 부
러져나갈 듯이 턱에 잔뜩 힘을 주었다.

"복귀한다."

사마청은 의기소침하여서 나직이 말했다.

제5장
걸개대사(乞丐大事)

　누가 짐작이나 할 수 있을까. 일이 이렇게 돌아갈 수 있다는 것을. 갑작스럽다면 정말 갑작스러울 수밖에 없는 일이었다. 위지백은 한숨을 흘렸고, 소명은 두 손으로 머리를 감싸 쥐었다.

　두 사내는 아직 백학당의 객방에 앉아 있었다. 안채까지 내주려는 것을 겨우 만류하고서, 허름하더라도 하루나마 편히 쉬고자 하는 참이었다. 그러나 둘의 안색은 하염없이 어두워서 쉬는 사람의 낯이라고는 할 수가 없었다.

　"젠장."

골머리를 부여잡은 끝에 그만 앓는 소리가 흘렀다. 딱히 누군가를 향해서가 아니었다. 들은 소식이 문제였다. 천룡을 운운하는 이들이 물러가고 얼마 지나지 않아서, 흑선당에서 다급하게 전해온 소식이었다. 둘 앞에는 문제의 꼬깃꼬깃한 전서 한 통이 덩그러니 놓여 있었다. 내용은 이미 확인했다. 흑선당에서 다른 눈치를 보지 않고 전할 정도이니, 소식의 다급함은 헤아릴 만했다.

"일이 고약한데. 이제 어쩌냐?"

위지백이 착 가라앉은 목소리로 물었다. 그는 창틀에 걸터앉은 채, 눈살을 찌푸리고 있었다. 상황이 못내 고약했다. 소명은 다시금 한숨을 흘리면서 고개를 내저었다. 그는 자리에서 벌떡 일어났다.

"어쩌기는 뭘 어째. 일이 더 커지기 전에 붙잡아봐야지."

남쪽 끝에서 일어난 소식을 북쪽을 거쳐서 들었다. 시차가 얼마나 날지, 아무래도 헤아릴 수가 없었다. 그저 서두를 뿐이었다. 소명이 바로 자리를 박차고 나서자, 위지백도 부랴부랴 뒤를 따랐다. 짐이랄 것이라고는 달리 없어 가벼운 두 사람이었다. 걸음은 그만큼 가벼울 수밖에 없었다.

백학당주는 물론이고, 여러 문인과 식객들조차 소명과

위지백을 하루만이라도 붙잡고자 했지만, 더는 걸음을 지체할 수가 없었다. 소명은 정중히 마다할 수밖에 없었다. 백학당을 나서고 얼마나 내달렸을까. 소명은 불현듯 먼지 흩어지는 휑한 길목에서 우뚝 멈춰 섰다.

시든 수풀이 더운 바람에 잔뜩 고개를 숙이고 맥없이 흔들거렸다. 흙바닥은 작열하는 하얀 태양에 달아올라서 딛고 선 발밑으로 열기가 고스란히 올라왔다. 그는 문득 위지백의 어깨를 덥석 붙잡았다.

"응? 왜, 왜 이러냐?"

돌연한 일에 위지백은 당혹감을 감추지 못했다. 붙든 손아귀가 유독 억세다. 소명은 비스듬히 고개를 기울였다. 산발한 머리카락 사이로 안광이 새삼 일었다. 새파랗게 전광이 번뜩이는데, 위지백은 딱히 이유도 없이 움츠러들었다.

"지금 일이 얼마나 심각한지 잘 알지."

"그, 그렇지."

번뜩거리는 안광은 물론이거니와 목소리조차 매우 진지했다. 위지백은 묵직한 기세에 저도 모르게 목소리가 떨려 나왔다. 무슨 말을 하려고 이렇게까지 무게를 잡는단 말인가. 불안한 예감이 불쑥 고개를 들었다.

"지금 자칫하면 전쟁이나 다름없는 흉사가 일어날 수도

있는 판이다. 그 녀석이 상하면 서천에서 들고 일어날 테고, 그 녀석을 달래지 못하면 동쪽 바닷가가 온통 불바다가 되겠지."

"그, 그렇겠지. 아니, 그러고도 남겠지."

위지백은 느릿하게 고개를 끄덕였다. 소명이 말하는 그 녀석은 폐관에 들기 전에도 한바탕 큰일을 저지르기도 했었다. 폐관을 무사히 마친 지금에는 어느 정도일지. 분명 더하면 더할 일이지, 덜할 리야 없다. 위지백은 덜컥 가슴이 묵직하여서는 긴 한숨을 뽑아냈다. 그는 어울리지 않게 한층 시무룩하게 물었다.

"그래, 내 잘못도 있지. 그래서 어쩌면 좋겠냐. 말해 봐."

"난 이쪽 일을 붙잡아볼 테니까. 저쪽은 너한테 맡기마."

"뭘 맡겨?"

"그 녀석. 더 일이 커지기 전에 머리끄덩이를 움켜잡아서라도 붙잡고, 말리란 말이야."

"윽!"

위지백은 소명의 과격한 말에 질린 소리를 쥐어짰다. 하지만 순순히 고개를 끄덕였다. 그렇게라도 해야만 하는 상황이었다.

"알았어. 무슨 난리가 일어나더라도. 내 꼭 붙잡아 놓고 있으마."

따지자면, 그에게도 책임이 적지 않았으니.

소명은 믿는다, 그 한 마디를 다시 남기고 서둘러 걸음을 재촉했다. 따로 향할 곳이 멀지 않았다. 뒤도 돌아보지 않고 서두르는데, 위지백은 멀거니 그 모습을 바라보다가 이내 다른 쪽으로 발길을 돌렸다.

"그나저나, 광동까지는 또 어찌 가야 하나그래."

애도를 어깨에 걸치고서 어기적 걸었다. 먼 길을 떠나는 사람으로는 보이지 않았다. 그런데 채 몇 걸음이나 걸었을까. 위지백은 비스듬히 고개를 기울였다.

"이봐, 광동까지 어찌 가야 하느냐 묻잖아."

한구석을 또렷하게 노려보면서 다시 물었다. 아무도 없는 곳인데, 그는 분명 누군가를 지켜보고 있었다. 쏘아보는 눈길에 드리운 그림자가 잠시 일렁였다. 주저하는 듯한 모습에 위지백은 히쭉 웃으면서 말했다.

"히히, 안 튀어나올 참이면, 다시는 따라오지 못하게 만들어 주지."

웃는 얼굴과 달리 서늘한 살기가 어느 한 곳에 집중되었다. 그러자 남루한 차림의 사내가 냉큼 뛰쳐나와 위지백 앞에 머리를 조아렸다.

"이예이! 제가 모시겠습니다. 대협!"

"흐음."

위지백은 기세를 거두고서 묘한 눈으로 사내를 내려다보았다. 마치 부름을 받자마자 달려 나온 것처럼 극진한 모습이었다. 그러나 두려운 속내는 어쩔 수 없어서, 고개 숙인 목덜미에 땀방울이 흥건했다. 그는 차마 고개를 들 수가 없었다. 보이지 않는 칼날이 목 뒤에 얹어 있는 듯했다.

눈앞이 마냥 깜깜했다. 은신이랍시고 한 것이 아무 소용이 없었으니. 임무는 시작하기도 전에 실패한 셈이었다.

'이, 이리 한심할 데가.'

*　　　*　　　*

소명은 다급하게 걸음을 재촉했다. 무더운 햇볕이 중천에 이를 즈음, 그는 다른 성시에 이르렀다. 낙양이나 허창이 아닌 또 다른 하남의 고도, 개봉부(開封府)였다. 황하의 누런 물결에 면하여서 영고성쇠(榮枯盛衰)가 솔직한 곳이었다. 북송 때에는 황도로서 천하의 중심이었으나, 그 시절은 한참 옛적이었고. 당대에는 크게 쇠락하여서 빈궁이 눈에 보일 지경이었다. 개봉부의 검은 성벽에는 먼지가 그득했다.

소명은 개봉부의 중심이라 할 수 있는 주작대로를 따라서 걸었다. 슬쩍 고개를 들자, 구름 한 점 없는 하늘에서 새하얗게 쏟아지는 햇볕이 눈가를 찔렀다. 그의 그림자는 발아래에서 짧았다.

"후덥지근하군."

아닌 게 아니라, 지독한 무더위였다. 주변에 다른 인적은 전혀 없었다. 길가에서 햇빛을 받고 있는 것은 소명 한 사람이 고작이었다. 어디 할 것 없이, 사람들은 그늘진 곳에서 지친 몸을 쉬며, 날 저물기는 기다리는 듯했다. 습한 바람은 열기를 남겼고, 누런 먼지가 발목에 휘감았다가 흩어졌다.

어찌하면 좋을까.

소명은 대로의 복판에서 잠시 고민했다. 이곳 또한 하남이었지만, 소림파의 영향은 크지 않았다. 소림과 더불어서 천하무림에 큰 자리를 차지하는 또 다른 일세가 자리하고 있는 까닭이었다. 소명은 이내 마음을 굳혔다. 돌아갈 이유도, 여유도 없는 판이다. 그는 내처 걸음을 옮겼다. 그리고 대로에서 한참을 돌아서 외진 곳으로 들어섰다. 그곳을 찾는 것은 그리 어려운 일이 아니었다. 반쯤 허물어지다시피 한 관제의 묘였다. 규모는 실로 상당하여서, 고관대작의 저택과 비교할 만했다. 옛적의 번성을 헤아릴 만했지만, 지금은 쇠락하고, 또 쇠락하여서 기와 하나, 기둥 하나가 용케 버티고 있었다. 그리고 무너질 듯한 문가에는 시커먼 거지 서넛이 그늘에 드러누워 꾸벅꾸벅 졸고 있었다. 보기에는 그저 거지 소굴로 보일 뿐이었다.

소명은 차분한 눈으로 거지소굴인 관묘의 황폐함을 잠시 바라보았다. 거대함과 남루함이 복잡하게 뒤섞여 있었다. 그에 더하여서 세월마저 묵직하게 짓눌러서, 가까이 다가서는 사람은 이유 모를 위압감마저 들었다.

소림파와 더불어서 천하를 아우르는 일세, 천하 거지의 방회(幇會)인 개방(丐幇)의 총타가 바로 이곳이다.

'개방'이라는 이름은 송조 때에 시작하였으나, 이전에는 궁가라는 일맥이 있었다. 시작을 헤아릴 수 없을 만치 오래었던 일맥이 세상에 나서서 천하의 거지들을 아우르면서 개방이 시작한 셈이다. 당대에는 개방의 걸개가 못해 십만을 헤아리며, 말 그대로 천하의 방방곡곡, 없는 곳이 없을 정도였다.

총타의 거지들은 외인이 다가왔음에도 흘깃 눈길을 주었을 뿐, 크게 신경 쓰지 않았다. 오히려 귀찮다는 듯이 돌아누워 버렸다. 자칫 잘못 찾아왔는가, 의심스러울 지경이었다. 소명은 거지들을 둘러보았다. 안내도, 제지도 않을 모양이다. 그는 곧 닳고 닳은 돌계단을 밟고서 정문의 문지방을 넘었다. 그러자 먼저 볼 수 있는 것은 수많은 거적이었다. 황량할지라도 드넓은 전정에는 수십, 수백에 달하는 거적이 어지럽게 널려 있었다. 쏟아지는 햇빛을 받은 거적마다 퀴퀴한 냄새가 일었다. 어지간한 이라면 당장 코를 움켜쥐려만, 소명은 딱히 다를 것 없는 표정이었다. 그저 흘깃 눈길을 주었을 뿐이었다.

개봉부뿐만이 아니라, 근동의 모든 거지가 다 여기에 모여 있는 듯했다. 널어놓은 거적 아래에는 노소를 구분할 것 없이 여러 거지가 각자 드러누워서 한낮의 단잠에 빠져 있었다. 다른 무엇을 하는 거지는 없었다. 하나같이 졸고, 또 졸았다. 소명은 곧 고개를 돌렸다. 잠을 방해할 수도 없는 일이었다. 그는 가까이 처마에 털썩 주저앉았다. 쏟아지는 햇빛을 고스란히 받는 자리였다. 그늘진 곳은 죄 거지들이 드러누운 판국이라, 달리 마땅한 곳이 없었다. 그래도 소명은 고요한 낮으로 눈을 감았다.

분명 일은 급하다. 마음은 요동친다. 그러나 개방 거지를 재촉한다고 될 일은 없었다. 애써 다잡으며, 기다릴 뿐이다.

"후우."

짧게나마 뱉는 숨소리가 묵직했다.

소명이 정문으로 들어서기가 무섭게 드러누운 네 거지는 번쩍 눈을 치떴다. 검댕이 가득하여서 지저분한 얼굴에서 안광이 번뜩였다. 언제 졸았느냐는 듯이 심각한 낯으로 문 너머에 귀를 기울였다. 하염없이 방만한 듯해도, 엄연히 일방의 총타였다. 경계가 소홀할 리가 없었다. 그런데 귀 기울이는 거지들의 낯빛이 언뜻 기이했다. 코를 쥐어 잡고 뛰쳐나오든, 아니면 수상한 짓거리를 해야 마땅하련만. 안쪽에서 다른 기척이 없었다. 거지들은 드러누운 채 눈동자를 굴리다가, 손짓으로 말을 주고받았다.

'어떻게 된 일이지?'

'처마 아래에 주저앉았다.'

'다른 움직임은 확실히 없어.'

'요상한 일인데.'

먼저 움직이지 않는다면, 그들도 움직이기가 뭣하다. 오히려 낭패에 가까웠다. 꼼짝도 못 하고 외인의 움직임에 계속해서 집중해야 했다. 마냥 기다려야 하니. 잠든 척 드러누운 모습이 불편할 따름이었다.

거지들 속이야 어떻든. 정문 기둥에 들러붙은 매미가 한껏 울어 젖혔다. 늦더위 탓인지, 귀가 먹먹할 지경이었다. 중천에 이른 햇빛이 서서히 기울었다. 그제야 거지들도 잠에서 깨어나 그늘 밖으로 기어 나왔다. 지저분한 눈가에는 여전히 졸음이 가득했지만, 꿈지럭거리며 각자 몸을 풀었다. 굶지 않으려면 이제부터 또 부단히 동냥질하러 다녀야 했다.

부스럭거리며 주변이 소란했다. 소명은 그 소리에 고개를 들었다. 내내 햇빛을 받고 있었지만, 그리 힘겨워하는 모습이 아니었다. 그는 여상한 태도로 거지들이 오가는 것을 바라보았지만, 정작 거지들은 주저앉은 소명에게는 전혀 눈길도 주지 않았다. 서로 무리를 지으면서 개봉 거리로 나섰다. 우르르 지나는 통에 일어난 먼지가 뽀얗다. 소명은 휘휘 손을 저어 먼지를 밀어냈다. 앞마당은 이내 텅텅 비었다. 수백에 이르는 거지가 한 번에 빠져나갔으니, 폐허 꼴인 관제묘는 새삼 을씨년스러웠다.

어찌하면 좋을까. 소명은 자리에 앉은 채 잠시 고민했다. 그럴 새, 뒤에서 묵직한 목소리가 들렸다.

"언제까지 그리 계실 요량이오?"

고개를 돌리자, 몇 걸음 앞에서 거지 하나가 우뚝 서 있었다. 문간에서 졸음 시늉하던 거지였다. 그는 짙은 눈썹을 찌푸린 채, 소명의 위아래를 살폈다. 경계하는 속내가 솔직했다. 소명은 그제야 자리에서 일어났다. 서두르는 기색은 없었다. 그는 두 손을 맞잡으며 정중하게 입을 열었다.

"소림 속가, 소명이라고 합니다."

"그러시구려."

거지는 대수롭지 않게 여기며, 귓전을 긁적거렸다. 무슨
볼일인지 딱히 묻지도 않는다. 개방에 볼일이 있어 찾아온
것일 테니, 아쉬운 사람이 먼저 말문을 열든지 할 일이다.
그리 배짱 아닌 배짱을 부리는데, 다시 놀란 소리가 거지
의 뒤에서 왈칵 터졌다.

"엑! 소명이라 하시면, 소림의 소명이시란 말씀입니
까?"

"응?"

소명은 의아하여 고개를 들었다. 마냥 심드렁한 꼴로 있
던 거지도 엉거주춤한 모습으로 고개를 돌렸다. 다 쓰러질
듯한 쪽문 아래에서 다른 거지가 놀란 눈으로 있었다. 제
법 위치가 있는 거지인 모양인지, 문지기 거지가 움찔하며
꼿꼿한 허리를 수그렸다. 뭔 일인지, 동그랗게 뜬 눈이 불
안하게 흔들렸다. 뭔가 잘못을 저지른 듯한데, 소명이 다
시금 두 손을 맞잡았다.

"예, 소림 제자 소명입니다."

"아이쿠, 아이쿠야, 당대의 용문제자가 직접 본타를 찾
다니. 허허, 이거 간단한 일이 아닙니다, 그려. 이 사람은

개방의 우만이라 합니다."

우만이라 밝힌 거지는 배시시 웃으며, 냉큼 앞으로 나섰다. 그도 두 손을 맞잡아 부단히 흔들어댔다. 뒤로는 배짱부리던 거지의 무릎을 냅다 걷어찼다. 윽! 소리가 울렸지만, 전혀 거들떠보지도 않았다.

"자, 자 이쪽으로 드시지요. 용문제자께서는 진즉 말씀을 하시지 그러셨습니까."

"그것이."

소명은 머쓱함을 감추지 못했다. 이토록 호들갑을 떨어대는 것이 싫어 굳이 용문 운운하지 않은 것인데. 과연 개방은 개방인 모양이었다. 귀가 밝고, 눈이 밝아서 세상 동냥보다 엿듣고, 귀담아듣는 것이 더욱 중하다고 하더니. 소명이라는 흔한 이름 두 글자로 설마 용문제자의 일까지 떠올릴 줄은 몰랐다. 여기에 난데없이 면박을 듣는 것은 소명을 처음 맞이했던 덩치의 거지였다. 그는 배운 값도 못한다면서 남은 문지기 거지들에게 마구 구박을 들어야 했다.

"야, 이 무식한 놈아."

"지금 천하에서 제일 유명한 사람을 그래, 몰라보고 무슨 배짱 질이야."

"아니, 그냥 소림 제자라고 하니까."

"그럼, 나 용문제자요 하고 어디 써 붙이고 다닌다던."

"요놈의 자식. 요거요거. 아주 헛배웠어."

문가에서 마구 구박하는 소리가 들렸다. 이것도 민망하련만, 우만은 그저 살살 웃으며 변명 아닌 변명을 풀어놓았다.

"헤헤, 저놈은 문을 지키기 시작한 지 얼마 안 되어서 견문이 박한 놈입니다. 너무 마음 쓰지 마십시오. 헤헤."

"저는 괜찮습니다. 따지고 보면 저도 잘못이 있겠지요."

"헤헤."

소명이 크게 염두에 두지 않음을 알고, 거지 우만은 머쓱하여서 머리를 벅벅 긁적거렸다. 그리고 두 사람은 이제 지붕 높은 관제묘에 들어섰다. 내당으로 향하는 길은 그리 복잡할 것은 없었지만, 무엇보다 퀴퀴한 냄새가 고약했다. 너른 앞마당에서 널어놓은 거적의 온갖 냄새가 수십 년은 족히 더 묶은 듯했다. 강호에서 말하기를, 자고로 개방을 적대할 적에 무엇보다 두려운 것은 십만방도라 일컫는 끝없는 머릿수나, 그만큼 숨어 있는 기인이사가 아니라, 고약한 냄새라 하는데. 괜한 소리가 아니었다.

우만은 관제를 모신 본당을 빙글빙글 돌아서 뒤채의 한 귀퉁이로 향했다. 그는 공연히 마음이 쓰였는지, 머쓱한 얼굴로 소명을 돌아보았다.

"헤헤, 긴한 일이 있어서 여러 어른은 다 자리를 비우신 터입니다. 여기 계신 분이 지금 총타의 큰 어른인 셈이지요."

변명처럼 하는 말이었다. 그러고는 떨어져 나갈 듯이 문짝으로 조심스럽게 다가갔다.

"노야, 소림에서 손님이 오셨습니다."

그런데 답은커녕, 아무런 기척도 없었다. 사람이 있는 듯, 없는 듯하다. 거지는 고개를 갸웃하더니, 한층 조심하면서 문가로 다가갔다.

"저어, 노야?"

우만은 주춤거리다가, 마지못해서 문고리를 향해 손을 뻗었다. 손끝이 덜덜 떨렸다. 무슨 일이 벌어질지 크게 긴장한 낯이었다. 돌연, 문이 왈칵 열리며 우만의 면상을 거세게 후려쳤다. 퍽! 둔탁한 소리가 호되게 울렸다. 우만은 으악! 하고 얼굴을 부여잡은 채, 주저앉았다. 문틈으로 표주박처럼 생긴 노인이 불쑥 고개를 내밀었다. 머리 한복판이 둥그렇게 빠져서 민머리가 햇빛에 반짝거렸고, 주변으로는 백발을 산발하여서 펄럭였다. 고희(古稀)는 훌쩍 넘긴 듯한데, 비틀린 콧망울에는 심술보가 그득했고, 우묵 들어간 입매에는 지금 못마땅한 기색이 솔직했다.

"왜 이렇게 시끄럽게 굴어!"

쇳소리인 양 카랑카랑하여서, 목소리가 날카롭다. 그러자 우만은 붉게 달아오른 콧대를 부여잡고서 배시시 웃었다.

"헤헤, 손님, 손님이 오셨습니다요."

"손님이 왔으면, 온 거지. 그게 내랑 뭔 상관이야?"

"아이코, 지금 총타에 어르신이라고는 노야뿐인데 그럼 어쩌겠습니까."

"뭐잇?"

혼자라는 말에 노걸개는 자리에서 펄쩍 뛰어올랐다. 희끄무레한 안색이 대번에 붉게 물들었다. 노인은 밖으로 뛰쳐나와서는 뼈다귀만 있어 앙상한 손가락을 들어 이쪽저쪽을 마구 가리켰다.

"아니, 건넛방에 두더쥐는? 뒷방에 지네는? 저짝 독사 늙은이는!"

사람을 뜻하는 것인지, 다그치는 이름이 다 괴상하다. 노걸개가 마구 따져 묻는데, 우만은 소명의 눈치를 보면서도 변죽 좋게 줄줄 읊어댔다. 누구는 무슨 일로 어디를 간 지가 못해도 반년이요, 누구는 세상 떠난 지가 한참인데 새삼 무슨 소리냐는 둥, 말이 줄줄 길어지는 판이었다. 그래도 우만은 일일이 설명하지 않을 수가 없었다. 눈앞의 노걸개는 성미가 참으로 고약도 하여서, 아주 사소한 핑계

하나만 붙잡아도 도망해버리거나, 내쳐 나 몰라라 해버리는 까닭이었다.

그런즉, 우만이 조목조목 말하고 나자 표주박 노인은 강퍅한 입매를 비틀어 물고서 한참을 씨근덕거렸다. 약이 바짝 오른 모양이었다. 노인의 화살은 이내 멀뚱히 있는 소명에게로 향했다.

"아니, 그래. 대체 얼마나 잘난 놈이라고, 개방의 큰 어른인 내가 나서기까지 해야 하는 거냐? 어디 방장이라도 행차하셨다니?"

"용문제자입니다요."

"뭐? 뭔 제자?"

"본산의 용문제자라니까요."

노걸개가 한껏 쭈구렁 얼굴을 일그러뜨리자, 우만은 더욱 숨죽여서 속삭였다. 소명의 눈치가 더욱 보이는 판이다. 그 난처함을 헤아렸는지, 소명이 한걸음 나섰다. 그는 노걸개에게 공손히 두 손을 맞잡으며 고개 숙였다.

"소림 제자, 소명이라고 합니다."

노인은 모난 눈으로 소명을 돌아보았다. 별다른 감흥 없는 눈초리로 소명의 위아래를 살폈다. 아무리 뜻이 없다고 해도, 흘겨보는 눈매는 고약하기도 했다.

"소림 제자?"

"용문, 용문제자라고요."

우만이 거듭 소곤거렸다. 당대의 용문제자가 어떠한 인사인지는 온 천하가 다 알고 있었다. 위태한 등용문을 구하고, 한 주먹에 마인을 때려눕혔다던가. 듣기로는 백보권을 복원하였다고도 하니. 그 이름값이란 무시할 수 있는 것이 아니었다.

노걸개는 심술 달린 콧대를 이리저리 찌푸리다가, 결국 한숨을 푹 내뱉었다.

"이런 염병할! 알았어, 알았다고. 이놈아! 귀 간지러워, 고만 좀 속닥거렷!"

빽! 소리 한번 지르고. 노걸개는 곧 삐딱하니 고개를 기울인 채, 흰 눈으로 소명을 노려보았다.

"그래, 대단한 소림 용문제자가 뭔 일로 거지 판에 행차하셨나그래?"

비꼬는 기색이 역력했다. 소명은 그 앞에서 달리 마음 상할 것도 없이 웃었다.

"도움을 청하고자 왔습니다."

"그래, 도움이시라. 무슨 도움?"

"광동의 일입니다."

노걸개의 안색이 일변했다. 표정이 싹 사라졌고, 기울인 고개가 천천히 바로 섰다. 소명이 말한 광동의 일이 무엇을 말하는지, 모르지 않았다. 그것은 또한 가볍게 여길 일이 아니었다. 노인의 어깨에서 곧 삼엄한 기운이 일더니, 슬금슬금 주변을 잠식해 들었다.

소명은 내심 '과연' 하며 감탄했다. 개방의 노고수로서 부족함이 없었다. 일시에 발목을 휘감으면서 간단히 상대를 제압할 만했다. 그러나 소명은 달리 내색하지 않고 노걸개의 기세를 그대로 마주했다.

개방의 뒷방 장로, 모골개(侮骨丐)는 눈을 얇게 떴다. 경계가 솔직하다. 우만 또한 훌쩍 물러나서는 새삼 긴장한 눈으로 소명을 노려보았다. 둘뿐만이 아니었다. 어디에 얼마나 있었던지, 여러 거지가 불쑥불쑥 고개를 들거나 모습을 드러냈다. 삽시간에 포위당한 형국으로 볼품없는 뒷마당이 다시없을 호굴이 된 셈이다.

과연, 천하제일방. 소명은 흔들림 없이 마주한 모골개에게서 눈을 떼지 않았다. 모골개는 잠시 우물거리다가, 느릿느릿 말문을 열었다.

"그래, 광동의 일이라. 예까지 찾아와 광동 운운한다는 것은 그 일에 대해 알고 있다는 것이겠지."

"예, 노사(老師)."

개방의 제일사명은 협의지도(俠義之道), 제세안민(濟世安民), 그리고 마도재래(魔道再來)를 막아내는 일이었다.

개방의 시조로부터 이제껏 단 한시도 소홀하지 않았으니. 개방의 명운이 위태할 지경이 되어서도, 조금도 주저하거나, 몸을 사리지 않았다. 그렇기에 개방을 천하제일방이라 하는 것이고, 개방의 걸개를 달리 협개라 일컫는다. 그런즉, 광동에서 마녀가 등장하였다는 것을 모르지 않았다. 아니, 빠르게 손을 쓴 참이었다. 이런 때에 소명이 찾아와서 광동의 일을 거론하였으니. 모골개는 경망스러운 모습을 거두고, 한층 신중하여서 물었다.

"소림의 용문제자가 광동의 일을 입에 내었으니. 그래 무슨 관계가 있다는 건가?"

"화염마녀라 일컫는 그 아이, 결코 마도의 마녀가 아닙니다. 노사."

"마녀가 아니다? 자네 그 말에 책임을 질 수 있나?"

"물론이지요."

"허허, 이것은 자칫 큰 문제가 될 수 있는 일이네."

모골개는 은연중에 소명을 압박했다. 여부에 따라서는 소림 본산에 따질 수도 있는 일이다. 그럼에도 소명은 전혀 흔들림이 없었다.

유심히 지켜보던 모골개는 곧 픽, 헛웃음을 흘리며 고개를 돌렸다. 싯누런 가래침을 바닥에 탁 내뱉고는 고대로 주저앉았다.

"좋아, 어디 한번 들어나 보세."

기회를 주는 셈이다. 소명은 정중하게 고개 숙이며 감사의 뜻을 표했다. 그리고 말문을 열었다.

"마도는 다른 곳에서 암약하고 있습니다."

"으잉!"

모골개라도 이참에는 시큰둥할 수 없었다.

야윈 눈을 한껏 치떴다. 심술보 가득한 볼살이 절로 요동쳤다.

무더운 한낮이 다하고, 햇빛이 서산에 걸렸다. 저녁노을이 붉었으나, 그렇다고 온종일 달아오른 열기가 사그라지지는 않았다. 저녁 바람이라도 후덥지근하기는 매한가지였다. 이즈음이면 개방 총타에서는 구걸 나선 거지들이 하나, 둘 돌아와 동냥밥을 나누어 먹었다. 그러나 우만을 비롯한 총타의 거지 몇몇은 그런 호사를 누릴 수가 없었다.

'크흑! 이게 무슨 날벼락이야!'

우만은 속으로 눈물을 꿀꺽 삼켰다.

딱히 주린 것은 아니었지만, 그렇다고 끼니를 거른다는 것은 꼭 개방도가 아니라도 거지에게는 참으로 마른하늘의 날벼락 같은 일이었다. 우만뿐만 아니라 좌우에 동료 걸개들도 마찬가지 심정이라, 울상인 얼굴로 두 다리를 재게

놀렸다. 그들 앞으로는 두 사람이 훌쩍 앞서 나아가고 있었다.

한쪽은 지금 강호를 들썩이게 하는 신성(新星), 소림본산의 용문제자이고, 다른 쪽은 개방의 여러 장로 중에서도 괴팍한 것으로 열 손가락에 드는 뒷방 장로였다. 특히나 괴팍한 만큼이나 게으르기 짝이 없는 모골개가 바로 길을 나섰으니. 그만큼 사안이 급하고도 중대하다는 뜻이라, 끼니 거르는 것으로 감히 불만을 말할 수가 없는 처지였다.

"에효효."

우만을 비롯해 총타를 지키는 호리시랑(狐狸豺狼)의 사걸(四傑)은 고저 한숨만 토했다.

소명은 뒤에서 들려오는 한숨 소리에 절로 쓴웃음을 머금었다. 어찌 아니 그럴 수 있을까. 일이 이렇게 돌아갈 줄은, 소명 또한 생각지 못했다. 개봉부에서 단 한 시도 제대로 쉬지를 못하고, 다시금 길을 나서야만 했다. 풍찬노숙이야 어찌 마다하겠느냐만, 그래도 같이 나서는 개방 걸개들이야 무슨 죄가 있을까. 그는 힐끔 걸음을 같이하는 개방 장로를 돌아보았다. 설마하니 장로씩이나 되는 노걸개가 당장에 자리를 박차고 나설 줄이야. 도움을 청하고자 하였던 것이지, 직접 나서달라 한 것은 아니었는데. 지금을 보면 오히려 소명이 뒤를 쫓는 격이었다.

개방 총타에서 소명이 말을 끝나기가 무섭게 모골개는 잔뜩 흥분했다.

"그으래? 마도의 잡것들은 달리 있단 말이지? 그렇다면 내 마냥 주저앉아 있을 수야 없지, 아무렴. 아무렴 그렇고 말고."

비쩍 말라 버린 모습이 무색하게, 우렁차게 외쳤다. 언제 뒷방 늙은이였더냐, 모골개는 당장에 땟물이 절절한 넝마 한 자락 걸쳐 입고, 꼬질꼬질한 황죽의 죽장을 손에 들고는 되레 소명을 재촉하였으니. 헌데, 표주박 머리의 노걸개는 꼭 사안의 중대함 때문에 나선 것만은 아닌 듯했다. 차라리 잘못 본 것이라면 다행이련만, 쥐가 파먹은 것인 양 듬성듬성한 수염 사이로 언뜻 보이는 모골개의 입가에는 호기심과 더불어 고약한 심보가 머물러 있었다. 의미심장한 웃음을 보고 있노라면, 절로 불안한 예감이 들었지만, 깊이 마음 두지는 않았다.

'어찌 되었든, 개방까지 척지게 할 수야 없지.'

소명은 그렇게 속내를 달랬다.

개봉부에서 소림사가 있는 숭산까지, 못해도 하루 이틀 거리였지만, 소명은 감히 들려볼 생각은 하지 못했다. 그러나 바쁘게 뛰어다닌다는 것이 설마, 사나흘을 훌쩍 지나고도 한참이 될 줄이야.

소명은 물론, 사걸 또한 꿈에도 몰랐다.

새하얀 하늘에는 구름 한 점조차 없다. 삼복더위는 여전
하여서 쏟아지는 불볕이 고스란했다. 모골개는 마른 먼지
를 일으키면서 계속 발걸음을 옮겼다. 산발한 머리카락이
며 걸친 넝마에는 마른 먼지가 수북했지만, 낯빛은 멀끔했
고 나아가는 걸음에 지친 기색은 추호도 없었다.

노걸개의 바로 뒤에는 소명이 있었고, 또 그들의 한참
뒤에 개방 사걸이 간신히 뒤따르고 있었다. 모습이 가물가
물할 정도로 까마득한 거리였다. 그들 사걸은 하나같이 죽
을상이었다. 따르기가 힘에 벅차서, 이미 손발은 흐느적거
렸고, 흐르는 땀방울에는 땟국물이 붉어서 검은 땀이 후드
득 떨어졌다.

소명은 잠시 고개를 돌려서 사걸의 안색을 슬쩍 살폈다.
이러다가는 누구 하나 숨넘어가게 생겼다. 더 두고 볼 수
가 없어서, 소명은 슬쩍 걸음을 재촉했다. 두어 걸음이나
마 앞서 나아가는 모골개에게 다가가 넌지시 말을 건넸다.

"어르신, 잠시 발걸음을 늦추시지요."

"응? 아니, 왜!"

모골개는 방해받은 사람처럼 홱 고개를 돌렸다. 모처럼

바깥바람이 하얀 코털 무성한 콧구멍으로 가득 스며드는 판이라, 그야말로 잔뜩 흥이 올라 있었다. 이때에 걸음을 늦추라니. 소명은 어색하게 웃으며 뒤쪽을 가리켰다. 그러자 모골개는 사걸이 저만치에서 가물거리는 것을 새삼 눈에 담았다.

"에이잉."

참으로 못마땅하여서, 다문 잇새로 앓는 소리를 마구 흘렸다. 그래도 걸음을 멈췄다. 저기 사걸을 떨구어내면, 나중에 번거로운 것은 모골개 자신이었다. 노인은 곧 곁눈질로 소명의 위아래를 보았다.

'그나저나, 요거 요놈 보게.'

이제껏 내달려온 걸음만 해도 족히 수백 리는 될 터였다. 숨 돌리는 것도 아까워서 마구 내달려왔다. 새벽 해 뜨기 전에 잠시 조식을 취하고는, 내처 내달려서 벌써 서쪽 하늘에 노을이 붉었다. 그렇게 하여서 개방 총타를 나서고 수일이었다. 저기 뒤에서 헐떡거리는 종자들은 그래도 개방에서 날고 기는 녀석들이었고, 모골개 자신 또한 아직 여력이 넉넉하다지만, 어느 정도 숨결은 흐트러져 있었다. 그런데 어깨를 나란히 하는 소명은 아무런 변화가 없었다. 소림의 용문제자라 하면, 그것은 곧 소림사에서 인정한 제일인이라는 뜻이니. 무공의 고하는 굳이 고민할 것도 없었다. 그러나 보신경과 더불어 내가공력이 늙은 자신에 비할 정도라니. 쉽게 생각하기 어려운 일이다.

모골개는 성긴 눈썹 자락을 바짝 치켜들었다. 그사이 사걸이 흐느적거리면서도 어렵게 쫓아왔다. 가까이 다가와서 주저앉지는 않아도, 제대로 몸을 가누는 녀석이 없었다. 노인네는 더 참지 못하고 바락 성을 냈다.

"에라이, 잡놈들아!"

볼품없는 수염이 바짝 솟구쳤다. 다른 것은 몰라도 보신경으로 소림 제자 앞에 부족한 모습을 보인다는 것이 마땅치가 않았다. 그러나 어쩌랴. 소명의 경지는 이미 저만치 앞서 가는 것을.

모골개는 영문 몰라 하는 제자들을 더 다그칠 수가 없었다. 그럴수록 서글퍼지는 일이니. 노인네 심통이 아마도 맞을 것이다. 모골개는 스스로 알면서도 수양이 부족한 탓인지 부글부글 끓는 속을 다잡지 못했다. 이내 하얀 눈초리로 가까이 서 있는 소명을 흘겨보았다. 마음에 들지 않기는 소명도 마찬가지였다.

'지에미, 용문제자면 어디 뱃속에서 있을 때부터 연공했다던가. 뭐가 이렇게 빨라?'

잠시 멈춰 선 지금에 새삼 노쇠한 몸의 여기저기가 삐거덕거렸다. 그래도 모골개는 그놈의 자존심 하나로 허리

를 꼿꼿하게 세웠다. 소싯적에야 허구한 날, 숨이 턱에 차
도록 내달렸지만, 경지에 오른 이후로 이렇게 힘겨울 적이
있기나 하였던지.

"에이잉!"

급기야 모골개의 입에서 앓는 소리가 흐르고 말았다. 제
멋대로인 성질머리로 언제고 아쉬울 것 없는 참으로 오랜
노강호이건만, 그만큼 자존심 앞에서는 도리가 없었다. 여
하간, 광동 땅의 경계를 코앞에 두고서, 소명을 비롯한 개
방 사걸은 수일 동안 미친 듯이 내달린 걸음을 잠시라도 쉬
었다.

*   *   *

위지백은 가만히 흘러가는 물결을 멍한 얼굴로 바라보고
있었다. 아주 넋을 놓아서, 생각이 있는 듯, 없는 듯했다.
흐르는 물결에 정신마저 내던진 모양이었다. 그도 그럴 것
이 배에 오르고 벌써 수일이다. 그간에 먼 길을 흘러왔지
만, 아직도 갈 길은 멀고도 멀었다.

"여봐."

나른하여 툭 던진 말에 뱃전에서 시커먼 사내가 후다닥
달려왔다. 그는 드러누운 위지백 옆에 냉큼 고개를 조아렸

다.

"예이, 부르셨습니까."

"얼마나 더 가야 하는 거냐?"

"예에, 그게."

사내는 묻는 말에 덥석 답하기보다는 질끈 이를 악물었다. 벌써 몇 번이나 물었는지. 선창 아래에서 편히 쉴 수가 없었다. 저 물음 때문이었다. 그러나 어쩌랴. 치미는 울분과 욕지거리를 어금니로 꾹꾹 끊어내고는 떨리는 목소리로 겨우 말했다.

"말씀드렸다시피, 배에 오르고서 이제 반나절입니다. 광동 땅 경계에 간신히 가까울 뿐입지요."

"그래, 그렇지."

위지백은 드러누운 채 고개를 주억거렸다. 크게 감흥 없는 모습이었다. 몇 번이고 물은 터이니 아니 그럴까. 이름은 묻지도 않고 조금도 관심조차 두지 않는다. 그저 들들 볶아대면서 언제 도착하느냐고 거듭 묻기만 할 뿐이었다. 사내는 한숨을 푹푹 내쉬었다.

하남 땅의 북쪽 끝에서 여기 장강 물결에 이르기까지 무진 끌려다니고 있었다. 여기 물길이 무한에 닿으면 거기서 광동까지는 다시 무수한 걸음이었다. 그것을 고작 며칠 차이로 설명할 수는 없는 노릇이었다.

사내는 시무룩한 채, 주춤주춤 물러섰다. 여기 더 있다가는 속이 썩어 문드러질지도 몰랐다. 다시 부름을 받는 한이 있더라도 잠시나마 꼴을 안 보는 편이 좋았다. 위지백은 스르륵 물러나는 기척을 뻔히 알면서도 돌아보지 않았다. 갑갑하면 또 불러내면 될 일이다.

그는 마냥 하늘만 바라보며 한숨을 푹푹 내쉬었다.

"아아, 뭔 일 안 생기려나? 어디 한가한 수적(水賊)이라도 달려들든지. 뭐가 이리 무료하다냐."

높이서 흘러가는 하얀 구름이 심심하다. 위지백이라도 어디 괜한 사람 부여잡고 말장난이나 하고 싶을까. 배 위에 올라서는 일체가 무료하니, 아닌 게 아니라 속이 탈 지경이었다. 그런데 문득 옆에서 따가운 눈초리가 쿡쿡 찌르며 거슬렸다. 위지백은 드러누운 채, 눈동자만 굴렸다. 가까이에서 누군가 그림자를 드리우고 있었다. 위지백의 눈길이 아래에서 위로 올라갔다.

젊은 여인이었다. 색이 바래어 있는 단삼 차림에 장군을 휘감아서 허리에 묶었다. 머리는 높이 올렸고, 슬쩍 드러난 팔은 보기 좋게 그을려 있었다. 여인치고는 신장은 물론이고, 뼈대가 상당해서, 굵직한 인상이었다. 구리빛으로 탄 얼굴에 짙은 눈썹이 솟구쳤고, 찌푸린 눈매에 안광이 번뜩였다. 딱 보기에도 못마땅한 기색이었다. 위지백은 그런 여인의 위아래를 슥 훑었을 뿐이었다. 무슨 볼일이냐고 물을 것도 없이 다시 하늘 향해 눈길을 던졌다. 그 모양새가 어찌나 뻔뻔하였던지, 그녀는 '익!' 잇새로 소리를 흘렸다.

뭐라 소리가 튀어나오려는 것을, 여인은 입술을 질끈 물어서 참아냈다. 선상의 손님이다. 싫은 소리 좀 읊조렸다고 마냥 성을 낼 수도 없는 노릇. 그녀는 성질 대신 더운 숨을 훅, 내뱉었다.

"여기 끈이 왜 이 모양이야? 똑바로 정리해 놓아야지! 계속 주저앉아 있을 거야!"

"예, 예, 아가씨!"

붉은 입술에서 호통이 터졌다. 뱃길의 끝자락이라고 방만히 있던 선부(船夫)들이 부랴부랴 엉덩이를 떼고서 바쁘게 움직였다. 여인의 호통은 그만한 무게가 있었다. 위지백은 노곤한 눈초리로 성난 여인의 뒷모습을 잠시 보았다.

"흠, 여주(女主)가 아니라, 여장(女將)이고 여수(女首)란 말이지. 대단한걸."

말로는 대단하다고 하지만, 여전히 심드렁한 어조였다. 그는 높은 하늘로 다시 눈길을 던지면서 하품과 함께 중얼거렸다.

"아아, 정말 별일 안 생기려나."

이런 하소연도 거듭하면 하늘에 닿기라도 하는 것인지. 위지백의 한마디가 채 흩어지기도 전에 쿵! 둔중한 울림이 일었다. 그러고는 급박한 외침이 터지고, 선창으로 다급한 발소리가 울렸다. 위지백은 눈을 끔뻑거리며 고개를 돌렸다.

"으잉? 진짜 일이 생겼네?"

그러면서도 오래 앉은 자리에서 일어날 생각은 없는 모양이었다. 그는 선창 후미에 드러눕다시피 하여서는 이제 벌어질 일을 빤히 바라보았다.

사내는 선창 구석에 찰싹 달라붙어서 돌아가는 눈치를 살폈다. 졸지에 위지백에게 붙들려서 여기까지 끌려온 처지였다.

'이거, 이거 잘하면.'

그는 혹시나 몸을 뺄 수 있을지도 모른다는 기대감에 눈빛을 번득였다. 생각은 많았고, 두 눈은 약빠르게 뒤룩거리며 굴려댔다. 그는 갑작스러운 소란에 불안해하는 다른 선객들 사이로 은근슬쩍 섞여들었다. 이내 쿵쾅거리면서 선부들이 다급하게 뛰어다녔다.

"이게 무슨 소란이야!"

"수적, 수적이다!"

선부들은 발 빠르게 움직였다. 몇몇은 선객들을 다독이며 챙겼고, 또 일부는 번뜩이는 날붙이를 어디선가 챙겨 들고서 달려 나아갔다. 하필이면 뱃길의 끝자락에서 변고를 마주하다니. 오라지게도 운수 사나운 일이려나, 당황하는 자들은 없었다. 선부들의 움직임은 일사불란하여서, 평소 대비를 하는 모양이었다. 뱃머리 쪽에서 여럿의 그림자가 일제히 솟구쳤다. 낡은 죽립을 눌러썼고, 군데군데 기운 피풍을 두른 모습이었다. 그네들 손에는 투박한 박도가 들려 있었다.

위지백은 멀끔한 눈으로 보다가 쯧쯧 혀를 찼다.

"상대를 잘못 생각하고 있구만."

높이 있는 대선을 훌쩍훌쩍 넘어 올라서는 모양새를 보아하니, 그저 수적 따위라 할 수는 없었다. 아니나 다를까, 칼을 맞대기가 무섭게 비명이 터졌다. 칼날이 허공으로 솟구치고, 번뜩이는 흉광이 핏물을 사방으로 뿌려댔다.

바삐 피신한 선객들에게 더운 핏물이 흩뿌려지는 통에 자지러질 듯한 비명이 터졌다.

"으아악!"

"아악!"

흉적들은 그런 선객들에게는 조금도 눈길을 주지 않았다. 그들의 칼끝은 선부들만 노렸다.

"흐음, 다른 속셈이 있다는 건가? 아니면 이 배가 남다른 건가?"

위지백은 흉광에 비명과 핏물이 이는 참상을 바라보며 한가롭게 중얼거렸다. 뱃전에 드러누운 채 고개만 돌려서 보는 모습은 정말 한가롭기 그지없었다. 딱히 나설 이유는 없었고, 괜한 사연에 끼어들 마음도 없었다. 그는 앞뒤를 번갈아 보다가 퍼뜩 눈썹을 치켜들었다. 누군가의 칼질이 눈길을 잡아끌었다. 선미 쪽에서 올라온 흉적 중 한 칼잡이였다. 그는 막아서는 선부들을 거침없이 베어내고서 위지백이 드러누운 쪽으로 다가오고 있었다.

"오호?"

위지백은 눈썹을 치켜들면서 슬쩍 몸을 일으켰다. 요란한 와중에 치솟는 사내의 도세가 간단치 않았다. 그는 낮은 탄성을 흘렸다.

"단정도(斷情刀)를 쓰는 수적이라. 이거 흔한 구경이 아닌데."

위지백은 입매를 치켜들고 느릿느릿 자리에서 일어났다. 그를 신경 쓰는 사람은 선상에 아무도 없었다. 딱 한 사람, 선객들 사이에 몸을 숨긴 사내뿐이었다. 그는 눈매를 더욱 얇게 뜨면서 마른 입술을 핥았다.

'자아, 잘하면.'

배의 선주인 여인은 질끈 이를 악물었다.

"이놈들!"

구리빛을 띤 얼굴은 이미 피로 젖어 있었다. 그녀의 피는 아니었다. 수적 행세, 그래 수적 따위로 가장한 이들의 피였다. 호남황보에 속한 배라는 것을 알면서도 무작정 칼날을 들이댈 멍청한 수적은 적어도 장강 물결에는 없었다. 그렇다고 어중이떠중이, 뜨내기 수적 따위로 보기에는 지닌 무위가 간단치 않았다.

그녀는 찾아든 노대를 불끈 움켜쥐었다. 진즉 달려든 흉적 서넛을 대번에 후려갈긴 참이었다. 뭉툭한 끝이 흠뻑 젖어서 핏방울이 뚝뚝 떨어졌다. 그녀는 내처 달려나와서 호기롭게 노대를 떨쳤다. 바람을 가르는 소리가 묵직하게 울리며, 한껏 목소리를 높였다.

"어디의 누구냐! 당장 정체를 밝혀라!"

"하하하, 실로 여걸이시군. 일선의 주인으로 자처할 만하구려."

여선주의 쩌렁한 일성에, 죽립인 중 한 사내가 크게 웃었다. 죽립을 눌러쓰고서 면포로 얼굴을 가린 사내였다. 여기 습격의 좌장(座長)인 듯 그가 나서자, 요란을 떨던 다른 이들이 발 빠르게 물러났다. 상황이 잠시 조용해졌다.

드넓은 선상에는 선부들만 피 흘리며 누워 있었다. 우뚝 서 있는 것은 그녀 한 사람뿐이었다. 와중에 선부의 우두머리인 공씨가 머리를 치켜들고 악을 썼다.

"아, 아가씨. 물러, 물러나십시오. 아가씨."

"시끄럽다!"

피 흘리면서도 여인을 걱정하는 모습이 사뭇 절절하다. 그러나 흉적들에게는 꼴사나울 뿐이었다. 다른 이가 버럭 소리치며 공씨의 얼굴을 냅다 걷어찼다. 피와 함께 누런 이가 치솟았다. 무참한 모습이었다.

여선주는 으득 이를 악물었다. 당장에라도 발길질한 사내를 박살 내고 싶었다. 심중에서 노화가 맹렬히 솟구치며 노대를 쥔 손이 부르르 떨렸으나, 허투루 움직일 상황이 아니라는 것은 잘 헤아리고 있었다. 아직 어리다 싶었지만, 그녀는 분명 배를 책임질 만했다.

"이 빌어먹을 것들."

사방이 흉적의 칼날이었고, 앞에 마주한 죽립인은 언뜻 보기에도 간단치 않은 무위를 지니고 있었다. 아니, 잠시 드러내는 기세만 보아도 그녀가 감당할 만한 상대가 아니라는 것은 분명했다. 그녀는 끓는 한숨을 끊어 삼켰다.

"알았으니. 객선에 오른 손님들에게는 손대지 마라."

"호오, 저런 하찮은 것까지 신경을 쓰시다니, 호남황보의 장중보옥(掌中寶玉)께서는 마음이 참도 넓으시오."

"장중보옥? 그게 무슨?"

"흥! 이 지경이 되어서도 끝내 모른 체할 것인가! 아무리 계집이라도 무림가의 가인, 당당히 정체를 드러내라!"

여선주의 당혹감을 딴청으로 보았는지, 사내는 내처 발을 구르며 다그쳤다. 호통의 기세가 간단찮아서, 비록 죽립으로 얼굴을 감췄다고는 하나, 한낱 무명의 존재가 아님이 자명하다.

"아이쿠, 얼굴 가린 놈들이 당당 운운해 대는 것도 우습구먼."

호통이 채 흩어지기도 전에, 웃음과 더불어서 놀리는 듯한 목소리가 불쑥 끼어들었다.

"뭐야! 웬 놈이냐!"

"어허, 놈이라니. 이분이시다."

선창 후미에서 위지백이 설렁설렁 걸어 나왔다. 무광도는 여직 그의 어깨에 걸쳐져 있었다. 그러나 그가 나섰다는 것은 여기 무리에게는 실로 당황스러운 일이었다. 선미를 맡기로 하였던 이가 누구인지 그들은 아는 까닭이었다. 면포로 얼굴을 가린 사내는 질끈 이를 악물었다. 대신이랄까, 거칠게 공씨의 얼굴을 걷어챘던 죽립인이 **빽** 소리를 높였다.

"배, 백기! 백기는 어찌하고!"

"응? 백기? 그 어설픈 칼잡이 말인가? 천지분간 못 하고 나서길래 곱게 다져서 물길에 던져 주었지."

"뭣이!"

"아아, 너무 걱정하지 마시게. 그저 한쪽 팔만 깔끔하게 부러뜨려 놓았으니. 물질 재간 좀 있다면 죽지야 않겠지."

"제, 제기랄!"

위지백은 마냥 태연하니, 그 낯짝이 어찌나 얄미울까. 그러나 면포 사내는 어금니를 악물고서 사내에게 나직이 속삭였다. 떠내려간 이를 구원하라는 것인지, 그들은 지체하지 않고 움직였다.

"어허, 이런. 지금 걱정할 것은 물길에 빠진 놈들 몇이 아닐 텐데."

"무어라?"

위지백의 빙글거리는 낯짝 때문인지, 경망스러운 어조 때문인지, 면포 사내가 눈썹을 역팔자로 치켜들었다. 그는 위지백에 대해서 다른 위협을 느끼지 못하는 듯했다. 아닌 말로, 안중에 두지도 않았다는 것이 더욱 정확했다. 위지백은 달리 마음 상한 기색이 아니었다. 그는 아직 젖은 노를 늘어뜨리고 있는 여선주에게 다가갔다.

"실로 여장부로구먼."

"당신은."

그녀는 멍하니 있다가 흠칫 어깨를 들썩였다. 촌각 전에 게으른 당나귀인 양, 축 늘어져 있던 사내가 지금 눈앞에 있는 도객이라는 것을 뒤늦게 깨달았다. 크게 치뜬 두 눈에 당혹감이 또렷했다. 갑작스러운 습격보다 위지백의 다른 모습이 더욱 당황스러웠다. 그녀는 질끈 입술을 깨물었다.

"제 눈이 멀어, 고인을 앞에 두고도 알아보지 못하였으니. 지금이라도 사죄드립니다."

여선주는 바로 두 손을 맞잡으며 깊이 허리를 숙였다. 하나 주저함이 없었다. 잘못함을 바로 사과하는 것도 쉬운 일은 아닐 터였다. 더구나 지금처럼 흉험한 상황의 한복판에서라면 더할 나위 없었다.

"이 배를 책임지고 있는 황보가의 도옥이라 합니다."

"오호, 황보의 도옥이시라. 그렇군."

위지백은 고개를 끄덕였다. '황보'라는 성씨에도 그러려니 하는 모습이었다. 반면 죽립인들은 빠드득 소리 나게 이를 갈아붙이면서 황보도옥을 향해서 한층 살기를 드러냈다. 분명 그들이 노리는 목표였다.

황보도옥은 일순 숨결이 흐트러졌지만, 노리는 살기에

움츠러들지는 않았다. 위지백은 버티는 그녀에게 편히 말했다.

"천산에서 온 위지 모라 하네."

무슨 훈훈하여서 한담이라도 나누는 듯하는데, 주변 죽립인들은 조금도 신경 쓰지 않는 모양새였다. 보다 못해, 그들은 버럭 노성을 터뜨렸다.

"이 정신 나간 것들이 감히 뉘 앞에서!"

뱃전이 들썩거릴 정도로 쩌렁 울렸다. 그러나 위지백은 힐끔 돌아보고는 히죽 웃었다. 그의 눈길은 소리친 사내들을 그대로 지나쳐서 면포 사내에게로 향했다.

"남방의 단정도라면 내 한 번은 겪어보고 싶었지. 애송이 칼맛으로는 영 개운치 않으니. 어디 어울려 봅시다."

"네놈이 단정을 어찌?"

웃음과 함께 내뱉은 단정도의 한마디, 침묵하던 면포 사내가 눈을 부릅떴다. 가볍게 흘려들을 수 없었다. 앞서 말한 백기라는 도객은 분명 그의 제자였다. 그가 무턱대고 절기를 드러내지는 않았을 터이건만. 상대는 바로 자신의 원류를 밝혀낸 것이다.

그러거나 말거나, 위지백은 아무래도 상관없었다. 칼을 들이댄 것들을 죄 치우고, 제대로 여문 단정도를 견식할 생각뿐이었다. 히죽거리며 웃는 얼굴이 그리 밉상이다.

"허, 낭패로군. 호랑이를 잡으러 왔다가 그만 용의 수염을 건드린 격이구나."

사내는 한탄하며 얼굴을 가린 면포를 거칠게 벗어던졌다. 그러자 드러난 것은 뜻밖에도 청수하기 그지없는 인상을 지닌 중년인이었다. 한 사람의 유자(儒者)처럼 단정한 얼굴에 짙은 호목(虎目)을 지녔고, 회색 수염을 단정하게 다듬었다. 더불어 들고 있는 박도를 내던지고는 허리 뒤에서 새로이 칼 한 자루를 뽑아 들었다. 낭창거리는 유엽도(柳葉刀)는 내리는 햇빛을 받아 무광도에 못지않은 반사광을 번뜩였다.

"청사도(靑蛇刀)!"

황보도옥은 푸른빛을 머금은 보도를 바로 알아보았다. 그녀는 더욱 놀라 사내를 바라보았다. 유자의 고아한 외견(外見) 속에 수라의 살기를 지닌 도객이라니. 강호도상에 달리 있을 리가 없었다. 더구나 청사도의 주인이니. 그녀는 터진 입술을 질끈 물었다. 통증을 느낄 새도 없었다.

"청사도주 강량!"

그렇다는 것은 곧 여기 몰려온 무리는 다른 누구일 리가 없었다. 그녀는 긴 숨을 토하며 중얼거렸다.

"당신들 황가(荒家)의 사람들이군."

황량한 가문이라니, 기이한 이름이다. 그러나 이는 무가련, 특히 호남황보에 세를 빼앗긴 크고 작은 무가의 결집체를 뜻했다. 황보도옥은 황망함을 감추지 못했다. 그러나 놀람은 잠시, 그녀는 하얀 이를 질끈 물었다.

"당신들이 호남황보에 적의를 지닌 것은 십분 이해할 수 있겠습니다. 하지만 본선을 노리는 것은 전혀 다른 일이오! 대선을 이용하는 것은 일반 백성들이며, 황보가와는 하나 상관없는 이들뿐이거늘, 어찌, 어찌!"

"흥! 시끄럽다. 뒤에서 압박하고, 앞에서는 공명정대한 척, 거드름이나 피워대는 황보의 씨족이 지금 백성이 어쩌고를 떠들어? 하하, 우습구나!"

주장(主將)이라 할 강량은 가만히 있는데, 한 사내가 불쑥 튀어나와서 노성을 터뜨렸다. 흉적 중에서도 유독 거칠었던 이였다. 그 또한 하나 감출 의도가 없는지 얼굴 가린 면포를 벗어던졌다. 황보도옥은 그의 노성에 어깨를 들썩였다. 처절하기 이를 데가 없어 흡사 원귀(寃鬼)가 양광에 모습을 드러내기라도 한 것만 같았다. 황보도옥은 그 또한 알아볼 수가 있었다.

"복양문주."

"그래, 내가 복양문 사대문주, 진종길이다!"

복양문이라면 수 년 전에 황보가의 눈 밖에 나서 그 터전을 잃고만 문파였다. 사대에 이르기까지 세월이 무려 일백여 년이니. 그러한 터전을 잃었다는 것은 곧 전부를 잃었다는 것이나 다름없었다. 그의 절절함은 당장 피눈물을 쏟아낼 지경이었다. 황보도옥은 말을 잃었다. 그런데 위지백이 앞으로 나섰다.

"무슨 구연인지 내 알 바는 아니고 좀 비켜주지그래? 아니면 같이 덤비든가 말이야."

"감히, 낭인 주제에!"

"진제, 그만하게."

"하지만."

"여기 이자는, 아니 이분은 낭인이라 할 분이 아닐세."

노한 복양문주를 강량이 낮은 목소리로 만류했다. 위지백을 향한 눈길은 여전했다. 그 신중함에 진종길은 물론, 황보도옥과 다른 무인들도 한껏 놀라고 말았다. 강량은 그무위만큼이나 오만함으로 유명한 자였다. 그런 이가 몸가짐을 바르게 하면서 존대를 하였으니.

"이제야 그대가 누구인지 알았소. 무례를 용서하시구려, 위지 선생."

"위지? 위지라 하면?"

"천산의 위지 씨라 하니, 다른 사람일 리가 없지. 당대의 서장제일도. 그리고 다음의 천하제일도라 불리는 도객."

"위, 위지백!"

강량은 차분하게 말했다. 그러자 복양문주를 비롯한 황가련의 인물들은 눈을 치뜬 채, 위지백을 다시 보았다. 마치 왈짜 무리인 양 건들거리는 모양새인데, 실상 절세의 도객이란 말인가. 위지백은 쏟아지는 눈길에 피식 웃었다.

"오호, 알아봐 주니 감사하기는 한데. 그렇게 띄워 준다고 칼을 거둘 생각은 없는데."

"그것은 이 사람도 마찬가지. 다시 인사드리겠소. 청사도주 강량이오."

"새삼 말할 것도 없겠지."

위지백은 있는 대로 오만을 드러냈다. 히죽 웃는 모습에 황가에 속한 여타 무인들은 불끈하면서 칼자루를 움켜쥐었다. 그들이라도 뛰쳐나갈 기세였다. 그러나 강량은 묵묵히 고개를 끄덕였다. 서장제일도라면 마땅히 오만할 자격이 있다.

"허면, 길게 말할 것도 없겠구려."

강량은 퍼뜩 이를 드러냈다. 일이 이 지경이 되었으나, 그 또한 무도를 좇는 도객이다. 강자와 겨룰 기회를 마다할 리가 없었다. 청사도 얇은 몸을 부르르 떨었다.

"가, 강 문주."

"물러서게. 어차피 오늘 일은 다 글렀네."

"으, 으윽."

진종길은 신음을 흘리며 어깨를 늘어뜨렸다. 그리고 품은 독기를 잃고서, 힘없는 눈으로 위지백을 원망스럽게 바라보았다. 그 눈길은 숨을 몰아쉬는 여선주, 황보도옥에게로 향했다가 그만 고개를 떨구었다. 반면 황보도옥은 안도하여서, 저도 모르게 한숨을 흘릴 뻔했다.

'헉, 안 되지, 안 되지.'

생각 없는 작은 행동으로도 여기 황가련의 사람들을 자극할 수 있었다. 그녀는 자신을 다독이고 우뚝 선 위지백의 뒷모습을 새삼 바라보았다. 강량이 청사도를 눈앞에 세운 채, 서서히 도세를 드러내고 있었다.

청사도, 시린 빛을 뿌리는 보도는 쏟아지는 불볕더위에도 차가웠다. 강량은 도신을 곧게 세우고서, 퍼뜩 눈을 감았다. 대적자를 앞에 두고 홀연 눈을 감다니, 그게 무슨 짓이냐 싶었지만, 위지백은 그것을 보고는 퍼뜩 눈살을 찌푸렸다.

"오호라, 이번에는 진짜 제대로구면."

그러고는 더욱 밝게 웃었다.

단정, 오욕칠정(五慾七情)의 심근(心根)을 끊어내는 것이니. 단정지도(斷情之刀)의 무경을 이룬 모습은 곧 이러하다.

다시 눈을 뜬 강량의 얼굴은 흡사 밀랍으로 빚어낸 가면을 덮어쓴 것처럼 아무런 표정도 없어 싸늘했다. 위지백의 말마따나 제대로 된 단정도의 발현이다. 청사도의 흉광이 차츰차츰 가라앉았다. 단정도는 흉험함을 겉으로 드러내지 않았다. 깊이 품은 도광은 쏟아지는 햇빛을 속이고, 거리를 갈랐다. 일말의 잡념도 실려 있지 않은 일도, 그 궤적은 어깨를 늘어뜨리고 있는 위지백의 미간으로 빨려 들어갈 듯했다. 그에 비하면 무광도는 한참 늦게 움직였다.

황보도옥을 비롯한 선부들은 그만 두 눈을 질끈 감았다. 차마 절망의 순간을 똑바로 볼 엄두가 나지 않았다. 반면에 황가련은 한껏 이를 드러냈다. 역시 강남불패도라 하는 청사도이다. 속으로 그렇게 부르짖을 새, 강렬한 일순의 섬광이 터지며 모두의 시야를 가렸다.

소리는 뒤늦었다.

눈이 멀 듯한 것을 자각하고 나서야 날카로운 쟁명이 모두의 귀를 때렸다. 퍼뜩 정신을 차렸을 적에, 적아를 떠나서 그들은 당혹감을 감추지 못했다.

위지백은 여전한 얼굴이었다. 다만 한 걸음 뒤로 물러섰고, 어깨에 걸쳤던 무광도는 아래로 길게 늘어뜨린 채였다. 그러나 그는 오연한 모습이었다. 이내 히죽 웃으며 말했다.

"역시 단정도. 이야, 이야, 가슴이 철렁할 정도라니."

강량은 고개 숙인 채, 쓴웃음만 흘렸다. 맥없이 늘어뜨린 손은 비어서 멋대로 덜덜 떨리고 있었다. 절세보도인 청사도가 빛을 잃은 채, 뱃전에 틀어박혀서 칼자루가 좌우로 흔들거렸다.

"허어."

강량은 긴 한숨을 흘렸다. 약관의 나이에 강호출두하여서, 무수한 생사의 고비를 넘겼다. 강남불패도라는 별칭이 괜한 이름이 아니었건만. 누가 보아도 명백한 결과였다. 청사도를 놓치다니. 다만, 결과에 이르는 과정은 여기 있는 누구도 헤아릴 수가 없었다.

"아니, 이게. 이게 무슨?"

"지금 뭐가 어떻게 된 일이지?"

임무를 그르친 마당이었지만, 황가련의 이들도 엄연한 무인이었다. 천하를 아우르는 고수의 대결에 이목을 집중하지 않을 리가 만무했다. 그러나 어느 것 하나 헤아릴 수가 없었다. 당혹감을 감추지 못하고 한껏 웅성거리는데, 강량은 애써 담담한 척 말했다.

"졌소."

서장제일도를 마주하고서, 일도에 아낌이 있을 리가 만

무했다. 애초에 각오하고 단정구도(斷情九刀)에서 제일 자신하는 무욕도폭(無慾刀暴)을 펼쳤는데, 이렇게 완벽하게 튕겨 내다니. 사실을 말하자면, 마주한 강량조차 위지백의 도초가 어찌 변화하는지, 두 눈으로 보았음에도 헤아릴 수가 없었다. 무광도는 마치 살아 있는 것처럼 뻗어 가는 청사도를 휘감아 멀리 던져버린 듯했다.

"이야, 정말 화끈한 일도였소. 당신 정말 멋진데."

패배를 자인하는 것만큼, 무인에게 괴로운 것이 어디 있을까. 위지백은 한쪽 입매만 슬쩍 올린 채, 편히 말했다. 그리고 무광도를 바로 거두었다. 눈가를 어른거리던 백광이 싹 사라져버리자, 새삼 뱃전이 어둑했다.

"위지 선생께서는 뜻대로 하시구려. 여기 강 모는 처분에 따르겠소."

"강 문주!"

"강 대협!"

승복하는 강량의 한마디에 황가련 사람들은 비명처럼 빽 소리쳤다. 임무의 실패나, 강량의 패배보다도 지금의 일이 더욱 절망적이었다.

위지백은 고개를 비스듬히 기울인 채, 고개 숙인 강량을 다시 보았다. 그는 곧 황가련 사람들에게로 향했다.

"처분, 처분이라. 뭐 양쪽의 사정이야 아무래도 상관없

는 일이고. 여하간, 이 사람은 광동에 들어서야 한단 말이
야. 그럼 어쩌면 좋을까? 응?"

은근하게 하는 말에는 웃는 기색마저 섞여 있었다. 그러
나 웃음을 곧이곧대로 받아들이는 사람은 여기에 단 한 명
도 없었다. 어깨에 걸쳐 올린 무광도의 칼날이 새삼 번뜩
였다. 그들을 이끄는 강량은 이미 고개 숙이고서 두 손, 두
발을 다 든 처지였다. 이를 악물고 대든다면야 못해도 황
보가의 밥이나 빌어먹는 선부들을 모조리 베어 버릴 수도
있을 테지만. 그리했다가는 황가련의 명분과 명운은 그래
도 끝장이었다. 침묵하는 강량을 대신하여서 복양문주 진
종길이 대신 나섰다.

"이만 무, 물러나겠소."

"응? 물러나시겠다?"

"그렇소."

"아니지, 이대로 물러나면 아니 되지."

"그게 무슨?"

"이런 젠장, 배를 몰아야 할 선부들이 다 이 지경인데.
네놈들이 훌쩍 빠져버리면, 배는 어쩌란 말이야!"

위지백은 세차게 발을 굴렀다. 꽝! 소리에 뱃전이 크게
들썩였다. 물결에 큰 돌을 던진 것처럼 나무바닥이 덜그럭
요동쳤다. 황가련 무인들은 그 자리에 주저앉고 말았다.

위지백은 날이 선 눈초리로 그네들을 둘러보고는, 곧 넋을 놓아 버린 황보도옥을 돌아보았다.

"거, 여기 이놈들을 부리시구려. 어찌 되었든 간에 내 후딱 내려가 봐야 하니."

"예, 그, 그렇게 하겠습니다."

놀란 와중에도, 황보도옥은 과연 여걸이라. 그녀는 바로 고개를 끄덕였다. 그리고 주저앉은 이들을 다그치듯이 일으켜 세워서는 각자 일을 맡겼다. 허투루 할세라, 그래도 상세가 덜한 선부들이 뒤에서 일을 시키고 거들게 했다. 소란이 그렇게 잦아들 참인데, 황보도옥은 부랴부랴 위지백을 다시 찾았다.

위지백은 처음의 자리에 그래도 주저앉아서 난간에 턱을 착하니 올리고 있었다. 무기력하여서, 촌각 전에 무용을 뽐낸 이와 같은 사람이라고는 보이지 않았다. 황보도옥은 한숨을 삼켰다.

'기인은 기인이구나.'

"왜 또?"

잠시 주저하는데, 위지백이 먼저 물었다. 그는 고개를 뒤로 꺾고서 황보도옥을 빤히 보았다. 일은 다 수습한 마당에 무슨 다른 볼일이 있을까. 황보도옥은 바로 마음을 다잡고는 당차게 말했다.

"기왕에 힘 써주신 것, 한 번만 더 도와주시지요."

"응? 뭔데 그러나?"

"물길이 막혔습니다."

위지백은 영 시큰둥한 눈초리였지만, 바로 자리에서 일어났다. 배 난간을 밟고서 훌쩍 선두를 향해서 몸을 날렸다. 깃털처럼 가벼운 보신경이다. 아무리 큰 배이고, 또 멈춰 있다고 하지만, 흐르는 물결에 뱃전이 불규칙하게 흔들리고 있었다. 과연이라고 해야 할지, 황보도옥은 후미에서 멍한 눈으로 위지백을 바라보았다. 위지백은 발끝이 채 뱃전에 닿기 직전에 무광도를 움켜쥐었다. 벼락같은 발도와 동시에 요동치는 도경이 거리를 격했다. 배 아래에 뒤엉켜 있는 뗏목의 파편 따위가 그 일도에 산산이 박살 나고, 온갖 파편이 높게도 튀어 올랐다. 뱃전에서 선부이고, 황가련이고 떠나, 모두 망연한 눈으로 비산하는 나무 파편을 바라보았다.

강남불패도를 상대할 적에는 너무도 지고한 경지인지라, 범인으로서는 어찌 짐작할 수 없었으나, 지금의 일도로 분명히 깨달을 수 있었다. '서장제일도'는 그저 새외고수를 칭하는 간단한 이름이 아니었다.

능히 천하의 고수에 버금가는 것이니. 어렴풋이 정신을 차린 강량은 그 모습에 짧은 숨을 흘렸다.

"이런, 젠장."

위지백은 자신을 상대하면서도 진력은 드러내지 않았던 것이다. 강량은 두 눈을 질끈 감아버렸다. 우르릉 소리가 들리고는 멈춘 대선이 강물을 타고 다시 흘렀다. 바람을 한껏 받아서 높이 세운 돛이 펄럭였다. 여기서 울상은 도망할 기회를 보던 세작이었다. 일이 영 뜻대로 되지 않는 통에 마냥 시무룩했다. 그나마 다행이라면, 한바탕 난리로 쌓인 짜증을 해소한 모양이라, 계속 부르며 괴롭히는 일은 없었다.

뱃길은 목적한 곳에 순조롭게 닿았고, 위지백은 광동 땅에 더욱 가까이 이르렀다. 다만, 그의 생각대로 일이 순조롭게 풀려나가지는 않았다.

※　　　※　　　※

실로 염천(炎天)이다. 맑은 하늘에서 백일(白日)이 뜨겁게 이글거렸다. 지친 수목이 마른 가지를 길게 늘어뜨렸다. 무성한 잎사귀가 누렇게 타들어갔다. 그렇게 뻗은 산세는 끝도 없이 이어졌다. 호남과 광동의 경계를 짓는 남령산맥(南嶺山脈)이다. 다섯의 산봉이 이어져서, 달리 오령(五嶺)이라고도 하는 산줄기로, 화중(華中)과 화남(華南)

을 구분하기도 했다.

소명은 남령산맥의 깊은 산세를 묵묵히 걸었다. 발걸음에 한껏 삭은 수풀이 흔들거렸다. 그는 크게 먼지를 일으키지도 않았고, 크게 지치지도 않았다. 차분한 걸음이었다. 그렇게 무성한 수풀을 조용하게 넘어서자, 소명은 후, 짧은 숨을 흘렸다.

광대하게 뻗은 산줄기가 멀리 보였다. 이제야 광동이었다. 하남의 개봉에서 쉴 틈도 없이 걸음을 재촉한 끝에 못해 삼천리 길을 주파한 셈이었다. 아무리 소명이라도 한숨이 절로 흐르는 것은 어쩔 수 없었다. 그리고 가까이에는 거지가 있었다. 그것도 수많은 거지였다. 일백, 이백, 아무리 그래도 일천에 이르지는 않겠지만, 어디서 그리들 모였는지, 수많은 거지가 하나같이 그늘을 찾아서 나른한 모양새로 퍼질러 있었다. 개봉부의 개방 총타에서나 볼 법한 광경이었다.

소명은 잠시 쓴웃음을 머금었다. 여기 거지들이야말로, 개방의 정예라고 할 수 있었다. 광동 마녀를 잡기 위해서 천하 방방곡곡에서 결집한 개방의 고수들, 용호풍운이다. 모골개와 개방 사걸은 그들에게 소식을 알리고자 먼저 나선 터라, 여기에 서 있는 것은 소명 혼자였다. 방만하기 이를 데가 없는 용호풍운의 모습이었지만,

"좋아, 그만 가 볼까."

소명은 거지들 모습을 둘러보고는 곧 앞으로 나섰다. 걸음은 당당하여서, 주저하거나, 움츠러드는 기색은 조금도 없었다.

한참 게으름에 취해 있던 거지들은 문득 고개를 치켜들었다. 소명이 다가오는 모습을 물끄러미 보더니, 이내 하나, 둘 자리에서 일어섰다. 그러고는 죽장이나, 두 주먹, 두 발로 일제히 땅을 두드려대기 시작했다. 무슨 의식과도 같은 것인지, 쿵쿵, 울리는 소리가 깊은 산세를 휘저었다. 그 소란 속으로 소명이 들어섰다.

'환영 인사치고는 과격하군.'

소명은 한층 입매를 비틀었다. 마구잡이로 두드리는 듯했지만, 내밀한 박자가 있어서 귀를 흔들고, 둔중한 울림이 쉴 새 없이 내기를 뒤흔들려 했다. 언뜻 두서없는 소음에 지나지 않은 듯하나, 경지에 이른 음공(音功)이라 할 수 있었다. 소림파에서 전하는 고심종(叩心鐘)이나, 불문사자후(佛門獅子吼), 혹은 항마음(降魔音)이 이에 속했다. 개방의 만걸가(萬乞歌)라 하는 것인데. 굳이 소명을 앞에 두고 이 소란을 보이는 것은 요컨대, 시험을 해 보겠다는 뜻이나 다름없었다.

일제히 일어나는 음파는 계속해서 소명을 짓눌렀다. 한 걸음, 또 한걸음, 거지 무리 속으로 파고들수록 압력은 배가 되었고, 그 배가 되었다. 그러나 소명은 다른 반응을 보이지 않았다. 묵묵히 걸음을 옮길 뿐이다. 만걸가의 공력에 마주 대거리를 하거나, 흘려버리는 것이 아니었다. 마치 허공에 힘을 쏟아 내는 것인 양 한참 고요하여서, 제아무리 대단한 만걸가라도 차츰차츰 기운이 다해갈 수밖에 없었다. 그렇다고 소명이 마냥 태연한 것은 아니었다. 깊이 품은 공전무용의 공력이 진력을 드러내어서, 만걸가의 공력을 낱낱이 상쇄하는 까닭이었다.

일천여 거지를 가로질러, 소명은 구석진 자리에 이르렀다. 그곳은 백발이 성성한 늙은 거지 여럿이 둥그렇게 앉아 있었다. 모골개도 그중 하나였다. 모난 눈초리가 잠시 소명에게 향했다가, 이내 히죽 웃어 보였다. 그리고 그들 가운데에 계피학발이라는 말 그대로 왜소한 거지 노인이 잔뜩 몸을 웅크리고 있었다.

몸을 가누는 것도 힘겨워 보일 정도로 노쇠하여서, 주변 노인이 오히려 나아 보일 정도였다. 그러나 개방의 용두방주이며, 당대의 뇌공이 눈앞에 있는 비루한 거지 노인이다.

"소림 속가, 소명이 방주를 뵙습니다."

소명은 공손히 두 손을 맞잡으면서 허리를 깊이 숙였다. 뇌공은 느릿하게 고개를 들었다. 계피학발의 앙상한 모습에서 천하를 아우르는 고수의 풍모를 찾아보기란 어려웠다. 주름 가득한 노안은 백탁이 가득했다. 까마득한 세월이 고스란했다. 노인은 가만히 미소 지었다.

"얘기는 들었네. 그대가 소림의 용문제자로군. 흘흘, 소림에서 용문의 이름을 듣다니. 이게 몇 년 세월만이던가? 참 오래도 살았어."

"그러니 그만 물러나셔서 편히 여생이나 보내시지요."

"그렇지, 그렇지. 이게 무슨 좋은 일이라고. 다 늙어 여기까지 직접 행차하고 그러십니까."

"그래요, 괜히 우리까지 우르르 끌고서."

주변의 거지 노인들이 이죽거리며, 한두 마디씩 거들었다. 하나같이 불만이 그득했다. 그러자 뇌공은 헐헐 웃었다.

"너희 녀석 중에서 하나라도 나서줘야, 이 늙은이가 그만 물러날 것이 아니더냐."

"크흠."

괜한 말을 꺼낸 셈이었다. 뇌공의 면박에 먼저 말 꺼낸 거지 노인은 헛기침을 흘렸다. 말인즉, 누구라도 물려줄 놈이 있어야 물러나지 않겠느냐는 것이니. 뇌공은 새삼 번뜩이는 눈매로 둘러앉은 다섯 노인을 흘겨보았다.

행여 뇌공과 눈을 마주할세라, 다섯 노인은 재빠르게 고개를 휘휘 돌리며 딴청이다. 모골개는 슬쩍 물러나서는 키득키득 웃었다. 용두방주 뇌공의 애제자이자, 또한 개방의 오랜 골칫거리인 다섯 마리의 이무기, 오교룡(五蛟龍)이 여기 다섯 노인이다. 젊었을 적에야 각자 영명 넘치는 별호로 불렸지만, 그 세월이 벌써 반 백여 년에 이르니 달리 기억하는 이도 드물었다. 이제는 같은 개방에서도 그저 교룡이라 칭할 뿐이었다. 용이 되지 못한 이무기. 딱 그네들의 처지였지만, 말하는 것과 달리 용이 되고 싶어하는 이는 이들 사형제 중 단 한 사람도 없었다.

스승인 뇌공이 일평생 동안 그리 고생하는 것을 똑똑히 보았는데, 뭘 굳이 그네들까지 해야 하는가 싶은 까닭이었다. 그 속내가 참으로 빤히 보이는지라, 뇌공은 끌끌 혀를 찼다. 탁한 눈매를 샐쭉하게 뜨고는 주저앉은 다섯을 흘려보자, 하나같이 고개를 돌렸다.

옆에서 속 긁는 소리를 해 대는 것도 실상은 그만 좀 놓아달라고 하는 것이니. 다 늙어서도 떠돌아다니기 좋아하는 성질머리는 어찌할 방도가 없었다. 그냥저냥 딴청 피우는 기색이 어찌나 얄밉던지, 뇌공은 급기야 노성을 터뜨렸다.

"너희 놈 중 아무라도 그냥 맥을 이어주면 아니 되겠느냐? 다른 놈들은 목숨 걸고 달려들 일인데, 왜 너희 다섯 놈만 죽자고 싫다는 게야?"

소명이라는 외인이 앞에 있건만, 다 늙은 거지는 맨 손으로 흙바닥을 마구 두드렸다. 야윈 몸이 무너질 것처럼 요동치면서 성질을 터뜨리는 모습은 남에게 보일 만한 일이 아니지 않은가. 먼 길을 함께해온 모골개도 짐짓 민망한 모양인지 고개를 모로 돌리고 모른 체했다.

왁자한 일은 더 이어지지 않았다. 결국에 뇌공이 제풀에 지쳤다. 노인은 더 말하기도 지겹다는 듯이 고개를 흔들었다. 앙상한 목뼈가 훤히 드러났다. 그리고 멀뚱히 서 있는 소명을 향해서 눈을 돌렸다.

"그래, 용문제자가 무슨 용무로 개방대사에 굳이 찾아오셨는고?"

치를 떨어대면서 노화를 터뜨릴 때에는 언제고, 용두방주는 히죽 웃었다. 한순간에 돌변한 노인의 모습은 기가 찰 정도라, 개방 거지들이 아무리 철면이래도, 이때만큼은 하나, 둘 고개를 돌리고 말았다. 마주한 소명은 쓴웃음을 잠시 억누르고 새삼 고개를 숙였다.

"방주께 삼가 청하고자 왔습니다."

"오호, 청이라?"

"제자들을 거두어주십시오."

방주 뇌공은 조용했다. 그는 딱히 성을 내지도, 불편해하지도 않았다. 묻는 표정 그대로 소명을 빤히 볼 뿐이었다. 세월에 백태 어린 눈동자가 물끄러미 소명의 눈가를 헤아렸다. 희뿌연 시야에 무엇이 보일까마는 소명은 뇌공의 눈초리가 자신의 속내를 깊이 파고드는 것을 선명하게 느낄 수 있었다.

"제자들을 거두어달라. 다시 말하지만, 개방대사일세. 자네는 소림의 이름으로 개방을 겁박하려드는 겐가?"

"제가 어찌 감히."

소명은 고개를 가로저었다. 턱 밑에 덥석 살기가 와 닿았고, 만걸가처럼 은근하게 짓누르는 것이 아니라, 실제적인 기세가 목덜미를 짓눌렀다. 이것이 뇌공이다. 과거에 무신의 반열에 올랐다고 하는 고수의 진면목인 셈이었다. 그러나 마주하는 소명에게 흔들림은 없었다. 그는 흔들리는 앞 머리카락 사이로 곧은 눈길을 내비쳤다.

"광동에서 소란을 일으킨 화염마녀는 마도의 후인이 아닌 까닭입니다."

"응? 그것은 또 무슨 소리인가?"

뇌공은 백탁 어린 눈동자를 깜빡거렸다. 그는 이내 손을 내저었다. 어느 틈엔가 사위를 점하고 있던 개방 거지들이 순순히 기세를 풀고서 한 걸음씩 물러났다. 마냥 나른하여서 방만한 모습은 온데간데없었다. 그들뿐만 아니라, 오교룡 또한 한쪽 무릎을 세운 채, 언제든 손을 쓸 채비를 갖춘 참이었다.

"마도의 인물이 아니다? 화염마녀라 불리는 이가?"

개방의 행사였다. 경솔하게 움직일 리가 만무했다. 지나온 행사를 낱낱이 살폈고, 일어난 피해의 전후사정을 파악하기에 소홀하지 않았다.

천산에서부터 비롯한 행보와 지난 자리에서 일어난 온갖 소동을 헤아렸을 적에, 마인이라 하기에 부족함이 없었다. 그런데 소림의 제자가 그런 이를 비호하려 들었으니. 뇌공은 물론이거니와 개방 거지들은 도끼눈을 뜬 채, 소명을 노려보았다. 그네들 눈초리에는 의심마저 어렸다.

소명은 쏘아보는 눈초리에 흔들리지 않았다. 그는 더욱 차분하여서 입을 열었다.

"그 아이는."

"그 아이?"

"산의 주인입니다. 노방주."

"산주, 산주, 화염마녀. 산주, 화염."

방주는 거듭 되뇌었다. 그러자 오교룡 중 한 명이 슬그머니 일어나 귓가에 속삭였다. 소곤거린다고 하지만, 앞에 앉은 소명도 똑똑히 들을 정도의 목청이었다.

"서천 양대 전설, 화염산주를 말하는 거 아니겠습니까."

"음, 그래, 그렇지. 양대 전설."

그제야 방주는 느릿느릿 고개를 끄덕였다. 그렇다면야 천산을 거쳐서 온 행보와 불길이 마구 일어나는 요술에 대해서도 헤아릴 만했다. 그러나 의문이 모두 해소되는 것은 아니었다.

방주는 고개를 한쪽으로 기울이며 의아함을 솔직하게 드러내었다.

"좋다. 내 양보하여서 자네의 말을 믿는다고 하지. 그렇다면 소림의 용문제자가 무슨 인연이 있어서 화염산주의 행방을 짐작하고 있단 말인가?"

노인의 의문은 깊고도 날카로운 바가 있었다. 무학의 조종이라고도 일컬어지는 소림사, 그곳에서도 특히 인정하는 것이 바로 용문제자였다. 소림사의 용문제자가 무슨 연유로 서천의 전설인 화염산주와 인연을 맺었으며, 또한 그의 편을 들고자 하는 것인가. 여러 가지가 뒤엉킨 일이었다. 결코, 개인의 일로 치부할 수만은 없다. 소명은 슬쩍 미소를 지었다. 설명하기 어려운 일도 아닐뿐더러, 굳이 감추고자 할 것도 아니었다. 소명은 속을 떠보는 듯한 뇌공의 탁한 눈길을 받으며 새삼스럽게 다시 두 손을 맞잡았다.

"응? 뭐하자는 게냐?"

"다시 인사 올립니다."

소명은 소림 용문제자가 아닌, 서역의 이명(異名)을 새삼 밝혔다. 슬쩍 고개를 숙이는 모습이 장중하다. 속삭일 듯 낮은 한 마디에 뇌공은 처진 눈꺼풀을 번뜩 치켜들었다.

"이런 용문제자 운운하기에 새끼 용인 줄 알았더니."

이상한 침묵이 이어졌다.

소명은 태연했고, 뇌공은 오만상을 쓴 채 말이 없었다. 다른 이유가 있는 듯했다. 그것을 이상하게 여기면서도, 개방 거지들은 쉽사리 의문을 표하지 않았다. 이 와중에 오교룡은 소명과 같이 온 모골개 장로를 향해서 연신 눈짓했다.

'뭐야, 뭔데? 무슨 일인데?'

모골개라고 무슨 할 말이 있을까. 사정 모르기야, 그도 매한가지였다.

뇌공은 눈을 얇게 떴다. 화염산주에 대해 더는 의구심을 품지 않았다. 그렇다면 또 다른 일이 문제였다.

"육가에서 그것을 몰랐을까?"

"적어도 마도가 아님은 알았겠지요."

"그래, 그렇다면, 그렇다면."

무어라고 우물거릴수록 뇌공의 노안에는 차츰차츰 그늘이 짙어갔다. 어느 시름이 깊어가는 듯했다. 그도 잠시, 뇌공은 퍼뜩 짙은 눈썹을 사납게 치켜들었다.

"육가, 이놈의 것들이 감히 장난을 치고 있단 말이지."

달리 생각할 이유가 없었다. 뇌공, 이미 세수가 백수를 훌쩍 넘긴 강호의 노괴물이 부들부들 몸을 떨었다. 탁한 눈동자는 그대로였지만, 그 아래에 요동치는 격랑을 감히 헤아리지 못할 사람은 여기에 없었다.

'어이쿠, 일 났다!'

뇌공 가까이에 있는 개방 거지들은 두 눈을 질끈 감으며 속으로 외쳤다.

제6장

광동풍운(廣東風雲)

　서천백일(暑天白日)이라, 하얗게 이글거리던 햇빛이 뉘엿뉘엿 저물었다. 붉은 노을은 빠르게 사그라졌다. 그래도 남방의 더위는 쉽게 가라앉지 않았다. 숨이 턱턱 막히는 열기와 끈적이는 바람이 높이 세운 깃발을 흔들어놓았다. 불구덩이가 옆에서 이글거리기라도 하는 것처럼 주변의 열기는 힘겨웠다.

　이곳에 광동 토박이 아닌 자가 없건만, 다들 끈적한 땀을 훔쳐내면서 불평했다. 여기서 마음 편히 몸을 쉬는 이는 없었다. 그렇게 힘겨운 날에도 소식은 다급했다.

길을 얼마나 재촉하였던지, 소식을 들고 온 전령은 숨이 넘어갈 듯했다. 광동의 끝에서 끝을 하루 만에 가로지른 소식이었다. 그리고 짧은 밀마(密嗎)를 확인하는 순간, 움켜쥔 손이 흔들렸다.

한번을 보고, 두 번을 다시 보아도, 내용이 달라지지는 않았다. 소식의 호오(好惡)를 떠나 전혀 뜻밖의 일이어서, 한참이나 다시 확인할 정도였다. 그는 이내 밀마가 적힌 쪽지를 힘주어 그러쥐었다.

"개방이 물러났다?"

생각지 못한 일이다. 아니, 있을 수가 없는 일이다.

다른 곳도 아닌 개방에서 마도의 존재를 확인하지도 않고 발길을 돌리다니. 손의 주인은 고개를 흔들었다. 밝힌 등잔 불빛이 갈색 얼굴을 환하게 비추었다.

광동육가의 소가주, 육기였다.

감정을 드러내는 일이 없어서, 강호에서는 그를 두고 무정장안(無情藏眼)이라고도 하였지만, 지금에는 도리가 없었다. 복잡한 심사가 눈빛에 고스란했다. 광동 땅에서 육씨의 칠성흑기(七星黑旗)를 앞세우고도 이렇게 지지부진하다니. 그는 입매를 비틀었다.

문제가 일어난 춘양에 이르고 벌써 달포에 가까웠다. 그럼에도 뾰족하게 수를 내지 못하고 있었다. 여러 이유가 있겠으나, 육기에게 주된 이유는 하나였다. 그는 일그러지려는 얼굴을 쓸어내렸다. 등잔 심지에 매달린 불꽃이 흔들거리며 그의 눈을 잡아끌었다.

십삼분가의 폐허를 밟고 섰을 때만 하여도, 광동육가와 그를 따르는 광동 남무림의 위세는 하늘을 찌를 듯했다. 특히 남칠문(南七門)이라 일컫는 일곱 문파는 그야말로 정예를 이끌었다. 그런즉 길어봐야 하루면 정리될 일이라 여겼건만. 얼마나 가당치 않은 생각이었던가.

"화염마녀, 그 하나를 감당하지 못하고 있다니."

비틀린 입매에서 헛웃음이 절로 새었다.

마녀는 폐허의 검은 흙을 밟고서 나타났다. 흑단 같은 짙은 머리카락을 산발하고서, 아이의 저고리에 붉은 치마를 늘어뜨렸다. 기이한 차림새였으나, 절세가인이라는 말이 부족하지 않았다. 그 자신조차 잠시 넋을 잃을 정도였으니. 그저 약간의 무공을 지닌 강호의 여인이라 여겼을 뿐이다. 그러나 여인이 하얀 손을 가볍게 치켜드는 순간, 모든 것이 달라졌다.

장난처럼 내젓는 손짓을 쫓아서 시뻘건 불길이 일천 장 높이로 치솟아 하늘을 태웠다. 인간의 무력은 그녀 앞에서 일체 무용했다.

어찌 피해를 감내하고서 불길을 뚫었지만, 마녀의 곁에는 남다른 고수가 둘이나 있었다. 마녀처럼 방문좌도(傍門左道)에 가까운 이능(異能)을 지닌 마도의 고수는 아니었다. 두 사람의 고수는 분명 정종의 공력을 바탕으로 했다. 그 내력까지 헤아릴 수는 없었다. 한쪽은 섭선으로 최소 무경을 이루어낸 장년인이었고, 다른 쪽은 청년 검수로서, 공력이 절정에 이르러 있었다. 그리고 춘양의 여러 민초가 있었다. 기껏 돌이나 던지고 흙모래나 끼얹어 대는 정도에 지나지 않았으나, 일사불란하게 움직이면서 거들어대니, 또 그러한 위협이 없었다.

그런즉, 광동을 뒤흔들 만한 무력을 모아 놓고도 날짜만 헛되이 흐르고 있었다.

육기는 더운 숨을 흘렸다. 처한 상황을 외면할 생각은 추호도 없었다. 그것은 육가의 소가주에게 마땅한 일이 아니다. 그러나 상황을 헤아릴수록 자신의 부족함이 성큼 다가온다. 그는 강인한 턱을 천천히 짓누르며 쓸어내렸다. 그리고 곧 자리에서 일어났다.

육기가 있는 곳은 규모는 상당했지만, 퇴락한 내실이었다. 육가의 소가주가 머무르기에는 초라하기 그지없었다. 급하게 오색 비단 천을 켜켜이 늘어뜨렸지만, 사이로 검댕 가득한 벽이 엿보였다. 문가에도 문짝은 온데간데없어, 비단 자락으로 대신했다. 육기는 천을 치우고 밖으로 나섰다.

흐린 달빛 아래에 일군의 숙영지처럼 여러 천막이 줄지어 자리했다. 좌우로 타다 남은 폐허가 위태하게 서 있었다. 바닥에는 불탄 흔적이 역력했다. 본래 고루거각(高樓巨閣)이 높은 화려한 거리였으나, 그 화려함은 모두 잿더미에 파묻혔다.

육기는 조용히 주변을 둘러보았다.

십삼분가가 있던 자리였다. 광동 곳곳에 흩어져 있는 광동육가의 사업장 중에서 최근에 조성하였고, 규모 또한 특출난 곳이었건만, 한 사람의 힘으로 이만한 거리가 전소할 수 있다는 것이 믿기지 않을 정도였다. 그는 가볍게 고개를 내저으며 걸음을 옮겼다. 가까이 번을 서던 무인들이 육기의 모습을 보고는 부랴부랴 고개를 숙였다.

"소주(少主)."

육기는 다른 말없이 그들을 지나쳤다. 그는 가까운 또 다른 전각으로 향했다. 그가 처소로 쓰는 곳처럼 반쪽이나마 겨우 남은 전각이었다. 무너진 벽이 그대로 드러나 있었고, 검게 그을린 기둥이 비스듬하게 서 있었다. 안으로 들어서자, 이곳저곳에서 가져다 갖추어 놓은 탁자와 의자가 있었고, 여러 무인이 말없이 앉아 있었다. 침묵은 무거웠고, 먼 불빛에 비친 검은 얼굴은 하나같이 굳어 있었다. 그들은 육기가 들어서자 부랴부랴 일어나 예의를 갖추었다.

"육 소가주."

"소주."

중장년에 이른 이들이지만, 젊은 육기를 대하는 것은 극진했다. 육기는 그들과 일일이 두 손을 맞잡고서 가장 안쪽의 자리로 갔다. 그 뒤에는 육가의 총관이 공손한 모습으로 자리를 지켰다. 육기는 총관에게 잠시 눈짓해 보이고서, 다른 말없이 자리에 앉았다. 그제야 다른 이들도 자리에 앉을 수 있었다.

"소주, 처지가 어렵습니다."

"마냥 자리만 지키고 있을 수만은 없는 노릇이 아니겠습니까."

"아니, 그래서. 귀파에서는 이대로 물러나기라도 하겠다는 거요?"

"그런 말이 아니지 않소."

"어허, 아니긴!"

자리에 앉기가 무섭다. 서로 곁눈질하며 침묵만 지키던 이들이 육기 앞에서 기다렸다는 듯이 어려움을 토로했고, 말끝을 붙잡고서 쏘아붙였다. 참으로 대단한 인사들이다. 육기는 우선 입을 다물고서, 그들이 갑론을박(甲論乙駁) 떠들어 대는 양을 가만히 지켜보았다. 딴에 공을 세워 보겠다고 나섰다가 되레 크게 당한 이들이 대부분이었다.

남칠문의 문주는 물론이거니와, 크고 작은 무문의 주인들조차 끼어들었다. 공과를 따진다면 여기 있는 누구 하나, 육기 앞에서 얼굴을 들 수가 없으련만, 이들은 대단도 하였다. 열심히 처지의 어려움을 변명하거나, 다른 이를 깎아내리기에 급급했다.

점점 목소리는 커지고, 분위기는 갈수록 달아올랐다. 그럼에도 육기는 말이 없었다. 한참을 떠들어대던 이들은 문득 기이함을 깨닫고서 일제히 입을 다물었다. 조용한 육기의 눈치를 이제야 깨달은 것이었다.

갑작스러운 정적이 새삼스럽다.

"그래, 하실 말씀들은 다 하신 게요?"

"소주, 그것이."

"우리 힘으로는 화염마녀를 어찌할 수가 없는 모양이구려."

"그, 그러나 광동무인의 기개는 아직도 뜨겁습니다."

"아무렴, 아무렴요. 소주께서 걱정하실 정도의 일이 아니고말고요."

"마녀의 불길도 조만간에 수가 날 것입니다. 그리하면 춘양의 것들도 정신을 차리겠지요."

"그렇지요, 저런 촌무지렁이들이 뭘 알겠습니까."

네가 잘했네, 네가 잘못했네 하며 악다구니 쓸 때는 언제이고, 이제는 서로 되먹지도 않은 소리를 하면서 거들었다. 그러나 육기는 묵묵부답, 그저 깍지 낀 두 손에 턱을 괴고서 떠드는 제파의 주인들을 지그시 바라만 보았다.

광동 무림을 지탱하는 이들이었다. 그런 이들이 하는 소리가 고작 남아의 기개, 촌무지렁이가 어쩌니 하고 있으니. 참 답답한 소리였다.

육기는 치미는 한숨을 지그시 짓눌렀다. 저들의 행태는 곧 육가의 지금이기도 하다. 각자 다른 깃발을 지녔어도, 결국에는 육가의 칠성기 아래에 있는 까닭이었다.

이곳 춘양에서 일어난 화염마녀의 불길은 기이하여서, 이제 마녀 한 사람의 일이 전부가 아니었다. 금력과 무력, 양면으로 광동을 압도하였던 육가였다. 어찌 보자면 고작 한 지역의 일이 틀어진 것이라 할 수 있으려나, 그 한 곳이 육가만이 관계한 것이 아니라, 무가련의, 그것도 특히 오대세가와 얽혀 있었다.

고약한 일이다.

자칫 광동에서 육가의 위명을 흔들어 놓을 수 있었다.

육기는 새삼 차분한 눈으로 모여서 갑론을박을 거듭하는 각 무문의 주인들을 잠시 둘러보았다. 여기에도 다른 가문과 줄이 닿은 이가 하나, 둘이 아닐 터였다. 알면서도 일부러 눈 감는 바가 있었다.

'내가 부족한 탓이다.'

육기는 눈을 감으며, 쓴 속내를 감추었다. 남칠문을 비롯한 여러 중소무파를 제대로 단속하지 못하였으니. 육가의 소주이기 이전에, 육기라는 한 사람으로서 자신의 부족함이 아프도록 와 닿았다. 평온한 안색과는 달리 시름이 깊었다. 그가 다시 눈 떴을 때, 떠들던 이들이 입을 굳게 다물고서, 육기의 눈치를 보고 있었다.

"상황이 참 어지럽군요."

"소가주."

어떻게 보면 안타까운 일이다. 천룡이 문호를 다시 열었다고 하여도, 광동육가라면 능히 감당할 수 있으련만. 이제는 다 무의미한 일이 되고 말았다. 육가 소가주 육기는 피로함에 얼굴을 쓸어내렸다.

화염마녀를 제압할 수단의 하나로써 개방을 생각하였건만, 무슨 이유에서인지 개방 거지들은 뿔뿔이 흩어져버렸다. 분명 간단히 넘길 일은 아니었으나, 적어도 당장 어떤 도움도 되지 않는다는 것은 분명했다. 육기는 그런 사정을 군이 밝히지 않았다. 잠깐 말문을 멈췄다가, 다시 말했다.

"춘양을 도모하는 것은 아무래도 어려운 일이겠소."

"소, 소주! 본문을 버리시려는 겁니까!"

가장 구석에서 조용히 웅크리고 있던 거구의 사내가 기겁하여서 소리를 높였다. 육기는 벌떡 일어난 그에게 눈길을 돌렸다. 춘양에 근거를 두고 있는 고창문의 문주였다. 가장 먼저 화염마녀라는 횡액을 당한 이였고, 실상 지금의 상황을 초래한 작자이기도 했다.

"버리다니. 그런 말씀 마시구려."

무능한 작자, 처음부터 일을 이 지경으로 만들어 놓고서는 지금에 와서 버리네, 마네. 결국에 제 안위만 걱정하고 있다. 그러나 육기는 불쾌함을 조금도 드러내지 않았다. 조용히 고개를 가로저을 뿐이었다. 그러자 육기의 뒷자리에 말없이 있던 육가 총관 도포정이 나섰다.

"고창문주, 말씀이 과하십니다. 본가를 실로 경시하는 말씀이 아니오이까."

"허, 그, 그런 뜻이 아니오라."

"소가주의 말씀은 더욱 신중하게 접근하겠다는 뜻 아니겠습니까. 결코, 고창문과 우방을 저버린다는 뜻이 아니오이다."

"이, 이 우둔한 무부가 실로 결례를 범하였소이다."

고창문주는 엉거주춤 일어나, 육기는 물론, 자리한 여러 문주에게 일일이 고개를 숙여 보였다. 그도 추태라는 것을 알고는 있었기 때문이었다. 주저할 새, 누군가 조심스럽게 말문을 열었다.

"그럼, 소가주께서는 어떤 묘안이 있으신지."

"늦은 감이 있으나. 일단 만나보도록 하지요."

"예?"

육기는 차분하게 말했지만, 남칠문의 주인들은 흠칫 눈을 크게 떴다. 똑바로 듣고도 이해하지 못한 얼굴이었다. 다들 어리둥절한 얼굴이었으나, 육기는 외면하듯 고개를 돌렸다. 그는 도포정에게 말했다.

"전령을 추려보시구려."

"예, 소주."

더는 웅성거림이 없었다. 그들은 긴장한 눈으로 빠르게 머리만 굴렸다. 일이 어떻게 돌아갈지, 자신들에게 어떤 이해(利害)가 있을지 고민할 뿐이었다. 육기는 그들 모습을 흘깃 보고는 다른 말 없이 일어섰다. 다른 이들은 생각이 한참 복잡하야, 미처 육기를 돌아보지 못했다. 그런데 뒤늦게 중년의 사내가 불쑥 안으로 들어섰다. 광동남칠문 중 자리에 없던 불산(佛山)의 나한문주였다.

문주의 갈색 얼굴에는 당황한 심정이 고스란히 드러나 있었다. 그는 육기에게 조심스럽게 다가와서 한 통의 배첩을 전했다.

"소주."

"이게 무엇입니까?"

"저, 저 그것이."

육기는 눈매를 모았다. 나한문주의 주저하는 기색이 기이했다. 한 쌍의 철장(鐵掌)으로 수백 왜구를 격퇴하여서 척왜철장(斥倭鐵掌)이라고도 불리는 무인이 주저함이라니. 그는 곧 배첩을 건네받았다. 조악하나마 격식을 갖춘 배첩이었다. 신중하게 앞뒤를 살폈지만, 다른 이름은 없었다. 배첩을 펼치자, 먼저 눈을 잡은 것은 단정하나 힘 있는 필체였다. 상당한 힘이 담겨 있었다. 명가(名家)의 솜씨라는 것은 어렵지 않게 헤아릴 수 있었다. 의례적인 문구가 지나고 짧은 본문이 있었다. 육기는 피식 입매를 끌어올렸다. 달리 불편한 모습은 아니었다.

"저쪽에서 먼저 손을 썼군. 재밌는 일이네."

육기는 배첩을 덮었다. 뜻밖이라면 뜻밖이었다. 이때에 먼저 손을 내밀 줄이야. 그는 표정을 지우고서, 나한문주를 돌아보았다.

"배첩을 전해온 이는?"

"밖에서 기다리고 있습니다. 그러한데."

"응? 무엇입니까?"

나한문주는 잠시 숨을 돌리며, 주변을 두리번거렸다. 열심히 머리 굴리던 장내의 인사들이 일제히 그를 바라보고 있었다. 나한문주는 새삼 목소리를 낮추어 입을 열었다.

"그가 말하기를."

*   *   *

광동, 춘양이라는 곳에 가까이 다가가는 것은 어려운 일이 아니었다. 광동 무림이 크게 소란하다고 하나, 일이 벌어진 곳이 시끄러울 뿐, 다른 곳은 도리어 고요했다.

소명은 언덕 위에 올라섰다. 하남을 벗어날 때만 하여도 늦더위가 한창이었건만, 광동의 끝에 이른 지금에는 습하기는 하여도 더위는 한층 누그러져 있었다. 그리고 춘양이라는 곳이 멀리 보였다. 그 모습을 눈에 담은 소명은 불현듯 헛웃음을 흘리며 고개를 가로저었다.

"하, 그 녀석. 여기 있기는 있구만."

마을의 광경은 기이했다. 다른 무엇보다 한곳에서 높이 이는 불길이 눈길을 잡아끌었다. 마치 벽을 쌓은 것인 양 활활 타올랐다. 기이한 광경이었지만, 소명은 저기 불길이 무엇인지 잘 알았다. 화염산의 삼대신비 중 하나를 남쪽 끝에서 보게 될 줄이야. 일컬어 홍염화령(紅焰華靈), 그것은 화염산주가 거하는 곳을 증거하는 이적이었다. 그리고 일어나는 불길을 경계로 수십에 이르는 화려한 깃발이 드높이 펄럭였다. 서로 다른 이름을 새긴 깃발 아래로 수많은 무부가 모여서, 불길을 에워싸고 있었다. 속한 바는 서로 다르겠지만, 마치 군진(軍陣)처럼 정연한 모습이었다.

"좋지 않군. 위지 녀석을 먼저 보낸 게 실수였을지도 모르겠는데."

소명은 찌푸린 입술 사이로 나직이 속삭였다. 위지백, 그 혈기 넘치는 인사가 저런 난장판 속에서 얌전히 있을 리가 만무하다. 그는 이내 고개를 가로젓고서 성큼 앞으로 나섰다. 이 마당에 길게 고민하고 있을 수는 없었다.

먼지를 담뿍 뒤집어쓴 채, 흙먼지와 함께 나서는 그의 모습은 영락없는 강호낭인이었다. 더구나 색이 한껏 바래어 있는 남색 장삼에 때가 꼬질꼬질한 새끼 끈으로 허리를 묶고 있어서 행색이 더욱 초라했다. 소명은 휘적휘적 걸음을 옮기며 불길을 향해서 다가갔다.

춘양으로 드는 길목이 여럿이라지만, 지키고 있는 머릿수가 머릿수였다. 길목마다 지키는 사람이 여럿이었다. 소명은 언덕을 내려서기가 무섭게 숨은 기척은 물론이거니와 길목을 막아선 일단의 무인들을 마주할 수 있었다. 험악한 기색이 솔직했다. 소명은 채 가까이 다가가기도 전에 그들의 행색을 눈에 담았다.

'고생 꽤나 했던 모양이군.'

얼핏 보기에는 일문의 정예로서 복색을 갖추고 있었지만, 자세하게 살피면 구겨진 옷자락에 흙먼지와 탄 흔적이 역력했고, 그네들 얼굴도 울긋불긋하여서 꼴이 엉망이었다. 그들은 다가오는 소명의 모습에 퍼뜩 눈매를 사납게 치떴다. 흡사 승냥이의 눈매와 닮아서, 적의가 가득했다.

"멈춰라. 뭐하는 놈이냐?"

소명은 버럭 다그치는 소리에 순순히 걸음을 멈췄다. 그들 머리 위에는 마각이가(馬脚李家)의 깃발이 펄럭이고 있었다. 값비싼 파란 비단을 쓴 깃발이었지만, 불길에 그을려 있어서 오히려 초라하기만 했다. 소명의 눈초리를 읽었는지, 이가의 무인은 얼굴을 확 붉히면서 다시 다그쳤다.

"이놈! 어찌 답이 없느냐!"

"그래, 행색이 수상한 것을 보아하니. 네놈도 저기 마구니 것들과 한패가 분명하겠구나!"

다그침을 거들면서 너나 할 것 없이 이가의 무인들이 나섰다. 당장에라도 살수를 쓸 것처럼 다급했다. 그들은 그야말로 혈안이 되어서, 불문곡직 소명을 무릎 꿇리려 했다. 소명은 크게 눈살 찌푸리지도 않고, 그들을 향해 두 손을 맞잡아 보였다.

"소림 속가, 소명이라고 하오. 이곳의 좌장이 되시는 분을 뵙고자 하오만."

"소림 속가?"

이가의 무인들은 잠시 주춤했다. 철각반을 찬 다리가 어정쩡하게 흔들렸다. 소림파의 이름은 이곳에서도 가볍지가 않았다. 그들은 서로 번갈아 보았다. 아무리 하잘것없는 강호 낭인이라 하여도, 일단 소림 속가를 자처할 정도라면 허투루 볼 수가 없었다. 우선 어지간하지 않고서는 소림을 입에 담을 엄두도 내지 못하는 까닭이었다.

"소림의 속가이시라? 그래, 여기 좌장을 찾는다고 하면, 여기 있으시다. 이 어르신네가 마각이가의 질풍비각 이홍천이시다. 무슨 볼일이냐."

처음 소리쳤던 장정이 훌쩍 앞으로 나섰다. 그는 소명보다 족히 머리 두엇은 더 큰 장신이었다. 반면에 한껏 말라서, 얼굴은 신경질적으로 얇고 길었다. 그는 소명을 눈 아래로 보면서 굉장히 불편한 기색을 드러냈다. 소명은 하하, 나직이 웃었다.

"응? 웃어?"

"이야, 순진한 건지, 멍청한 건지."

"뭐야?"

어이없다는 듯이 중얼거리는 데, 이홍천은 빽 소리쳤다.

그때, 소명이 번뜩 허리를 비틀었다. 두 주먹이 화려하게 폭발하고, 회오리치는 발길질이 사방을 휩쓸었다. 들리는 것은 둔중한 타격음뿐이다. 다른 소리는 들리지 않았다.

소명의 독문무공이라고 할 수 있는 무형권이 일식지간에 사방을 휩쓸었다. 겨우 남은 것은 이홍천, 한 사람이 고작이었다. 그는 앞으로 나섰음에도, 자신을 지나치는 소명의 출수에 조금도 반응하지 못했다.

"뭐, 뭐, 뭐야?"

멍청하게 한 마디 흘릴 적에, 주변에 있던 열 서넛의 동문은 죄 흙바닥에 몸을 누인 다음이었다.

"자아, 질풍비각씨. 그럼 길 안내 좀 해 주실까."

소명은 툭툭 옷자락을 털면서 말했다. 빙긋 웃는 입매에 이홍천은 절로 눈이 아래로 떨어졌다. 그 또한 광동에서 한 자리한다는 무인이었지만, 눈앞에서 일어난 압도적인 무위에서는 아무 소리도 할 수가 없었다.

고창문, 삼척 박도로 펼치는 백파도법(白波刀法)을 장기로 삼은 문파로서, 춘양을 중심으로 근동에 이름을 한껏 떨친 일문이었다. 또한, 광동육가의 가신이기도 했다. 그들의 위세는 적어도 춘양 일대에서는 무가련 오대세가에 부럽지 않았다. 그러나 지금은 아주 빈털터리 꼴이었다.

춘양의 중심에 자리 잡은 고창문은 거대했으나, 그보다 높은 불길에 에워싸여서 밖에서는 모습을 볼 수가 없었다. 화염산주의 이능은 고창문과 가까이 몇몇 거리를 전부 감싸면서 활활 타오르고 있었다.

불길 안쪽으로 으리으리하게 올린 기와지붕은 모두 헐벗었고, 높은 담은 무너졌다. 그 아래에는 춘양 땅의 굶주린 이들이 가득가득 모여 있었다. 그리고 꼴이 엉망인 사내들이 그들 사이를 오가면서 밥이나 죽 등을 사람들에게 나누어 주고 있었다. 얼굴은 하나같이 울상이었다. 그들은 미처 도망하지 못한 고창문 제자들로, 문파가 오래도록 쌓아온 곳간을 저들 손으로 탈탈 털고 있기 때문이었다. 모든 것이 좋은 뜻으로 행해지는 거라면 오죽 좋을까마는, 외압에 굴복하여서 없는 이들의 수발을 들고 있는 격이라. 참담하고, 또 참담할 뿐이었다. 그렇다고 평소처럼 성질머리를 드러낼 수도 없었다. 무슨 제압을 당한 것인지, 예전처럼 힘을 쓸 수도 없었고, 달리 도망할 수도 없었다. 주변 일대가 높은 불길에 에워싸여 있으니.

"으흐흐흐."

고창문 제자들은 누구랄 것 없이 병자인 양, 앓는 소리를 절로 흘렸다.

고창문의 내실에 여러 사람이 앉아서 머리를 맞대고 있었다. 한쪽에는 담일산과 성 부인, 장관풍이 있었고, 열래객잔의 주인인 황 노선생과 춘양의 촌로(村老)들이 마주하고 있었다. 본래 일행을 산동으로 이끌어주기로 한 방 선장도 여기에 있었다.

담일산은 고개를 내저으며 말문을 열었다.

"이미 일은 벌어진 상황이니. 이제 와 돌이킬 생각은 없소. 하지만 앞날을 가볍게 생각할 수가 없겠구려."

"담 대협. 노부가 참으로 부끄럽습니다."

황 노선생은 깊은 한숨을 흘리며, 야윈 목을 떨구었다. 처음 보았을 때에 이미 병색이 짙었던 노인이었다. 지난 며칠 새에 한층 야위어서, 보기 안쓰러울 정도였다.

"바깥에는 육가를 비롯한 무인들이 고작이니. 일은 아무래도 그른 듯합니다."

노인은 짙은 한숨을 흘렸다.

어디서부터 일이 잘못되었을까. 고창문주를 놓쳤을 때였을까, 아니면 가까운 문파의 고수들이 달려왔을 때에 화염산주의 노여움을 막지 못했을 때였을까. 황 노인은 돌연 고개를 가로저었다.

아니, 따지고 보면 잘못은 춘양 사람들에게 있었다.

그리 가치가 있는 것도 아닌 땅과 건물을 육가의 이름으로 사들일 때에, 무턱대고 팔아넘긴 것은 춘양 사람들이었다. 외지인들이 거침없이 들어와서 화려한 건물을 지어 올리고, 오가는 모든 상행이 새로 이루어진 거리에 몰릴 때에 손 놓고 있었던 것도 춘양 사람들이었다. 퍼뜩 정신 차렸을 때에, 여기 사람들에게 남은 것은 아무것도 없었다.

땅을 잃었고, 어장을 잃었으며, 배를 잃었다.

바깥에서 무수한 사람과 물자가 오가지만, 쌀 한 톨조차 춘양 사람들을 거치지 않았다. 그런즉, 화려한 거리와 달리 춘양은 쇠락하고, 사람들은 굶주렸다.

황 노인은 이를 막고자 사방으로 뛰어다녔지만, 노구에 얻은 것은 기침병뿐이었다. 어느 관아를 찾아가도 소용이 없었다. 민간의 정당한 거래라는 것이 그네들의 핑계였다. 관직이 높아질수록 가산만 헛되이 탕진했을 뿐이다. 그나마도 없으니 만나 주지를 아니한다.

손 쓸 도리가 없어라.

노인은 무력함과 기침병에 시름시름 앓았다. 그런데 화염산주와 담일산이 나타났다. 이때가 아니라면 다시는 일을 도모할 수가 없을 것이었다.

황 노인에게는 계획이 있었다. 착취당하여서 기반을 잃은 이들을 구휼하면서, 광동육가의 무자비한 전횡을 널리 알리는 일이었다. 여기에 민란과 같은 일은 애당초 생각지도 않았다. 호구 수가 몇 되지 않는 춘양의 사람으로는 가능한 일이 아니었다. 그저 한촌의 어려움이 곧 광동의 다른 곳과도 무관치 않다는 것을 보이려 했을 뿐이거늘. 육가의 수완으로 춘양은 고립되어서 일절 소식을 전할 수가 없었다. 되레 세상을 어지럽게 하려는 마도의 무리가 되어 있으니.

황 노인은 시름 젖은 눈으로 새삼 담씨 부부와 장관풍을 바라보았다. 여기 있는, 특히 담일산이 아니었다면 시도조차 못 했을 일이었다. 춘양은 계속해서 비루하게 이어가다가, 모진 목숨을 다할 수밖에 없었을 터였다. 다만, 노인의 섣부른 계책 탓에, 이 자리에 있는 이들은 마도라는 오명을 뒤집어쓰고 말았으니. 노인은 뭐라 말을 할 수가 없었다.

담일산은 그런 노인을 유심히 바라볼 뿐, 달리 책하는 기색은 아니었다. 그는 이내 수염을 쓸어내리며 허리를 세웠다. 입가에는 흐린 미소가 머물렀다. 쌓인 피로함으로 안색이 어두웠으나, 그렇다고 불편해하거나, 노한 기색은 추호도 없었다.

"이 담모, 일세의 대협을 자처할 생각은 없으나. 무인된 바를 저버리는 사람 또한 아니외다. 황 노께서 이 사람의 영명을 걱정할 필요는 없다오."

"허나, 담 대협."

"살려야지요. 살려봅시다."

담일산은 짧게 말했다. 부릅뜬 그의 눈초리에는 결심이 단단했다. 옆에 앉은 성 부인 또한 주저함이 없었다. 황 노인은 담 부부를 번갈아 보다가, 젖은 한숨을 흘렸다. 늙어 주책인지, 절로 주름 깊은 눈가가 젖어들었다.

황 노인은 지금에는 열래객잔 하나를 겨우 운영하고 있었지만, 수년 전 만하여도 몇이나 되는 객잔과 자신의 상단을 직접 이끌던 광동상인이었다. 담일산과의 인연 또한 상행 중에 있었다. 담가의 정주표국과 거래할 적에 풍산소요라 불리는 무위는 물론, 담일산의 사람됨을 똑똑히 마주했기 때문이었다. 그때의 담일산은 처지가 어렵다고 불의와 약자를 외면하는 이가 아니었다. 황 노인은 잠시 숨을 돌리고서, 느릿느릿 말했다.

"여전하시군요. 담 대협."

"하하하."

담일산은 그저 웃음으로 화답했다. 그는 곧 자리에서 일어나 앞에 펼친 춘양의 지도를 넓게 펼쳤다. 춘양을 중심으로 다섯 곳이 사방을 에워싸고 있는데, 가장 넓고 두껍게 벽을 쌓은 곳은 육씨가 아닌, 광동의 남칠문이었다. 그러나 바닷길을 틀어막고 있는 것이 바로 광동육가였다. 드넓은 남해를 어떻게 모두 막을 수 있겠느냐만, 그저 광동육가의 깃발 하나면 끝나는 일이었다. 방 선장이 이맛살을 찌푸린 채 말했다.

"바다가 열려 있는 것처럼 보이나. 육가의 기선을 생각하면 함부로 시도할 일은 아닙니다. 그리고 그만한 배가 있는 것도 아니고."

"그렇다고, 광동 무인들이 즐비한 외곽을 어찌 도모하기에는 마땅히 힘쓸 사람도 없지요."

"산주의 이능이 있어서 이곳을 지키고 있으니. 당장 위험할 것은 없겠지. 그러나 달리 보면, 우리 또한 갇혀 있는 것이나 다름없소."

"허나, 식량, 식수는 넉넉하니. 버티어 내기만 한다면."

촌노 한 사람이 조심스럽게 말문을 열었다. 다른 노인들과 방 선장도 따라서 고개를 끄덕였다. 육가와 전면전을 벌일 수는 없겠으나. 그쪽 또한 한 번에 밀려오지 못하고 있다. 여기에는 화염마녀라고 두려워하는 화염산주가 있으며, 춘양 사람들이 한뜻으로 뒤를 받치고 있다. 아무리 광동육가라 하여도, 언제까지고 밖을 지키고 있을 수는 없지 않겠는가. 그러나 담일산은 물론, 황 노인도 고개를 가로저었다.

"이보게들, 먹고 마시는 것이 문제가 아닐세. 불안이 문제이지."

"상황이 계속하면, 여기 사람들이 어찌 버틸 수 있겠소이까. 어찌 되었든 상황을 마무리하여야만 하오."

노인들은 그제야 고개를 끄덕였다. 그렇게 얘기가 오가는 동안에 장관풍은 내내 침묵을 지켰다. 하염없이 고요한 모습으로, 어떠한 일에도 놀라거나, 당황하지 않을 듯했다. 그러나 속내를 솔직히 말하자면 그저 울상이었고, 한숨만 가득했다.

'으흑! 천산파의 제자가 마두, 마구니 소리를 듣고 있으니. 스승, 동문의 얼굴을 어찌 볼까. 어흐흐흑!'

실상 제 신세 한탄에 열중이라서, 주변의 말소리는 조금도 귀에 닿지 않고 있었다. 그런데 바깥에서 놀란 외침이 경박스럽게 울렸다.

"어르신네들, 어르신네들!"

장관풍은 멍한 눈초리에 퍼뜩 날을 세웠다. 문이 벌컥 열리면서, 열래객잔의 점원이었던 봉평이 창백한 얼굴을 들이밀었다.

"어르신!"

"어허, 무슨 호들갑이더냐?"

객잔 노인이 눈살을 찌푸리며 다그쳤다. 봉평은 숨이 넘어갈 듯해서, 더듬더듬했다.

"바, 밖에, 밖에, 밖에."

뭐가 그렇게 놀랄 일인지, 밖을 가리키는 손가락이 마구 흔들렸다. 여튼 심상치 않은 일이 분명하다. 담일산은 퍼뜩 장관풍을 돌아보았다.

"장 검객."

"예!"

장관풍은 기대어 놓은 장검을 챙겨 들고 날랜 몸놀림으로 홀쩍 뛰쳐나갔다. 봉평의 머리를 휙 타고 넘어서 정문 쪽으로 내달렸다. 그 서슬에 바람이 홱 불었다.

"하이고야."

장관풍은 냅다 정문으로 달려갔다. 그 자리에는 여러 사람이 모여 있었다. 그들은 웅성거리며 한껏 불안해하고 있었다.

"물러서시오!"

장관풍은 땅을 박차는 것과 동시에 버럭 외쳤다. 놀란 얼굴들이 분분히 흩어지고, 문 앞에 두 사내의 모습이 눈에 들어왔다.

"이놈!"

그중 한 이의 얼굴을 보기가 무섭게, 장관풍은 대뜸 검을 움켜쥐었다. 자연스러운 발검이 이루어지며 싸늘한 검광이 번쩍 솟구쳤다.

"흐에엑!"

검광을 마주한 사내는 기겁하였지만, 어찌 반응할 수가 없었다. 그는 뻣뻣하게 굳어서는 두 눈을 질끈 감아버렸다. 이때에 한걸음 뒤에 있던 이가 손을 썼다. 그는 사내의 뒷덜미를 대뜸 잡아끄는 것과 함께 다른 손을 내뻗었다. 어지러운 검광을 향해서 손을 들이미는데, 전혀 주저함이 없었다. 가운뎃손가락을 모았다가 간단히 튕겨 내는 순간, 격한 쇠 울음이 터지고 날카롭게 뻗어 가던 검첨이 멋대로 솟구쳤다.

"흐억!"

놀란 신음이 터졌다. 장관풍은 자칫 놓칠 뻔한 검자루를 억지로 틀어잡으며 간신히 검세를 수습했다. 휘청하는 모습이 위태하다. 고개를 치켜든 얼굴에는 당혹감이 역력했다. 아무리 앞뒤 없이 펼쳤다고는 하지만, 천산파의 비응백팔검이 너무도 헛되이 흩어졌다. 상대는 자신의 한참 윗줄에 있는 고수가 분명했다. 그는 부러질 듯이 이를 악물고서 탄지의 수법을 보인 사내를 노려보았다.

"누, 누구시오."

"천산파? 천산파 제자가 왜 여기에 있어?"

심각한 장관풍을 보면서, 사내는 오히려 이상한 눈으로 되물었다. 그는 가볍게 손목을 휘휘 내저었다. 손가락을 튕겨 내는 탄지의 수법으로 비응백팔검의 절초를 파훼하였으니. 사내의 경지는 장관풍으로서는 어찌 헤아릴 수가 없었다.

'육가에서 작정하고 고수를 초빙한 것인가?'

장관풍은 크게 긴장하여서 한층 신중한 눈초리로 낯선 사내를 뚫어질 듯이 노려보았다. 그의 긴장은 뒤로 물러난 춘양 사람들에게도 전해졌다. 그들은 웅크린 채, 벌벌 떠는 눈초리로 이쪽을 바라보았다. 그러나 사내의 기색은 다만 심드렁했다. 코앞에서 번뜩이는 장관풍의 검날에 크게 신경 쓰는 기색이 아니었다. 오히려 뒷덜미를 잡아끈 껑충하게 키 큰 사내를 돌아보며 한소리였다.

"쯧쯧, 어지간히도 볶아댄 모양이구려, 이렇게 앞뒤 없이 살수를 쓸 정도라니."

"그, 그게, 그것이."

키 큰 사내는 주저앉아서는 뭐라 더듬거렸다. 죽다 살아난 처지라, 뭐라 말은 못했지만, 그래도 억울하기는 한 모양이었다.

저를 두고 딴청이라니. 장관풍은 욱하는 심정에 버럭 소리쳤다. 열이 올라 얼굴이 붉게 달아올랐다.

"당장 정체를 밝히시오!"

사내, 소명은 다그치는 장관풍의 일성에 잠시 어깨를 들썩였다. 그리고 천천히 고개를 돌렸다. 삐딱하게 기울인 얼굴에는 못마땅한 기색이 고스란했다.

"뭐라? 정체를 밝히라?"

"그, 그렇소."

장관풍은 천천히 되묻는 말에 힘주어 고개를 끄덕였다. 어째 목소리가 떨린다 싶었지만, 그렇다고 물러설 생각은 추호도 없었다. 그는 야무지게 이를 악물었다. 그러자 소명은 아예 팔짱을 끼고서는 턱 끝을 치켜들었다.

"포천(抱天)도 감히 내 앞에서 그렇게는 말 못한다. 너 누구 제자야!"

"예, 예?"

전혀 뜻밖의 소리였다. 포천이라니, 장관풍은 머뭇거리며 치켜든 검을 천천히 내렸다. 그는 연신 눈을 끔뻑거리다가, 이내 마른침을 꼴깍 삼켰다. 포천 진인은 천산파의 제일고수로, 비응십삼검의 수좌이기도 했다. 그 이름은 서천에서는 모르는 사람이 없을 정도였지만, 여기 남단의 땅에서 듣게 될 줄은 몰랐다.

"대사, 대사형을 아십니까?"

"포천이 대사형이라? 그럼 비응검 중 하나겠군."

"그, 그게. 그러니까."

"쯧."

소명은 짧게 혀를 찼다. 마치 사문의 윗사람 같은 모습이었다. 장관풍은 더더욱 주눅이 들어서 슬금슬금 검을 뒤로 거두었다. 그리고 소명과 뒤에 주저앉은 마가이가의 질풍비각을 번갈아 보았다. 일이 어떻게 돌아가는 것인지, 장관풍의 눈치로는 도무지 짐작할 수가 없었다.

"후우, 이봐. 비응 몇 번째 검인지는 모르겠지만, 더 드잡이할 요량이 아니면 위지 녀석이나 불러 주겠나?"

"위지? 위지라니 누구를 말씀이신지?"

"누구라니? 위지백, 그 녀석 말이네."

장관풍은 되묻는 말에 여전히 영문 몰라 하는 얼굴로 눈만 끔뻑거렸다. 그러자 소명은 한층 가라앉은 목소리로 물었다.

"이전에 찾아온 이가 없었는가?"

"바깥의 무리가 아니라면, 달리 찾아온 이는 없었습니다."

눈치 보며 하는 말에, 소명은 그만 긴 한숨을 흘렸다. 일이 잘못된 모양이었다. 그보다 수삼 일은 앞서서 광동으로 향한 위지백이었다. 그럼에도 자리에 없다니.

"이것 참."

소명은 한숨을 흘렸다. 없는 위지백에게 행여 무슨 일이 생겼을까 걱정이 되기보다는, 또 엉뚱한 곳에서 무슨 일을 저지르기라도 했을까 불안하다. 그러는 중에 담일산이 부랴부랴 다가왔다.

"장 검객! 대체 무슨 일이. 억! 소명 공!"

담일산은 소명의 모습을 한눈에 알아보았다. 정주 담가의 은인이라고 할 소명이 아니던가. 소명 또한 놀란 기색이었다.

천산 검객은 물론이거니와 정주 담가의 노가주를 광동 땅에서 보다니. 기이한 인연이 아닌가.

"아니, 담 가주. 가주께서 어찌 이곳에."

"허허, 그것은 이 사람이 물을 일이오. 소명 공이야말로 어찌 이곳을 찾으셨소이까?"

"그것은."

이번에는 소명이 잠시 멈칫했다. 어찌 이곳을 찾았느냐, 그 한마디에 덥석 말문이 막혔다. 세세한 사정을 말하자니 구구절절하고, 간략히 말하자니 딱히 할 말이 없다. 소명은 이내 가슴이 참으로 갑갑하여서 묵직한 한숨을 길게 토해 냈다. 참 많은 의미가 담긴 한숨이었다.

"허, 허허."

담일산은 더 묻지 못하고 어색하게나마 웃고 말았다. 그는 곧 소명에게 들기를 청하면서 앞장섰다. 살기마저 치솟았던 잠깐의 소요는 그렇게 마무리되고, 모여든 이들은 다시 흩어졌다. 그리고 고창문의 정문 앞에서는 키 큰 사내만 홀로 남았다.

질풍비각 이홍천은 멍청한 얼굴로 주저앉아서 눈동자만 끔뻑거렸다. 얼결에 고창문 앞까지 끌려왔지만, 이제는 누구도 그에게 신경을 쓰지 않았다. 죽이네, 살리네 하면서 칼부림 할 때는 언제고, 아주 까맣게 잊힌 모양새였다. 그는 한참 만에야 마른침을 꿀꺽 삼키고, 멍하니 중얼거렸다.

"이, 이제 뭘 어째야 하지?"

그도 알 수가 없었다. 그렇다고 발걸음을 돌리기에는 후환이 너무 두렵다. 이홍천은 망연하여서, 한참이나 시간이 흘러서 그를 찾을 때까지 멍청하게 자리를 지키고 서 있었다.

고창문은 대문은 좁고, 내부는 드넓었다. 둥글게 세운 벽은 높았고, 여러 채에 달하는 가옥을 따로 세운 남방의 구조였다. 넓은 마당과 바깥쪽의 가옥에는 춘양 사람들이 모두 모인 것처럼 남루한 이들이 편히 몸을 쉬고 있었다. 소명은 묵묵히 걸음을 옮겨서, 중정을 지나 고창문의 중심이라 할 수 있는 내당(內堂)에 이르렀다. 좁고 높은 문을 넘기가 무섭게, 어디선가 한 마디의 간드러진 교성이 들려왔다.

"사앙공!"

이런 달큰한 목소리라니. 콧소리가 가득 실려 있었다. 내당 안쪽에서 붉은 치맛자락이 나풀거리며, 여인이 소명을 향해 냅다 몸을 던졌다.

긴장하여서 소명을 기다리던 담일산 내외나, 몇몇 사람이 한없이 놀란 눈으로 그 광경을 바라보았다. 상공이라니, 다른 누구도 아닌 화염산주의 입에서 상공 소리가 튀어나올 줄이야. 그야말로 기겁할 참인데, 이어진 모습은 더욱 기겁할 참이었다. 소명은 달려드는 화염산주를 슬쩍 피하고는 냅다 뒷덜미를 잡아 패대기를 쳐버렸다. 철퍼덕 소리가 요란하게 울렸다. 대신 내당에는 얼어붙은 정적이 높은 천장까지 가득 차올랐다.

누가 말문을 열 수가 있을까.

"이게 어디 은근슬쩍 상공 운운이야."

"히잉."

고개 든 화염산주는 대번에 울상이었다. 소명의 목소리에는 한기가 쌩쌩 돌았다.

"아함(兒涵), 이 녀석! 네놈 때문에 일이 얼마나 복잡해졌는지 알기나 하는 게냐!"

"히잉."

화염산주, 아니 소명의 앞에서는 언제고 어린 소녀, 아함이었다. 자객불원의 전설을 만들게 된 이유이자, 화염산의 명운, 그 자체였다. 그러한 화염산주가 혼쭐이 나고 있다. 패대기를 치고는 아명을 거리낌 없이 외치다니. 이것이 대체 무슨 상황이란 말인가.

장관풍은 넋을 놓고 있다가 화들짝 정신을 차렸다.

"그, 그렇지!"

이제야 이름 하나가 머리를 쌩하니 스치고 지나친 것이었다. 세상 천지에 화염산주를 저리 막대할 수 있는 이가 달리 있을 리가 없었다.

"궈, 권야!"

"권야라니? 그게 무슨 이름인가?"

담일산은 여전히 영문을 몰라서, 놀라 소리치는 장관풍을 돌아보았다. 장관풍은 맹한 눈초리로 소명과 놀란 담일산을 번갈아 보았다. 그는 입을 뻐금거리기나 할 뿐, 선뜻 말을 꺼낼 수가 없었다.

주변에서 어찌하고 있든, 소명은 호되게 꾸짖었고, 화염산주는 한없이 시무룩하여서 푹 고개를 떨구었다. 삐죽 튀어나온 입술이 족히 닷 발은 되었다. 소명은 그 앞에서 쯧쯧 혀를 찼다. 헝클어진 머리카락 사이로 노려보는 눈초리는 예리하기도 하였다.

"여기가 어디 서장 땅이더냐? 어쩌자고 일을 이렇게 만들어놓아!"

"아니, 나는 그냥."

잔뜩 풀 죽어 있어서, 사정을 모르면 안쓰럽게만 보이는 모습이었다. 그러나 그 모양도 잠시에 지나지 않았다. 아함은 이내 배시시 웃었다. 호되게 다그쳐도 저 웃음에는 도리가 없다. 소명은 머리를 감싸 쥐며 고개를 내저었다.

"아이쿠, 이 녀석아."

그는 입매를 찌푸린 채, 마구잡이로 매달리는 아함을 물끄러미 보았다. 어울리지 않는 행색에 그는 더 타박할 수가 없었다. 억지로 꿰입은 아이의 저고리 옷은 화염산에 들어갈 적에 소명이 입혀준 그대로였다. 그 세월이 수삼 년이건만, 이제까지 맞지도 않는 아이 옷을 계속 입고 있었으니. 소명은 쯧, 혀를 차면서 고개를 돌렸다. 그 자리에는 성 부인이 영어색한 모습으로 있었다.

"부인을 이곳에서 보게 될 줄은 몰랐습니다."

"그렇군요."

"이 녀석이 두 분께 큰 폐를 끼쳤군요."

"그런 말씀 마십시오."

성 부인은 다급히 손을 내저었다. 그녀는 새삼 정색하여서 말했다.

"산주께서 노하신 것은 당연한 일이었고, 또한 공께서 본가와 정주 사람들에게 베푼 은혜가 절대 작지 않습니다. 공과를 비교할 일은 아니나, 소명 공께 사죄를 받기에는 저희 부부가 염치가 없습니다."

그리고 깊이 고개를 숙였다. 소명은 쓴웃음을 머금었다. 스친 인연을 여기서 다시 마주한 것도 신기하건만, 이렇게 생각해 주다니. 바란 것은 아니었지만, 그래도 고마운 일이다.

"알겠습니다. 그럼 더 말은 않지요. 우선은 이곳 일을 정리해야겠습니다."

"예, 정주의 노선께서 찾아주셨으니. 벌써 일이 해결된 것만 같습니다."

"어이쿠."

그놈의 노선 소리. 소명은 저도 모르게 앓는 소리를 터뜨렸다. 그러자 옆에 매달려 있던 아함이 불쑥 고개를 치켜들고는 초롱초롱한 눈동자를 깜빡거렸다. 호기심이 참 가득하다.

"상공, 상공, 노선이라니요. 또 새 별호가 생기신 거예요?"

소명은 입을 꾹 다물어버렸다.

춘양, 봄볕이라는 이름이 무색하게도 이곳에 사람이 살 만한 온기는 전혀 없었다. 한쪽은 크게 쇠락하였고, 한쪽은 폐허만 그득했다. 그저 살풍경한 광경뿐이었다. 홍염화령 안쪽이라고 다르지 않았다. 소명은 고창문과 주변을 살피고는 고개를 내저었다. 이제껏 잘 버티어냈지만, 상황을 계속 유지할 수는 없을 터였다. 고창문에 앉은 마을 사람들의 불안과 두려움이 손에 잡힐 듯이 선명했다. 담일산과 성 부인은 뒤에서 조용한 소명을 바라보았다. 장관풍에게 약간이나마 권야의 이름을 들은 터였다.

"허어, 권야, 권야란 말이지. 그것도 자객불원의."

"백마보를 폐한 것이 결코 과한 일은 아니었겠습니다."

담일산이 문득 중얼거리자, 성 부인도 고개를 끄덕이며 말을 거들었다. 자객불원이라는 이름은 서천 일대에서는 천하고수에 버금간다. 하북 정주의 일문인 백마보가 갑작스럽게 문을 닫았을 적에 소명을 떠올렸건만, 그것이 괜한 생각이 아니었던 셈이다. 담일산은 부인의 말에 고개를 끄덕였다. 입가에 쓴웃음이 역력했다.

팽가의 외압에 위태로웠던 가세를 지키고, 유지할 수 있었던 것은 실로 소명의 도움이 있기에 가능했다. 속사정 모르는 정주의 백성은 그를 두고 무명노선이라 하면서 작은 사당마저 마련하지 않았던가. 부부는 고창문 내를 둘러보는 소명의 뒷모습에서 눈을 떼지 못했다. 퍼뜩 소명이 고개를 돌렸다.

"사람을 보내십시오. 내일 마주하여서 모든 고리를 끊어내자고 전하십시오. 그쪽도 싫다는 소리는 하지 않을 것입니다."

"어찌 그렇습니까?"

"그들이 있는 작자들이기 때문이지요."

소명은 짧게 말했다.

대치하여서 달포가 지났다. 여기서 더 시간을 끄는 것은 육가로서도 바라는 상황이 아닐 터였다. 저들이 부족해서가 아니었다. 오히려 육가의 이름이 강대하기 때문이다.

"과연."

담일산은 묵묵히 고개를 끄덕였다. 무릇 명가라고 하는 이들의 습성을 누구보다 잘 이해하는 그였다. 그 자신 또한 일문의 주인 된 처지가 아니던가. 시간이 흐를수록 광동육가의 이름에 의심을 품을 수 있었고, 반석같이 견고하였던 명성이 흔들릴 수 있었다. 내부에서 일어나는 균열은 강대한 외적보다 두려운 법이었다.

"그럼, 제가 다녀오겠습니다."

장관풍이 공손한 모습으로 나섰다. 그러자 소명의 입매가 장난스럽게 슬쩍 올라갔다.

"좋지, 최대한 요란하게 다녀오게."

"요란하게요?"

장관풍은 흠칫 고개를 들었다. 의아한 눈동자에 소명은 다짐이라도 하듯이 고개를 끄덕였다. 그러자 장관풍은 소명처럼 히죽 따라서 웃었다.

"아무렴요, 아주 요란하게 다녀오겠습니다요. 헤헤헤!"

숨은 뜻이 있는 모양이다. 담일산과 상 부인, 그리고 노선생은 마냥 의아하여서 두 사내를 번갈아 보았다.

날은 한껏 어두웠다. 저기 달빛도 멀었다. 그러나 춘양 가까이는 대낮 못지않게 훤하였다. 고창문을 비롯해서 빈한 거리를 에워싼 불길 덕분이었다.

"히야, 정말 마녀는 마녀로군."

불길을 지켜보던 불산 나한문의 장문제자, 지도평은 새삼스럽게 탄성을 흘렸다. 벌써 몇 날이고 보아온 광경이었지만, 다시 볼 때마다 놀라웠다. 인세에서 이런 일이 실제로 가능하다니.

춘양을 에워싸고 있는 불길의 벽은 일정한 높이를 유지하면서 계속 타올랐다. 처음에는 가볍게 여겼지만, 물이나 흙으로도 잡을 수가 없는 불길이었다. 수십, 수백 근이나 되는 물과 흙을 들이부어도 잠깐 잦아들 뿐이었다. 이내 성이라도 내듯이 더욱 맹렬하게 솟구치곤 했다. 그러하니, 아무리 많은 수의 고수가 있더라도 한 번에 춘양을 도모할 수가 없었다. 불길을 뛰어넘으면 되지 않겠느냐 하겠지만, 그마저도 쉬운 일이 아니었다.

일렁이는 불길에 자칫 닿기라도 하면 끝장이었다. 털끝만큼만 닿아도 삽시간에 전신을 집어삼켰다. 지도평은 불현듯 피식하며 실소를 흘렸다.

"그러고 보니."

사문의 어른 중 한 분이 이깟 불길쯤 못 넘겠느냐면서 나섰다가, 그리 자랑하던 백발, 백염을 홀라당 태워 먹은 일이 떠올랐다.

지도평은 이내 헛기침을 흘리며 들썩이는 입가를 가만히 쓸어내렸다. 이러고 있다가 자칫 누구 눈에라도 띄면 그것도 이만저만한 망신이 아닐 터였다.

"거기 누구 있소?"

퍼뜩 말소리가 들려왔다. 지도평은 화들짝 고개를 치켜들었다. 어디서 소리가 들리는 것인가. 이리 보고, 저리 보아도 주변에 다른 이는 없었다. 그러자 다시 묻는 소리가 들렸다.

"거기 아무도 없소?"

"누, 누구냐!"

"여기요, 여기!"

"무슨?"

지도평은 두리번거리다가 곧 불길을 바라보았다. 외쳐 묻는 소리는 그 너머에서 들려오고 있었다. 지도평은 다급하게 목에 건 호적(號笛)을 움켜쥐었다. 이제껏 이쪽에서 불벽을 넘어가고자 애를 썼지, 너머에서 어떤 움직임을 보인 적은 없었다.

'이걸 어찌해야?'

지도평이 잠시나마 주저할 새, 너머의 목소리가 다시 외쳤다.

"거, 너무 놀라지 마시구려."

"응? 놀라? 뭘 놀라?"

"흐랏차!"

대갈일성과 함께 이글거리는 불벽이 쫘악 갈라졌다. 막대한 경풍이 몰아치니, 지도평은 흡! 숨을 멈추고서 뻣뻣하게 굳어버렸다. 움켜쥔 호적을 입가에 두고서도 미처 반응할 수가 없었다.

광동의 무인들이 그토록 고생하다가, 결국 물러난 불길이 이렇게 간단하게 갈라지다니. 그 사이로 남색 단삼의 사내가 번뜩이는 검을 거두면서 느긋하게 걸어 나왔다. 일검의 경력으로 불길을 가른 것이다. 지도평은 입을 벌리고서 다가선 그를 빤히 바라보았다. 그는 지도평에게 두 손을 맞잡으며 자신을 밝혔다.

"천산파 삼대제자, 장모라 하외다."

지도평은 한 박자 늦게 마른침이나마 꼴깍 삼켰다. 멋들어지게 등장한 사내의 기세에 눌리고, 놀란 것도 있었지만, 전혀 머릿속에서 없는 이름이 들린 까닭이었다. 우뚝 버티고선 장관풍의 등 뒤로 불길은 다시 벽을 이루며 타올랐다.

지도평이 달리할 수 있는 것은 없었다. 서둘러 알릴 뿐이었다.

육기는 손에 든 배첩을 가만히 바라보았다. 곧 고개를 들자, 배첩을 전해온 나한문주가 굳은 얼굴로 있었다.

"천산, 천산파라 하였습니까?"

"예, 소주. 천산파 검객이라 합니다."

"허어."

육기는 그만 헛웃음을 흘리고 말았다.

삼천? 육천 리? 어쩌면 그 이상일지도 모르는 까마득한 곳이다. 그런 곳 제자가 대뜸 배첩을 들고 춘양에서 나왔다고 하니. 육기는 배첩을 내려놓고 바로 자리에서 일어났다. 밖으로 나서자, 바로 그 천산파 검객이 장검 한 자루를 앞에 세우고서 우뚝 버티고 서 있었다. 주변에서 뭇 광동 무인들의 살기 어린 눈길이 쏟아지건만, 주눅은커녕 보란 듯이 검파에 두 손을 올리고는 번쩍 턱을 치켜들었다.

"광동육가의 육기라 하오."

"천산파 십삼비응검 중 다섯 번째, 장관풍이라 합니다."

"십삼비응검이라. 견문이 박한 탓으로 알지 못함을 용서하시오."

"용서라니요. 저 또한 광동에 육가라는 곳이 있음을 이제야 알았으니. 탓할 처지가 아닙니다."

"하, 하하."

육기는 마른 웃음을 흘렸다. 천산파가 당대에 세를 떨친다고 하나, 어디 수 대를 이어온 무가련과 광동육가에 비할 수 있을까. 불쾌할 만도 하려나, 그런 기색은 없었다. 그는 이내 웃음을 삼키고서, 바로 선 장관풍을 다시 바라보았다. 그는 어깨가 단단하고, 허리가 꼿꼿했다. 쏟아지는 눈길에도 당당함은 분명 명문의 제자다운 모습이었다.

"배첩은 잘 보았소."

"허면, 응하시는 것으로 보아도 좋겠습니까?"

육기는 고개를 끄덕였다. 언제까지고 이렇게 대치국면을 유지할 수는 없는 노릇이다. 장관풍은 바로 말했다.

"공께서 말씀하시기를, 상황을 더 두고 볼 것 없으니. 명일 정오에 매듭을 짓자 하셨습니다. 불길은 새벽 무렵부터 가라앉을 것입니다."

"허."

육기는 그만 헛웃음을 흘렸다. 마치 이리 나올 줄 예상한 것처럼 즉각 말이 튀어나왔다. 천산검객이 '공'이라 칭하는 이는 또 누구란 말인가. 장관풍은 육기가 잠시 당황했을지언정, 거부의 뜻이 없음을 확인하고는 히죽 웃었다. 그는 새삼 두 손을 맞잡았다.

"그럼, 소생은 이만."

"이놈! 그렇게 네 할 말만 하고 쉽게 돌아갈 수 있을 듯한가! 천산파가 당대에 제법 이름을 떨친다고 하나, 여기는 천산이 아니다!"

"마녀의 뒤나 따르는 마졸 주제에!"

다른 말을 나눌 것도 없이, 바로 돌아서는 장관풍의 모습은 그렇지 않아도 잔뜩 벼르고 있는 여러 문주의 심기를 크게 건드렸다. 나한문주를 비롯해 염수권 장문인 등등, 광동 남칠문의 문주들이 발끈하여서 장관풍의 앞을 막아섰다. 거친 욕설과 함께 울긋불긋 달아오른 얼굴에는 살기가 맴돌았다.

광동의 사내를 두고 달리 열혈남아라 하는 것이 아니다. 후덥지근한 기후 덕분인지, 혈기 넘치지 않는 이가 없으니. 그러나 장관풍은 여전히 히죽거리는 얼굴이었다. 그는 나선문주들은 돌아보지도 않았다. 자리에 앉은 육기를 곁눈질로 볼 뿐이었다. 그는 표정을 지우고서, 묘한 눈초리로 장관풍을 지그시 보고 있었다. 마치 이번에는 어찌 나오려느냐, 묻는 듯했다.

장관풍은 웃는 낯 그대로 걸음을 옮겼다. 에워싼 남칠문의 문주들이 눈에 보이지 않는 것처럼 거리낌이 없었다.

"아니, 이놈!"

성큼 다가서는 그에게 험한 말이 절로 튀어나왔다. 주춤할 새, 바로 뒤에 있던 염수권파의 장문인이 버럭 양손을 뻗었다. 강철 같은 손가락이 교차하며 장관풍의 목줄을 노렸다. 공세는 즉각적이면서도 위력에 부족함이 없었다. 그러나 장관풍은 가볍게 땅을 박차며 데굴 몸을 굴렸다. 허공중에서 몸을 뒤집는 번신(翻身)의 흔한 수법이었지만, 높이와 속도가 전혀 달랐다. 염수권의 절기가 그만 허공만 움켜쥐고 말았다. 놀란 소리가 절로 튀어나왔다. 지켜보던 다른 문주들이 서둘러 달려들었으나, 장관풍은 간단히 빠져나와서는 내처 드높이 솟구쳤다.

"명일 뵙겠소이다!"

장관풍은 호기롭게 한마디를 길게 남기고 모습을 감춰버렸다. 그 보신경이 경지에 이르렀음은 진즉 알았지만, 이 정도일 줄이야. 자리의 여러 문주는 시커멓게 죽은 얼굴로 질끈 이를 악물었다. 육기는 자리에 앉은 채, 떠난 자리를 물끄러미 바라만 보았다. 괜히 무정장안이 아니었다. 깊이 감춘 눈빛에 흔들림은 없었다. 문주들은 그 눈빛을 차마 마주할 수 없어 헛기침이나 흘리며 고개를 돌렸다.

날이 어둡다. 홍염화령의 불길은 말한 대로 차츰차츰 잦아들었다. 그리 오래도록 불길을 유지하고 있음에도 화염산주는 힘겨운 기색 하나 없었다. 그녀는 소명 옆에 앉아서는 한쪽 팔을 꼭 끌어안았다. 그러고는 흐린 달빛에 비친 소명의 모습을 빤히 바라보았다. 뭐가 그리 좋은지, 소명을 보는 눈길에는 웃음만 가득했다.

소명은 쯧, 혀를 한 번 찰 뿐이지, 매달린 그녀를 딱히 밀어내지는 않았다. 둘은 그렇게 나란히 앉아서 기우는 달빛을 바라보았다.

춘양에서는 아마도 마지막이 될지도 모르는 밤이었다.

"상공."

"이 녀석이."

"히이잉. 아함은 상공이라고 부를래요."

"아이고, 이 녀석아."

아함은 상공이라는 호칭을 고집하면서 소명의 단단한 어깨에 괜스레 얼굴을 비벼댔다. 두 손으로 부여잡은 팔뚝이 뜨끈하게 달아올랐다. 소명은 울상 짓는 아함의 두 눈을 가만히 들여다보다가 설레 고개를 가로저었다. 그리고 다른 손으로 아함의 두 손을 가볍게 다독였다.

"여기 일이 마무리되면, 그만 돌아가거라."

손이 떨렸다. 아함은 퍼뜩 짧은 숨을 들이켜고는 바짝 굳었다. 소명의 나직한 한 마디에는 차마 외면하지 못할 만큼의 무게가 있었다. 소명은 고창문 마당에 두런두런 모여 있는 춘양 사람들을 보며 말했다.

"저기 사람들이 터전을 지키고자 애를 쓰는 것처럼, 화염산 사람들도 너를 기다리느라 목이 빠질 지경일게다. 네가 화염산에서 어떤 위치인지 모르는 것도 아니지 않으냐."

아함의 고개가 서서히 아래로 떨어졌다. 시무룩한 기색이 역력했다. 그래도 팔 잡은 손은 단단했다.

"정말 너를 어쩌면 좋으냐. 그런 얼굴로 본다고 달라질 것 없다."

"그래도, 그래도."

더듬거리는 목소리가 떨렸다. 숫제 울어버릴 기세였다. 이 거야 소명이래도 다른 방편이 없다. 소명이라고 아함이 보이 지 않겠는가. 다만, 예전의 기억이 한없이 선명할 뿐이었다. 서장의 황량한 땅에서 우는 아이를 달래었건만, 아이가 그새 이렇게 자라서 어깨에 머리를 기대고 있으니. 그는 피식 웃으 며 고개 숙인 아함의 머리를 다독였다.

"아함아."

아함은 차분하게 부르는 말에도 대답이 없었다. 입술이나 삐죽 내민 채, 훌쩍거렸다. 소명은 다시금 쓰게 웃었다.

"언제일지는 몰라도, 서천으로, 화염산으로 가마."

"정말이요!"

아함은 바짝 고개를 치켜들었다. 큰 눈동자에 눈물이 그 렁그렁했다. 언제라고 한 것도 아니건만, 그저 소명이 화염산 을 찾겠다는 한마디에 아함은 한껏 반색했다. 그녀는 아이처 럼 빽 소리쳤다.

"약속, 약속이에요!"

"오냐, 약속이다."

"히헤헤."

소명은 하늘을 물끄러미 바라보았다. 어제까지의 마른하늘이 무색하게 짙은 먹장구름이 하늘을 가득 메우고 있었다. 몰아치는 바람이 거세서 기왓장이 덜그럭거리기도 했다.

결전에 이르는 날이었다.

호들갑을 떨자면, 화염산의 명운이 걸렸고, 또한 춘양 사람들의 앞날이 걸려 있기도 했다. 가볍게 여길 일이 아니었고, 물론 소명 또한 가볍게 여기지 않았다. 그러나 또 지나가는 하루이기도 했다. 춘양의 사람들이 모두 따르겠으나, 결국 나서서 손을 쓰는 것은 소명 한 사람이어야 했다.

소명은 잠자코 서서 주먹을 쥐었다 펴기를 반복했다. 이내 어깨를 좌우로 흔들고, 고개를 앞뒤로 끄덕였다. 별것 아닌 동작이었지만, 행하는 소명의 얼굴은 사뭇 진지했다. 손끝, 발끝에서 차츰차츰 몸을 풀었다. 그리고 이내 두 손을 차분하게 들어 올렸다. 다리가 따라서 나아갔다. 모처럼 펼치는 금강권이다. 소림본산의 여러 무공을 수습하였으나, 소명에게는 금강권이야말로 시작이며 또한 끝이었다.

굳이 숨기고자 하는 것도 없었다. 소명이 고창문의 뒷마당에서 연무할 새, 담일산과 장관풍은 흠칫하여서 이를 바라보았다.

"허, 허허. 금강권이라니."

담일산은 물론이거니와 천산에서 온 장관풍마저 알아볼 정도였다. 소림사도 아닌, 소림파에 널리 알려진 기본무공이 아닌가. 서천 일대를 제패한 권야가 소림 제자라는 것도 놀라운 일이지만, 정작 연무하는 것이 금강권일 줄은 미처 생각지도 못한 일이었다. 아무리 보아도 그들이 아는 금강권과 크게 다르지 않았다. 이때에 장관풍이 그만 고개를 돌렸다.

"더 지켜보고 있기에 민망하군요."

"음, 그렇군."

두 사람은 머쓱하여서 자리를 피했다.

아침 햇빛 아래에서 금강권의 투박한 투로는 끝도 없이 이어졌다.

해가 중천에 가까울 무렵, 아침나절의 먹장구름이 여전히 짙었지만 춘양은 모처럼 쇠락한 제 모습을 온전하게 드러냈다. 마을을 가로지르며 성벽 못지않게 솟구치던 불길은 이제 가라앉았다. 잔불이 드문드문 남아서 검은 연기가 매캐하게 오르곤 했다.

소명은 십삼분가가 있던 폐허 앞에 섰다. 그 자리에는 무수한 무리가 진을 치고서 기다리고 있었다. 육가를 뜻한 칠성흑기가 길게 펄럭였고, 그 좌우로 여러 문파를 알리는 깃대가 흔들거렸다. 여기에 모여 있는 이들은 못해도 광동 무림의 삼 할에 가까울 듯했다. 그리고 소명의 뒤에는 춘양의 남녀노소가 모두 있었다. 하나같이 두려운 눈초리였고, 어깨가 잔뜩 움츠러들었지만, 그래도 자리를 지켰다. 지금 여기서 물러나면 이들에게 더는 설 곳이 없다. 아니, 이곳이야말로 그들의 터전이다.

당혹감은 오래지 않아서 흩어지고, 그저 긴장감만이 자리를 가득 메웠다. 이쪽에서는 살기가 일어나는데, 저쪽에서는 독기만 가득했다.

지닌 자들에게는 한 치를 잃는 것은 전부를 잃는 것과 다르지 않았고, 춘양의 없는 이들은 그마저도 없으면 살아갈 수가 없었다.

소명은 그들을 뒤에 두고 차분하게 앞으로 나섰다. 그 혼자였다. 담일산과 장관풍은 새삼 긴장한 채, 동요하는 춘양 사람들을 다독였다. 그러면서도 홀로 나선 소명의 뒷모습에서 눈을 떼지 못했다. 담일산은 수염을 쓸어내리면서 긴 한숨을 흘렸다.

"허어, 아무리 소명 공이라 하여도."

차마 말을 맺을 수가 없다. 뒤에 있는 춘양 사람들을 생각해서라도 괜히 불안한 소리를 해서야 되겠는가. 담일산은 시름 섞인 한숨을 끊어 삼켰다. 그러나 장관풍은 그리 걱정하는 기색이 아니었다.

"걱정할 것 없습니다. 담 대협."

"아니, 장 검객."

"자객불원이라는 전설은 그저 무력만 있다고 가능한 일이 아니랍니다."

장관풍은 히죽 웃으며 말했다. 크게 뜬 눈초리가 마냥 초롱하니, 화염산주의 옆을 줄곧 지킬 때와 달리 오히려 들뜬 듯한 모습이었다. 담일산은 더 묻지 못하고, 소명을 바라보았다.

소명은 요동치는 살기를 앞에 두고서, 아무런 감정도 떠오르지 않았다. 그는 흘깃 먹장구름 너머로 흐릿하게 보이는 햇빛을 헤아릴 뿐이었다. 중천에 이른 햇빛이 막 기울어갈 참이었다.

등 뒤에는 춘양의 사람들이 두려운 눈으로 있었고, 저기 앞에서는 광동의 무인들이 살기 넘치는 모습으로 노려보고 있다. 세를 비교하는 것이 무색했다. 저기 무인들은 어중이떠중이 따위가 아니라, 일문의 정예라고 할 만했다. 촌사람들이 악에 받쳤다고 감당할 수 있는 상대가 아니었다. 그렇다고 아함이 나서는 것도 바람직하지 않았다.

마도 운운하는 것을 끊어내야 했다. 소명은 굳이 입 밖
으로 꺼내지는 않았지만, 절로 험한 팔자를 탓했다. 그러고
는 제 생각이 우스워서 쓴웃음을 흘렸다. 피식거리며 터덜터
덜 걸어간 끝에, 소명은 광동남무림의 무인들 앞에 우뚝 멈
춰 섰다. 고작해야 대여섯 걸음, 선두에는 육기가 있었다. 뒤
로 총관과 남칠문 문주들, 그리고 육가의 정예가 줄지었다.
흩어져 있던 이들의 기세가 코앞에 선 소명에게로 집중했다.
그럼에도 소명은 삐딱하게 고개를 기울인 채, 육기를 마주했
다.

기껏 몇 걸음의 거리를 두고서, 두 사내는 말이 없었다. 먼
저 예의를 차리지도 않았다. 그저 지켜볼 뿐이었다. 바쁜 것
은 총관 도포정이었다. 그는 예리한 눈초리로 분주하게 소명
의 위아래를 살폈다.

'이자는 대체?'

어떤 기세나, 위험도 느낄 수가 없었다. 도포정의 눈썹이
문득 일그러질 새, 육기가 먼저 말문을 열었다.

"광동육가의 소가주, 육기라 하오."

"소명이오."

"소명 공이시라. 구면인 듯하온데."

육기는 낙양 백마사에서 잠시 스친 소명의 얼굴을 어렴풋
이 기억하는 모양이었다. 무가련에 반대하는 이들이 크게 일

을 치를 적에, 소명과 위지백이 한쪽을 맡아서 백마사를 구한 바가 있었다.

"낙양 백마사에서 잠시 마주했었지."

예의를 차리는 육기를 마주하면서, 소명은 편히 말했다. 그 말투에 다른 광동 무인들은 웅성거렸다. 육기는 멈칫하여서 다시금 고개를 들었다. 표정에 다른 변화는 없었다. 그러나 집중한 눈매에는 묘한 위화감이 일었다. 백마사에서 어찌 마주했던지, 크게 중요하지 않았다.

'당당하다. 전혀 주저함이 없다. 억지가 아니야.'

일파의 종주이거나, 못해 그에 버금가는 위치에 이른 자만이 보일 수 있는 오연함이다. 육기는 숨을 달랬다. 그리고 간단히 손을 내저어 보였다. 경거망동하지 말라는 뜻이다. 당장에라도 오만 욕설을 퍼부을 듯했지만, 육가의 가인들은 손짓에 그만 입술을 질끈 깨물었다.

육가의 무인은 그 수가 비록 몇 되지 않는다고 했지만, 그들의 무력을 따지면 여기 모인 광동 무인의 절반 이상을 차지했다. 소명의 편한 모습에 열탕처럼 들끓었지만, 또한 육기의 손짓에 바로 기세를 가라앉히는 모습이 과연 육가의 정예라고 할 만했다. 도포정은 심각하여서 눈매를 한껏 모았다.

'무어냐, 무엇이 이리 불안한고?'

광동육가에서 검은 깃발을 높이 세웠고, 이곳을 에워싼 이들은 광동남무림에서도 손꼽히는 자들뿐이다. 저기 늘어선 비루한 촌민들에게 어찌 당할 처지가 아니라는 것인데. 소명이라는 자가 처음 등장하는 순간부터 공연히 가슴 아래가 두근거렸다.

육기는 어렵지 않게 속내를 다스렸다. 비록 불쾌함의 잔재를 모두 떨친 것은 아니었으나, 먼저 말하는 목소리에 흔들림은 없었다.

"능력이 있다면 응당 오연할 자격이 있겠지. 그래, 소명 공께서는 이제 어찌할 생각이시오? 보는 바와 같이 자리는 마련하였소이다. 다시 화염마녀를 앞세워서 광동 무림을 상대라도 하시려오?"

"하하, 마녀라. 그런 치졸한 짓거리는 그만 관두지, 그래?"

"치졸? 관두라? 무엇을?"

"광동육가라는 이름값이라면 그리 무지하지 않을 텐데. 아니면, 너희 것들에게 거슬리면 죄 마도라 하는 건가?"

소명은 담담하게 말했다. 입가에는 미소가 또렷했다. 정말 모르고서 마도 운운이냐. 그러자 육기의 표정 없는 얼굴에도 웃음이 떠올랐다.

"서천(西天)에는 양대 전설이 있다지. 천산성마(天山聖魔)

그리고 신염(神炎) 화염산주."

육기는 부정하지 않았다. 무가련이야말로 천하를 좌지우
지하는 당금일세(當今一勢)이며, 그중에서도 광동의 육가는
천하를 상대로 거래하는 가문이었다. 말마따나 바깥소식에
무지할 리가 없었다.

"그래서, 뭐가 어떻다는 건가. 대단한 신염이시라 하여도,
서천에서의 이름이지. 광동 무림에 큰 해를 끼친 것은 분명한
데."

"하지만 광동의 사람은 구했지."

"하, 하하."

육기는 메마른 웃음을 흘렸다. 눈은 웃지 않았다. 흑백이
분명한 눈초리가 소명을 또렷하게 직시했다. 마냥 태연한 소
명의 모습이 계속해서 거슬렸다. 다른 누군가의 모습이 자꾸
겹쳐 보였다. 그것이 더욱 마뜩잖다. 육기의 눈길이 소명을
지나서, 한참 거리를 두고 웅성거리는 춘양 사람들에게 닿
았다. 촌민들의 검은 얼굴에는 면면마다 두려움이 가득했다.
그러나 여하불문(如何不問), 육가에 반기를 든 자들이다. 사
정이야 어떻든 아무 일도 없었던 것처럼 넘어갈 수는 없는 노
릇이었다.

육기는 이를 드러낸 채 말했다.

"광동의 사람을 구했다? 지금 이것을 두고 구했다고 말하

는 건가? 정녕 여기가 사지(死地)임을 모른단 말이야? 아니면."

잠시 말을 멈췄다. 육기로서는 드물게도 말을 많이 하는 날이었다. 그는 소명의 흔들림 없는 모습이 무엇보다 거슬렸다. 그는 입매를 비틀며, 잠시 끊었던 말문을 이었다.

"아니면, 혼자 감당하기라도 하겠다는 건가?"

"그것도 좋겠지."

소명은 흔쾌히 고개를 끄덕였다. 추호도 주저함이 없어서 마치 이런 말을 기다리기라도 한 것 같았다. 육기의 비틀린 입매가 일순 굳었다.

"좋다?"

이는 흡사 광동 무림을 안중에 두지 않는 듯한 태도가 아닌가. 육기는 퍼뜩 고개를 치켜들었다. 갈색 얼굴에는 서리가 앉은 것인 양 냉기가 일었다. 잠깐의 표정조차 없었다. 눈빛은 깊이 가라앉아서, 아무런 빛도 드러내지 않았다. 이러하여서 무정장안이라 하는 것이다.

육기는 돌연 어깨를 떨쳤다. 걸친 갈색장포가 어깨 위로 불쑥 솟구쳐 올랐다. 육기는 그 끝을 부여잡아서 세차게 휘감았다. 둘둘 말린 장포가 그대로 소명을 덮쳤다. 손을 쓰기로 한 이상, 다른 인사치레는 필요 없다.

죽을 자리를 찾아왔다고밖에는 볼 수 없었다. 소명이라는 자는 정확히 그의 거리에 있었다. 백병보의(百兵寶衣), 장포 한 장으로 백병의 묘용을 구사한다는 광동육가의 절기였다. 이름처럼 일백에 이르지는 않겠으나, 육기는 한 호흡 새에, 곤(棍), 편(鞭)의 기법을 무자비하게 쏟아 냈다. 보의에는 날 붙이가 얇게 있어서, 검, 도, 창과 같이 찌르고 베어 낼 수도 있었다. 육기는 그 전부를 마치 하나처럼 부렸다. 적아(敵我) 를 떠나서, 지켜보는 가운데 탄성이 절로 흘러나왔다.

막대한 경력이 사방을 휩쓰는 통에 주춤주춤 물러났지만, 그래도 치뜬 눈을 떼지는 않았다.

"저것이 육가의 일인당천(一人當千), 흑풍백병(黑風百兵) 인가."

여력에 밀려난 와중에도 탄성이 흘렀다. 소가주 무정장안 이 어린 나이에 가문 최고의 절기를 수습했다 하였을 때에 온전히 믿지 않았건만, 남칠문의 문주들은 안목의 부족함을 새삼 깨달았다. 그런데 감탄과 반성은 잠깐이었다. 가차 없 이 쏟아지는 백병의 살수를 앞에 두고도 자리를 지키는 자는 대체 어떤 자란 말인가.

소명은 굳게 버티고 선 채, 한 손을 거듭 휘저었다. 참으로 단순하였으나, 시기가 절묘하여서 육기의 손끝에서 일어나는 백병의 공세 일체를 감당했다. 마치 서로 약속을 하고서 손을 쓰는 것처럼 보일 지경이었다.

육기의 갈색 얼굴이 차츰차츰 검게 물들었다. 단번에 제압하여서 일체를 끝내고자 했다. 소명이란 상대를 가볍게 여긴 것은 아니었으나, 이렇게 접근조차 쉽지 않을 줄이야. 뜻대로 되지 않는다고 해서, 육기는 조바심을 내지 않았다. 공세를 달리할 뿐이다.

"흐읍!"

숨을 거칠게 끊어냈다. 육가의 초명신기(超明迅氣)가 단숨에 전력으로 치달았다. 천하에 산재한 기공절학 중에서도 진기의 수발이 가장 빠르다고 하는 초명신기였다. 따로 집중할 것도 없이, 마음먹는 것과 동시에 십성의 공력이 일어나 백병보의를 뒤흔들었다.

육기는 동시에 공세를 수습했다. 그러고는 둘둘 휘감긴 보의의 양 끝을 잡아 세차게 펼쳤다. 바다를 향해 흩뿌리는 어망인 양, 활짝 펼쳐진 보의가 소명의 머리 위로 뚝 떨어졌다. 쓸어내고, 휘감는다. 기문병기라 할 수 있는 번(幡)의 수법이다. 육기가 자신하는 포룡세(捕龍勢)로 일거에 소명을 짓눌러버릴 작정이었다. 이때에 계속 원을 그리던 손끝이 움직임을 달리했다.

육기는 펄럭이는 보의 사이로 언뜻 보이는 손짓을 두 눈으로 똑똑히 보았다.

"흐읍!"

손짓이 대단한 절기라서가 아니었다. 너무도 흔하디흔한 움직임이었다. 굳이 이름 붙일 것도 없는 금나수법에 지나지 않았다. 그런데 결과는 백병보의의 끝이 소명의 손가락에 덥석 붙들린 채였다. 보의에 가득 실린 초명신기의 공력은 여전하건만, 좌우 양 끝을 서로 잡고 있었다. 소명은 붙잡은 장포를 흘깃 보고는 웃으며 말했다.

"제법 재미있는 기물이군."

육기는 눈을 치뜨고서 입매를 꾹 다물었다. 이미 공력을 다하고 있는 판국이었다. 입을 열어 대꾸하기는커녕 숨 돌릴 틈도 없었다.

"이놈!"

뜻밖에도 호통은 육기 뒤에서 터져 나왔다. 육기가 수세에 몰린 것을 확인하기 무섭게 남칠문 문주들이 뛰쳐나온 것이다. 육기의 안위도 안위였으나, 광동 무림이 우습게 보이는 것은 참을 수가 없었다.

나한문주가 가장 앞서서 위맹한 권력을 곧게 내질렀다. 일체의 허식을 배제하고 오로지 상대를 노리는 일권이다. 염수권파 장문인은 더욱 열이 올랐다. 장관풍에게 당한 치욕을 잊지 않았으니, 그는 처음부터 진신절기를 드러냈다. 천웅파

양종(天鷹破陽踪)의 살기 넘치는 수법, 높이 솟구쳐 올라 웅크린 웅조(鷹爪)로 소명의 머리 위를 덮쳤다. 조영(爪影)이 어지럽게 일어서 피할 곳은 어디에도 없을 듯했다. 그러나 소명은 거리낌 없이 보의를 놓아 버리고는 두 손을 위아래로 뻗었다.

달리 재간을 보일 것도 없었다. 소명의 두 손은 완성경을 돌파한 곤음수였다. 나한문주의 일권을 한 손으로 덥석 움켜쥐고, 염수권파 장문인의 웅조는 내젖는 손짓에 싹 밀려나서는 마찬가지로 붙들리고 말았다. 그리고 빙글 돌리는 손짓에 그들의 몸이 절로 뒤집어졌다. 켁! 숨 막히는 소리와 함께 두 문주는 서로 뒤엉켜서 사이좋게 옆으로 굴렀다. 그 빈자리에 흑왕당, 백사보, 비룡검문이 각기 창, 도, 검을 내질렀다. 날붙이의 흉험함이 공력을 충만하게 실린 채, 소명을 양단하려 들었다. 흑왕당의 흑랑창법(黑浪槍法)은 어지럽게 요동치며 소명의 눈을 현혹했다. 이내, 좌우로 백사보의 남람도(南嵐刀)과 비룡검문의 용형검(龍形劍)이 더없이 날카롭게 짓쳐 들었다. 소명은 두 손을 활짝 펼치더니, 세 문주의 병기에서 일어나는 다변을 그대로 파고들었다.

"커흑!"

신음이 절로 터졌다. 파고드는 흑왕창은 소명의 발아래에 있었고, 남람도와 용형검은 예기를 잃고 서로 뒤엉켜 있었다.

정강으로 이룬 도검이 새끼줄처럼 꼬인 모습은 기겁할 지경이었다. 남은 두 사람, 해사방과 고죽사의 주인은 여세를 이어가지 못하고 주춤했다. 해사방주는 장기인 쌍수왜도를 어깨에 걸친 채 멈춰 섰고, 고죽사의 주지인 방원대사는 쌍 장에 공력을 잔뜩 이끌었음에도 차마 내치지를 못했다.

여기서 소림파에 속하는 나한문주와 방원대사는 허어, 긴 한숨을 흘렸다. 지금 일순간에 소명이 펼쳐낸 한 수를 똑똑히 알아본 까닭이었다.

"저런 나한십팔수라니."

설사 본산에서라도 이만한 경지는 몇 없을 터였다.

눈으로 보고서도 믿을 수가 없었다. 두 사람 또한 일문의 주인을 자처하는 바이니, 그 경지가 절대 낮지 않건만. 소명이 보인 나한십팔수의 아름다움은 그들로서는 흉내조차 낼 수가 없었다.

해사방주는 얼굴 가득 식은땀이 맺혀 있었다. 나한문주, 방원대사처럼 소림무공의 식견이 있어 멈춘 것은 아니었다. 한낱 비적에서부터 시작하여서 강호의 밑바닥에서부터 싸워 올라온 해사방주였다. 대소일만전(大小一萬戰), 무수하게 싸워온 그의 경험이 멈추라 하였다. 감당할 수가 없는 상대라는 뜻이었다. 칼자루를 쥔 손이 땀방울로 흥건했다.

"물러서시오!"

스산하나 힘 있는 목소리가 젖은 목덜미에 이르렀다. 감히 거스를 마음은 조금도 들지 않았다. 해사방주는 주춤 물러났다. 그를 밀쳐내고서, 육기가 무섭게 달려들었다. 백병보의는 없었다. 그는 발작하듯이 양 주먹을 세차게 내질렀다. 움켜쥔 두 주먹이 터질 것처럼 요동쳤다. 그리고 황갈의 기파(氣波)가 도도하게 일어서 소명을 향해 밀려갔다. 이는 흔한 경지가 아니었다. 흡사 물결치는 파도와 같으니, 굳이 말하자면 권파(拳波)라 칭해야 할 듯했다.

육가정에서의 폐문을 감행하면서까지 연성한 비전, 용정파랑기(龍井波浪氣)이다. 채 경지에 이른 것은 아니나, 지금 육기는 사정을 따질 겨를이 없었다. 갈색 얼굴이 대번에 창백하게 질렸다. 틀어 문 잇새로 선홍의 핏물이 비집고 흘렀다.

두 주먹에서 일어난 격렬한 권파는 수도 없는 파형을 남겼다. 급하게 물러난 방원대사와 해사방주는 한 번의 물결에 실린 위력을 똑똑히 감지할 수 있었다.

'이, 이건 도무지 감당할 수가 없다!'

경악할 새, 소명은 이를 맞이하여서 단조롭게나마 일권, 일권을 마주 뻗었다. 큰 소리는 없었다. 그것은 마치 세찬 파도가 높은 바위에 스쳐서 스러지는 것처럼 자연스럽게 힘을 잃었다. 그렇게 거듭 흩어지고 또 흩어졌다. 끝없을 듯한 권파는 종국에 힘을 다하여서 잠잠해졌다. 육기는 두 주먹을 뻗은 채 헐떡였다. 그의 신형이 위태하게 흔들렸다. 당장에라도 무너질 듯하다. 어느 누구도 정신을 차리지 못했다. 이때, 총관 도포정이 버럭 소리쳤다.

"팔영은 소주를 호위하라! 신기당은 무얼 하느냐, 당장 나서라!"

"예!"

일백 신기당이 한목소리로 외쳤다. 팔영은 답하지 않았다. 그들은 행동이 먼저였다. 단번에 치고 나아가서 휘청거리는 육기를 부축했다.

"노, 놓아라! 놓아!"

육기는 선홍 핏물을 흩뿌리면서도 자리에 남고자 했으나, 팔영의 손을 뿌리칠 수는 없었다. 광동팔영은 일그러진 눈으로 멀뚱히 서 있는 소명을 바라보았다. 그 하나를 노리고서 신기당의 전력이 달려들었다.

광동육가의 일당이 단 한 사람을 제압하고자 하다니. 이런 일은 육가의 문호가 선 이후로 다시없을 일이었다. 신기당은 갈색 단삼을 걷어붙이고 세찬 파도처럼 일제히 나섰다. 힘을 쥐어짜는 고성 따위는 없었다. 그저 육가의 황갈의가 힘차게 펄럭일 뿐이었다.

소명은 물러서는 팔영의 모습을 흘깃 보다가, 맹렬히 몰려오는 신기당으로 눈을 돌렸다. 그들이 나서자, 뒤에서도 담일산과 장관풍이 허겁지겁 달려 나왔다.

"소명 공!"

소명은 서두르지 않았다. 그는 가볍게 고개를 흔들더니, 지그시 주먹을 그러쥐었다. 한 주먹을 허리춤으로 바짝 밀어 붙이고, 다른 손을 곧게 뻗었다. 신기당이 더욱 가깝게 다가왔다. 살기 넘치는 검은 얼굴에는 시퍼런 안광이 불길처럼 일었다. 소명은 이를 드러내며 웃었다. 그리고 내처 일권을 내질렀다. 마른하늘이 찢겨 나가며 벼락같은 일성이 터졌다. 발 구름에 바닥이 내려앉을 것처럼 요동쳤다. 달려들던 육가의 정예, 신기당이 그 일권의 여력에 휩쓸려 그대로 밀려났다. 들끓는 열기가 일순 조용해졌다.

내지른 주먹이 수십 걸음의 거리를 격하고도 못해 수천 근에 이르는 힘을 발휘한 셈이었다. 숨이 턱하고 막혀왔다. 누구라고 입을 열까.

담일산, 장관풍이라고 다르지 않았다. 그들은 허겁지겁 달려오다가 엉거주춤 멈춰 선 채, 소명의 뒷모습을 바라보았다. 소명은 이제 허리를 세우고, 오연한 모습으로 턱을 치켜들었다.

"시, 신권."

육기는 신음하듯 중얼거렸다. 단 일권에 신기당을 전부 밀어냈다. 아무리 천하의 공부가 드넓다고 하여도, 이러한 권력을 드러낼 권법이 달리 있을 리가 없었다. 용정파랑기를 완성한다고 해도 가능한 일이 아니다. 육기는 퍼뜩 치미는 울혈을 잇새로 질끈 물었다.

'그렇다고 이렇게 물러날 수는 없어!'

"육 소주를 보호하라!"

"어서!"

먼저 나선 육가를 지켜보던 여타 무문이 다급하게 뛰쳐나왔다. 소명의 신위에 넋을 놓고 있던 춘양 사람들은 퍼뜩 이를 악물었다. 이제야말로 죽었구나 싶었다. 위협적인 기합성이 격렬한 파도처럼 몰아치며 밀려왔다. 죽더라도 몸부림칠 각오로 나섰지만, 손발이 새삼 요동치는 것은 도리가 없었다. 그즈음, 소명은 묘하니 입매를 비틀었다. 가까이에서 도포정은 미소를 똑똑히 보았다. 내내 불안하였던 것이 바로 지금이었다. 그는 들끓는 내기를 돌볼 겨를도 없이 마구 소리쳤다.

"막아! 저 치를 당장 막아!"

"초, 총관."

"어서, 어서, 저 치를 막아야 한다!"

"하지만."

도포정은 앞뒤 없이 다그쳤다. 검게 죽은 얼굴에서 토혈까지 일었지만, 타는 듯 붉은 두 눈동자는 소명에게서 떨어지

지 않았다. 그리고 소명이 나직이 입을 열었다. 큰 외침은 아
니었지만, 자리에 모인 누구도 그의 목소리를 흘려듣지 못했
다.

　—소림파는 모두 물러나라. 본산의 이름으로 더는 용납하
지 않는다.

　"뭐, 뭣이?"

　먼저 주춤한 것은 불산의 나한문이었다. 이어서, 염수권
파, 고죽사, 등등. 소림파를 자처하는 여러 문파가 우뚝 멈
춰 섰다. 들끓는 노기가 흩어지고 그 자리를 대신하는 것은
서늘한 당혹감이었다. 우뚝 선 소명의 모습이 너무도 당당했
다. 마냥 무시하기에는 촌음 전에 보인 일권의 위력이 선명했
다.

　"귀, 귀하는 무슨 자격으로 물러나라 마라 하시는 게요?"

　"흥! 저 녀석에게 자격 운운하는 것만으로도 네놈들은 죄
파문이야!"

　돌연 짜랑짜랑한 노성이 터졌다. 흡사 날카로운 쇠붙이를
마구 긁어대는 것처럼 거친 파열음이었다. 육기는 피 흘리는
중에 퍼뜩 고개를 치켜들었다. 어디서 비롯한 목소리인지, 터
진 노성은 힘을 잃지 않고 머리 위를 맴돌았다. 이내 여기저

기서 사람 그림자가 불쑥불쑥 솟구쳤다.

망연한 가운데 누군가 그들을 알아보고 외쳤다.

"개, 개방! 개방이다!"

볼품없는 성근 수염이 흔들거렸다. 앞으로 굽은 허리는 당장에라도 구릉에서 구를 듯이 위태했지만, 누구도 거지 노인을 가볍게 볼 수 없었다. 천하오대고수보다도 더욱 윗줄에 있는 천하무림의 거인이 바로 거지 노인이었다. 육기는 신음과 함께 중얼거렸다.

"개방 뇌공."

발걸음을 돌렸다고 하는 개방이 하필이면 이때에 등장할 줄이야. 그것도 뇌공까지. 육기의 눈초리가 소명에게로 향했다. 그의 옆에는 어느 틈엔가 나선 화염산주가 찰싹 달라붙어 있었다. 이제까지의 모든 골치였지만, 그녀에게 더는 눈이 가지 않았다.

"여기 모두가 당신 작품이었군."

소명은 악착같이도 매달리는 화염산주를 밀어내다 말고 고개를 돌렸다. 검게 탄 육기의 얼굴은 딱딱하게 굳어 있고, 굳은 눈매에서 뜨거운 열기가 이글거렸다. 소명은 비스듬히 고개를 기울였다. 치렁한 앞 머리카락이 흔들리며, 언뜻 웃는 눈매가 드러났다.

"육 소가주. 서쪽에는 이런 말이 있지. 죄지은 자는 지은 죄로써 죄를 받을 것이다. 육가의 죄는 아직 물을 때가 아니라오."

소명은 담담하게 말했다. 방금 경세(驚世)의 위력을 보인 사람이라고는 보이지 않을 만치, 차분한 기색이었다. 그것이 더욱 두렵다.

개방 뇌공이 훌쩍 나서서는 주저하는 이들에게 외쳤다.

"여기 이놈이 그래도 용문제자야, 용문제자! 소림 본산의 용문제자가 하는 말인데. 어느 간뎅이 부은 놈이 자격 운운하는 게냐?"

뇌공이 대신해서 하는 말에, 소명은 멋쩍은 듯 헛기침이나 했다. 육기는 탄식과 함께 두 손을 힘없이 늘어뜨렸다.

용문제자의 이름에 소림파에 속한 무문은 알아서 물러날 수밖에 없었다. 이제껏 육가의 깃발 아래에 있었음에도, 등 돌리는 것은 단 한순간이었다. 용문제자가 등장하였고, 그것을 개방에서 그 신분을 보장하니, 고민조차 하지 않는 듯했다. 자리에 모인 광동의 무문에서 헤아리면 일부에 지나지 않으려나, 모든 것을 포기하고 물러서는 것에서, 새삼 소림파의 존재감이 거대하게 다가왔다.

신기당과 광동팔영, 그리고 아직 남은 육가의 가신들만으로도 능히 싸움을 이어갈 수 있을 터였다. 그러나 개방 뇌공

이 있고, 소림 용문제자가 있다는 것을 만천하에 드러낸 이
상.

"부질없다."

육기는 눈 감으며 속삭였다.

광동 하늘에 크게 드리웠던 먹장구름이 차츰차츰 밀려가
고 있었다. 창천은 새삼스럽게 드높았다. 마른 햇볕이 쏟아
지며, 이전과 달리 서늘한 바람이 일었다.

그리고 기나긴 여름이 끝났다.

〈다음 권에 계속〉

독공의 대가

권이백 신무협 장편소설

ORIENTAL FANTASY STORY & ADVENTURE

짜임새 있는 전개,
유쾌한 이야기로 독자들을 사로잡다!

사냥꾼이자 독인, 두 가지 정체성을 지닌 소년 왕정.
전대미문인 그의 독공지로(毒功之路)에 주목하라!

★
dream
books
드림북스

박정수 판타지 장편소설
FANTASYSTORY & ADVENTURE

뱀파이어
무림에 가다

인간으로서 숨 쉬는 법을 잊었으나 잊지 않으려는 자,
핏줄의 계보를 거슬러 어둠의 일족이 된 자,
붉은 눈의 그림자이며, 야현이라 불리는 자,
그가 무림으로 돌아왔다!

핏빛 눈동자로 연주하는
공포의 선율, 죽음의 송가!

뱀파이어로서 다시 무림에 발을 들인 그날에도
다만 운명은, 찬연히 빛날 따름이었다.

★
dream
books
드림북스

양경 신무협 장편소설

ORIENTAL FANTASY STORY & ADVENTURE

무당신마

「화산검선」,「악공무림」의 작가 양경!
그가 선보이는 또 다른 신무협의 세계!

『무당신마(武當神魔)』

도가의 성지 무당파에서 새로운 마(魔)가 태동한다!

dream
books
드림북스

武

무당전생

정원 신무협 장편소설

ORIENTAL FANTASY STORY & ADVENTURE

문피아 골든 베스트 1위, 소문난 명품 무협!

환생은 했지만 재능도, 기연도 없다.
폭력과 죽음이 난무하는 무림에서 믿을 건 오직 전생의 기억.

무당파 사대제자 진양. 그가 가는 길을 주목하라!

dream
books
드림북스

DREAMBOOKS★